Sous la direction de Sarah Champion

Disco Biscuits

Traduit de l'anglais
par Aline Azoulay et Céline Cazals

Éditions J'ai lu

Titre original : Disco Biscuits

Première édition Hodder and Stoughton, 1997

Doves, Playboys, Dollars, Apples, Swans,
White Burgers, Brown Burgers...
Denis The Menaces, Rhubarb & Custards,
White Callies, Pink Flamingoes, Snowballs,
Kinder Eggs, Energizers, Hammer & Sickles,
Disco Biscuits...

Merci à tous les auteurs pour leur enthousiasme, et merci à Ernesto Leal (Gnash), Martin James, Susan Corrigan, Elaine Palmer (Pulp Faction), et à Kevin Williamson (*Rebel Inc*) pour nous avoir aidés à les réunir.

Un remerciement spécial à Simon Prosser, Matt Bumble et à tous les collaborateurs de ce volume.

Sommaire

« Hey, Mister Pharmacist
Can You Help Me Out Today
In Your Usual Lovely Way ?
Oh Mister Pharmacist I Insist
Can You Give Me Somethin' That Will
Hey, Mister Pharmacist,
Won't You Please Give Me Some Energ

« Hé, monsieur le pharmacien,
Vous voulez bien me dépanner
Comme vous savez si bien le faire ?
Oh monsieur le pharmacien, dois-je v
De me donner ce qui me fera du bien
Hé, monsieur le pharmacien,
Pouvez-vous me recharger mes batter

Introduction

Les dix-neuf nouvelles réunies dans *Disco Biscuits* témoignent de l'esprit « culture party » qui – s'exprimant à travers des raves parties, organisées illégalement ou dans des clubs spécialisés, et d'anarchiques warehouse parties – n'a cessé de prendre de l'ampleur au cours des dix dernières années. Avec l'acid house, c'est un monde de drogue, de sexe, de dancefloors, de dealers, de policiers et de DJs, qui vient de fêter ses dix ans.

Tout a commencé en 1987, lorsque plusieurs DJs britanniques, en visite dans les boîtes de nuit d'Ibiza, découvrent que leurs confrères de l'Amnesia et du Pasha s'amusent à mixer la house noire américaine – de New York et Chicago – avec de la « Balearic », pendant que leurs clients s'adonnent à une nouvelle drogue : l'ecstasy.

Inspirés, DJs et propriétaires de clubs rapportent la musique (et la drogue) à Londres. Dès l'automne 1987, Paul Oakenfold ouvre The Project et Danny Rampling le Shoom Club. L'été suivant, le Future, le Spectrum, Clink Street et The Trip viennent grossir les rangs de cette nouvelle génération de clubs, et l'on rebaptise acid house cette musique hybride.

Bientôt ces deux mots s'affichent comme une bannière et les tabloïds s'inquiètent du « Démon de l'Ecstasy » et de l'« Acid House de l'Horreur » pour cette « Jeunesse prise dans l'enfer de l'Acid House ». L'association de la house music et de l'ecstasy est désormais aussi célèbre que le *fish and chips*. Bien entendu, tous les commentateurs condamnent cette culture dance à une vie éphémère, censée se consumer en quelques mois. Rares furent ceux qui purent prédirent la suite.

Des grandes raves organisées en pleine campagne, à celles données dans les entrepôts de régions industrielles comme Blackburn – sans oublier la multiplication des petits clubs un peu partout dans le pays – cette nouvelle culture ne cesse de gagner du terrain et, à l'aube des années quatre-vingt-dix, on danse aux quatre coins de la Grande-Bretagne : de Coventry à Glasgow et de Liverpool à Aberdeen.

Qui aurait cru que toute une gamme d'instruments électroniques éclipserait la guitare électrique ? Que la techno, la transe, le garage, l'ambiant, la jungle, la drum'n'bass repousseraient les limites du son ? Que ces musiques constitueraient une culture dominante et investiraient le top 40 ? Que les DJs remplaceraient les pop stars ? Que l'on ferait appel à eux pour composer les musiques de presque tous les spots publicitaires télé ? Et que, chaque week-end, des *millions* de doses d'ecstasy seraient consommées ? Bref, que toute une nation déciderait de prendre son pied ?

Qu'un tel phénomène finisse par influencer la littérature semblait inévitable ; dans les années cinquante et soixante, le jazz et la musique psychédélique avaient bien inspiré *On the Road* à Kerouac, *Howl* à Allen Ginsburg et *Electric Cool Aid Acid Test* à Tom Wolfe. Les années quatre-vingt-dix sont indubitablement celles d'Irvine Welsh et de son *Trainspotting*, un livre, un film, une attitude.

Et c'est loin d'être fini. La culture dance comporte tous les ingrédients d'une success story : la drogue, le sexe, les gangsters et la police. En témoigne *Acid Casuals*, le thriller noir de Nicholas Blincoe, entièrement inspiré de faits survenus dans des clubs de Manchester (seul le tueur à gages des barons de la drogue colombiens a été rajouté pour donner du piquant à l'histoire). Disques-jockeys, vidéos-jockeys, baratineurs, dealers d'ecsta, gangsters de Moss Side, videurs craignos et dealers de coke s'y croisent dans un crescendo délirant.

Avec *Vurt*, Jeff Noon, également originaire de Manchester, amène un bol d'air frais dans le monde de la science-fiction. Ce roman raconte comment, alléchés par une nouvelle drogue (la plume de « Vurt »), un groupe de gosses, les Stash Riders, partent en quête de l'« English Voodoo », le plus puissant et le plus illégal des Vurt.

Le succès phénoménal des œuvres d'Irvine Welsh, dans lesquelles se reconnaît une génération de laissés-pour-compte et de drogués écossais, a favorisé l'émergence de jeunes écrivains tels Kevin Williamson – qui vient d'éditer sa propre anthologie – et Alan Warner, auteur d'un roman (*Morvern Callar*) racontant l'histoire d'une caissière de supermarché qui part faire la fête à Ibiza.

A l'instar des romans « skinheads » des seventies, les backstreets se mettent à diffuser de petits contes urbains sur Londres, comme *Herbsman* de Jonathan Brook, *Junglist* de Two Fingers, ou *Raise Your Hands* de Geraldine Geraghty ; et de nombreux jeunes auteurs sont révélés dans les anthologies des éditeurs indépendants de Pulp Faction.

Depuis deux ans, les clubs jouent également un rôle prépondérant dans la promotion et la diffusion de ces textes. L'Hacienda de Manchester a lancé *Pollen* de Jeff Noon, dont un DJ sonorisait la lecture. Dans le cadre de soirées « Arthrob », le Gnash a associé des textes d'Irvine Welsh et de Hanif Kureshi à des morceaux d'Andy Weatherall et de Richard Fearless, DJs renommés.

Chacune à sa manière, les dix-neuf nouvelles de *Disco Biscuits* mettent autant en lumière ces auteurs que l'atmosphère fiévreuse – allant de l'hédonisme et des excès décrits par Mike Benson (*Des anges partout*) à l'anarchie des comédies de Nicholas Blincoe (*Ard-*

wick Green) et Martin Millar (*Comment Sunshine Star-Traveller perdit sa petite amie*) – caractéristique des dix dernières années. De son côté, Irvine Welsh poursuit sa chronique d'une jeunesse écossaise sombrant dans la drogue et l'immoralité (*Entrez dans la danse*).

A la fin des années quatre-vingt, au cours d'une quelconque acid house party dans un champ desservi par la M 25, ou d'une warehouse party, nous avons tous eu la naïveté de croire – comme nos parents dans les années soixante – que les choses allaient changer. Les normes et les barrières sociales n'avaient plus cours, les hooligans eux-mêmes baissaient les armes au nom de la danse (voir *White Burger Danny* de Gavin Hills). Les choses avaient vraiment changé, l'espace d'un instant.

Les raves avaient *réellement* bouleversé l'ordre social – suffisamment pour être décrétées *illégales*. Alors que personne n'avait jamais songé à interdire la musique punk, on souhaitait légiférer contre les « rythmes lancinants ». *Fusil à répétition* de Steve Aylett nous décrit cette génération d'esprits rebelles qui, équipés d'un matériel sono de pointe, prennent la route, dorment dans de vieilles ambulances et organisent des raves en pleine campagne, dans l'illégalité la plus totale. Dans *ADJN*, Jeff Noon défie également le « Criminal Justice Act » en imaginant un Manchester futuriste dans lequel danser serait un péché puni par la loi.

La culture dance est désormais un phénomène mondial, mais elle a perdu son innocence. Douglas Rushkoff (*La Poudreuse qui tua Manuel Jarrow*) illustre la chute vertigineuse du monde de l'underground et des raves américaines dans celui du business pur et dur, par un jeune raver mourant au bord d'une piste de danse. Cependant que, mettant en scène les clubs méditerranéens (*Sangria*) et les beach parties thaïlandaises (*Regarde des deux côtés*), Jonathan Brook et Alex Garland nous enjoignent de nous défier des apparences.

A l'heure où les voyageurs voguent vers les plages

du tiers-monde, les jeunes citadins britanniques des années quatre-vingt-dix se piquent de sons entêtants, de MC mutants, de jungle et autre drum'n'bass. Une véritable bande sonore urbaine s'élève des fenêtres ouvertes des Jeeps fait vibrer les immeubles, parasite les ondes hertziennes, résonne contre le béton des cages d'escaliers des HLM et se mêle à la moiteur des clubs. Une nation entière vit au rythme des basses. C'est le décor choisi par Two Fingers (*Souffle*)..

Pourquoi ai-je réuni ces textes ? J'ai été contaminée par le virus des parties à l'âge de quinze ans... mais ce n'est qu'après avoir assisté aux warehouse parties de Manchester et à l'arrivée de l'acid house à l'Hacienda que cela devint pour moi une manière de vivre. On me suggéra d'écrire une histoire de l'acid house (et du chaos qui s'ensuivit). Mais comment exprimer la folie des dix dernières années en faits et en personnes ? Toutes les revues musicales célébrant les DJs et les organisateurs de soirées, tous les magazines de dance furent impuissants à rendre compte du phénomène avec authenticité. Les journalistes de rock et de punk ne firent guère mieux en leur temps. Car la vraie histoire ne se trouve pas dans d'obscurs white labels, ou dans les techniques des DJs et des pop stars mais dans les émotions des personnes ayant vécu ce désordre, cette absurdité, ces excès. Et jamais ces émotions ne furent mieux exprimées qu'à travers la fiction.

Sarah CHAMPION

Nicholas Blincoe

Ardwick Green

Il s'appelait Jackie Pye. Il fumait le cigare. Semblables à des éboulements sur une route, de gros morceaux de cendre s'écrasèrent sur le comptoir ; il les balaya d'un revers de la main.

– Je ne comprends pas ce que tu essaies de me dire, fiston.

Une fois de plus, Andy reprit son histoire depuis le début.

– Voilà, l'idée c'est de créer une ambiance le week-end, un truc léger comme une brise. On met de la musique, doucement, juste un fond sonore, on passe un après-midi tranquille, et, vers sept heures et demie, tout le monde rentre chez soi, paré à reprendre le boulot le lundi matin.

Jackie observa attentivement le gamin assis sur deux tabourets – un pour lui, un pour sa jambe cassée – de l'autre côté du bar. Il aurait aimé l'interroger sur sa jambe, l'histoire devait valoir le coup, mais ce n'était pas le moment ; le petit faisait une fixation sur son idée du dimanche après-midi idéal.

Jackie ne pigeait toujours pas :

– Tu veux louer cet endroit pour faire la fête ?

– Pas le louer, non. Je pensais qu'on pourrait se le partager. Du style : vous encaissez les consommations et nous, on garde le prix des entrées qu'on fera.

– Et quel imbécile aura l'idée de se pointer ici un dimanche après-midi ?

– On va peut-être ramer un peu, ça va peut-être

prendre quelques semaines, mais vous savez, monsieur Pye, avec le bouche à oreille...

Pour le moment, le club était désert, il n'y avait que lui et ce jeune idiot qui se grattait la jambe sous le plâtre.

S'apercevant qu'il était assis sur les restes de la nuit précédente, Jackie secoua son gros cul dans l'évier, après quoi il sortit un autre cigare de la poche de sa chemise. Il était deux heures et demie, l'homme de ménage n'avait pas encore fini de nettoyer les chiottes, et il faudrait encore une bonne heure à ce vieux croûton avant qu'il ne remonte. L'endroit ressemblait à s'y méprendre à une décharge publique.

– Elle est débile ton idée, fiston. Regarde autour de toi. Tu vois la même chose que moi ? Et tu sens cette putain d'odeur ? C'est l'effet de la lumière du jour dans ce genre de trou. On n'appelle pas ça une boîte de nuit pour des prunes. Ça ferait gerber n'importe qui de normalement constitué – si la bière ne l'a pas déjà fait.

– Mais non, monsieur Pye. C'est un chouette endroit.

Andy ne se faisait guère d'illusions. Son informateur devait être bourré quand il lui avait assuré que le club était du genre vieillot mais glamour. De l'extérieur on aurait dit deux énormes garages accolés, recouverts à la va-vite d'un crépi blanc pour donner à l'ensemble un air de relais routier. A l'intérieur, un couloir passant devant un vieux distributeur de cigarettes menait aux escaliers, qui descendaient vers les chiottes et le bar réservé aux membres ; la piste de danse occupait tout le premier étage – et Jackie Pye presque toute la place derrière le comptoir.

– C'est ça, un endroit du tonnerre ?

Il pointa son cigare sur la charpente médiévale, le mur en clayonnage recouvert d'une sorte de boue, la cabane du DJ avec son toit de chaumes ; du cent pour cent pur toc. Seuls les relents de bière et l'usure étaient authentiques.

– Sauf ton respect, c'est un sacré bon gagne-pain,

rien de plus. Je m'en tire plutôt bien et je ne crois pas pouvoir m'en tirer mieux en ouvrant le dimanche après-midi.

Andy n'était pas prêt à abandonner. Il avait déjà tenté sa chance partout dans Manchester. Personne ne le prenait au sérieux, tous se contentaient de hausser les épaules et de lui dire qu'ils ne voyaient pas l'intérêt de payer des serveurs un dimanche après-midi pour ça. Il insista :

– Vous vous trompez, monsieur Pye. On pourrait faire de ce club un endroit cool, vous savez. Un coin où on vient se détendre sans réfléchir à rien, histoire d'adoucir la descente.

Il fit une pause avant d'ajouter :

– Et puis, si c'est ce qui vous inquiète, il n'y aura pas de drogue.

– Je m'en tape de la drogue, fiston. Qui t'a parlé de mon club, d'abord ?

Andy désigna un corps affalé par terre, de l'autre côté de la piste de danse – celui de Jess, à moitié stone, englué dans son monde intérieur.

– Lui.

– Qui, lui ?

– En fait, c'est pas vraiment lui. C'est son frère qui connaissait votre club. Il y venait souvent à une époque.

Jackie Pye regarda plus attentivement.

– Conrad Stubbins ?

Andy ne fut pas vraiment surpris, la ressemblance était frappante.

– Ouais, c'est Jess, le frère de Conrad.

– Il n'a pas l'air bavard, il a du mal à imprimer ?

– Il est juste venu pour me donner un coup de main, parce que (Andy baissa les yeux sur sa jambe) je ne peux pas conduire.

Il fut pris d'une furieuse envie de se gratter.

Jackie s'étira en soupirant.

– O.K., écoute, petit, je pense que t'es un peu timbré,

mais puisque tu connais Conrad, je vais y réfléchir. Maintenant, tu te casses, tu me donnes un coup de fil mercredi et je te donnerai ma réponse. Ça te va ?

Andy opina et attrapa ses béquilles pour se lever :

– Vous êtes un prince, monsieur Pye. Un vrai prince.

Il posa son pied valide à terre et se contorsionna pour extirper de la poche arrière de son pantalon un morceau de papier roulé en tube.

– Qu'est-ce que c'est ? questionna Jackie.

Andy le déroula sur le bar.

– Une maquette.

– Pour du P.Q. décoratif ?

– Non, pour les flyers. On va en distribuer dans toute la ville. Autour de l'Hacienda et de Blackburn, dans des raves et des tas d'autres endroits comme ça.

Jackie avisa le bout de papier rigide de la taille d'une carte postale. Le motif représentait un champ verdoyant dans lequel s'ébattaient des chiots roses. Dessus, on pouvait lire : *Détends-toi, le week-end s'achève en douceur à Ardwick Green,* ainsi que le nom de son club, *The Lampligther,* et la date du dimanche suivant.

– Comme je vous l'ai dit, on s'occupe de toute la partie publicitaire. On va en imprimer cinq mille.

Jackie hocha la tête.

– Ce dessin ne fera pas l'affaire, mon garçon. Les types qui viennent ici sont, pour la plupart, des anciens militaires, et je ne pense pas que ça les amuse beaucoup de regarder une bande de gamins fêter le jour des chiots.

– Mais ils ne seront pas ici, non ? Pas à cet étage. Pas un dimanche en début d'après-midi.

– Ça m'étonnerait. Mais... (Il regarda Jess) il y aura sûrement quelques potes de son frère en bas, au bar privé. Bon, allez, casse-toi et appelle-moi dans le courant de la semaine.

Le gamin se leva et traversa la piste en flageolant. Le petit frère de Conrad Stubbins l'attendait près de l'escalier. Jackie inspecta le comptoir, à la recherche de son briquet.

C'est vrai que personne n'utilisait la piste de danse le dimanche, mais en bas c'était généralement plutôt vivant. La clientèle du Lamplighter se composait de personnes qui voulaient tuer l'après-midi, et se foutaient des horaires d'ouverture.

Au moment où les gosses sortaient, Jackie lança :

– Au fait, comment va Conrad ?

Le frangin eut l'air un peu étonné.

– Bien. Il espère être libéré sur parole d'un moment à l'autre.

Jackie approuva d'un hochement de tête, dit qu'il lui souhaitait bonne chance, puis laissa partir les garçons.

Ce n'est qu'après avoir allumé son cigare qu'il se mit à réfléchir. Beaucoup de types aimaient traîner au club le dimanche après-midi, pourquoi leurs petits frères seraient-ils différents après tout ? Il ne comprenait rien à ces conneries de brise qui souffle et de descente, cependant, une chose était certaine : le dimanche après-midi, c'était la dernière occasion de se détendre avant de reprendre le boulot. Il dirait peut-être oui aux gosses, ne serait-ce que pour voir ce que ça donnait, en pratique.

Qu'on arrive de la Mancunian Way, en passant par la longue étendue de bitume jonchée de canettes que le vent faisait rouler vers l'Apollo Theatre ; ou bien, du Leasure Center d'Ardwick, où Andy s'était cassé la jambe, de Brunswick Street jusqu'au bas de Plymouth Grove, tout près de l'hôpital où on l'avait plâtré ; tous les chemins possibles étaient dessinés au dos des flyers à côté de la partie autobiographique. Un X marquait le croisement des deux routes où se trouvait le Lampligther, une bâtisse trapue au toit plat plantée comme une grosse boîte sur une aire bétonnée trouée de quelques touffes d'herbe sale. Le cœur d'Ardwick Green. C'était loin d'être le genre de local qu'espérait Andy, enfin, il n'allait pas gâcher ses débuts de DJ pour si peu.

Le dimanche venu, il se pointa en taxi, environ trois quarts d'heure avant Jess, et commença à se mettre à l'aise dans la cabane du DJ.

Il avait posé ses références professionnelles à la jonction des deux platines hi-tech, une signée par Fabio et une autre par Grooverider, deux papiers différents pour bien montrer qu'il s'agissait de deux personnes différentes, et non des pseudos d'un même DJ. Il posa son plâtre sur un tabouret et cala ses béquilles contre le mur du fond. Assis à côté des platines, il pivota pour accéder à la table de mixage et se repassa ses trois classiques préférés, histoire de se décontracter : *Marshall Jefferson, Adonis, Frankie Knuckles.*

Jess arriva flanqué d'une troupe de potes déchirés à l'acide, arborant un sourire idiot. Il avait vraiment l'air d'un crétin, la bouche grande ouverte, comme bloquée. Il n'était plus très frais mais une sorte d'énergie fiévreuse lui permettait de tenir le coup. Ses copains, quant à eux, n'étaient plus vraiment dans le coup, ils semblaient désincarnés, presque transparents. Andy s'étonnait même qu'il leur reste assez d'énergie pour se vautrer et attendre.

Il fit signe à Jess.

– Ça va ? cria-t-il.

– Un putain de super panard. Alors, t'es prêt à entendre les nouvelles ? hurla Jess en approchant.

Andy acquiesça : il était synchrone.

– Comment ça s'est passé la nuit dernière ?

– Trop grand, mec. On est allés chez Fonzo Buller, puis on est montés jusqu'à Blackburn. Je crois qu'on s'est pas mal fait remarquer là-bas... Il pointa le pouce derrière lui : J'en ai ramené quelques-uns et on devrait s'en récupérer quelques centaines de plus. Tous ceux qui ont vu nos flyers sont partants. Franchement, t'aurais dû venir pour rameuter la foule avec moi.

Andy haussa les épaules :

– J'ai la jambe cassée.

Jess lui avait téléphoné au moins six fois entre la fin des résultats du football et le début de *Blind Date,* pour le persuader de l'accompagner à Blackburn. Planqué derrière le canapé, Andy avait laissé à son répondeur le soin de régler le problème. Il avait passé la soirée courbé sur sa platine, à chronométrer les bpm de ses disques, en notant le résultat sur des étiquettes. Outre qu'il se sentait incapable d'affronter une autre nuit à Blackburn, il voulait rester sobre.

La dernière fois qu'il y était allé, il avait dansé toute la nuit dans un entrepôt d'une zone industrielle située quelque part en bordure de la ville. Lorsqu'il avait émergé, il était allongé par terre et l'aurore commençait à filtrer. La tête renversée vers le ciel, il s'était mis à faire des roulades, imaginant qu'une caméra suivait ses mouvements sur le sol rugueux. Insensiblement, un bruit métallique s'était immiscé dans ses pensées. Il venait du fond, des coups frappés contre l'énorme rideau en acier – assez grand pour laisser entrer un bus – qui fermait l'entrepôt. Quelqu'un releva le rideau et il avait soudain eu l'impression d'être dans *Rencontres du troisième type,* dans cette scène où une vapeur luminescente s'infiltre par les interstices du vaisseau spatial. Andy avait alors ressenti une vague de panique autour de lui. Puis la fumée s'était dissipée et il avait pu distinguer des formes bleues et blanches. Des voitures de police.

Depuis ce jour-là, les flics effectuaient des descentes toutes les semaines. Où qu'on se rende, il fallait traverser un barrage de police, soutenir leur regard en se demandant si on ne transportait rien d'illicite. Une double dose de paranoïa, celle de la descente, et la peur d'être arrêté pour détention de drogue. Au bout de la troisième fouille, Andy avait décidé de ne plus retourner à Blackburn. Peu importait le prétexte qu'il lui fallait inventer, il arrivait toujours à se défiler. D'ailleurs, de ce point de vue, il n'était pas mécontent de s'être cassé la jambe.

Jess pouvait bien continuer à prendre des risques, Andy avait juré qu'on ne l'y prendrait plus. Une fois, il s'était fait arrêter avec un quart de feuille d'acide – environ soixante-quinze doses. Il avait clamé son innocence, juré qu'il ne touchait plus à ça et que c'était précisément la raison pour laquelle il avait oublié qu'il lui en restait dans la poche supérieure de sa salopette ; sa théorie étant que, tant qu'il serait lui-même persuadé d'être blanc comme neige, son aura suffirait à en convaincre les flics. Et de fait, il devait avoir un karma surpuissant pour réussir à surmonter une atmosphère si totalement paranoïde. Avançant avec autant d'assurance que les évadés d'un asile d'aliénés, les gars que Jess traînait derrière lui s'entassèrent sur la piste et se mirent à danser laborieusement sur leurs pattes de Bambi.

De temps à autre – sans doute par un mimétisme inconscient – Andy loupait ses mixes et des rythmes différents se mêlaient en une cacophonie robotique. Il regarda la piste : les visages des danseurs étaient empreints d'une grande perplexité. Les veines de son front palpitant sous l'effort, il actionna alors un variateur d'intensité. Les danseurs perdirent leur expression horrifiée en entendant le premier morceau céder calmement la place au suivant, cependant, chose inquiétante, rien ne vint la remplacer ; ils étaient totalement inexpressifs. Ils semblaient vidés, comme désarçonnés par une méchante descente.

Andy tenta d'évaluer le nombre de tours qui restaient avant la fin du disque, et dit :

– Ecoute, Jess, je dois sortir.

– Quoi ? Tu vas où ? Aux chiottes ?

Andy hocha la tête.

– Ce morceau devrait durer assez longtemps, mais si je ne suis pas de retour à temps, tu passes un autre disque... (Il se levait de son siège lorsqu'il se souvint) et pour l'amour du ciel, laisse allumé.

Les yeux de Jess clignotaient au rythme de la musique.

– Mais oui. T'inquiète. Je prends les choses en mains.

Andy s'éloigna en espérant pouvoir lui faire confiance. Il avait choisi de miser sur l'ambiant, avec une touche de Balearic, mais savait que Jess, excessif par nature, n'envisageait la musique qu'avec 150 bpm de plus que la normale et que sa conception d'un mix réussi avait tout du carambolage.

Les béquilles sous les bras, Andy sautait les marches menant aux toilettes quand il entendit son nom.

– Mais c'est ce cher Andy ? J'ai entendu dire que tu donnais une fête alors je suis venu me taper un petit boogie.

Un type de petite taille, affichant un sourire de déjanté, lui faisait face.

– Putain, Conrad. Tu es sorti quand ?

Conrad Stubbins avait passé sa première nuit dans un casino à l'âge de quinze ans, déchiré avec des comprimés volés dans une pharmacie. Il s'était découvert ce penchant pour les amphétamines deux ans plus tôt en traînant dans des clubs tels que le Twisted Wheel. Aujourd'hui, il pensait avoir tout vu de ce qui se faisait en matière de night-clubs. Bien sûr, il avait ses préférences, mais en général, n'importe quel endroit et n'importe quel tempo faisaient l'affaire. Et puis, il ne s'était pas tapé de petit boogie depuis des années. Tandis qu'Andy terminait de descendre les marches, Conrad répondit :

– Ouais, je suis sorti la nuit dernière. J'étais à Maidstone cette fois. Ils m'ont filé un ticket de National Coach en me disant de retourner me faire foutre dans mon putain de Nord... et j'ai répondu : « Avec un putain de plaisir. »

Andy s'installa dans la cabine du milieu, la seule disponible. Le verrou était cassé, il bloqua la porte avec ses béquilles, inspira profondément, expira, et dit :

– Ben, c'est bon de te revoir.

Deux autres gamins urinaient contre les pissoirs. Conrad intercepta le regard furtif qu'ils lancèrent par-dessus leurs épaules, histoire de voir à quoi ressemblait un ex-taulard. Il leur adressa un large sourire, s'approcha tranquillement et prit place entre eux. Debout, la braguette baissée, l'engin à la main, il jeta un coup d'œil à droite et poussa une exclamation théâtrale ; puis il se tourna vers la gauche, et gratifia l'autre gamin d'un long sifflement.

Les deux garçons eurent un mouvement de recul maladroit. L'un d'eux n'avait pas encore fini de pisser, mais son pote refermait vivement sa braguette lorsque Conrad l'interpella :

– Eh, toi, tu connais le jeune Jess ?

Le garçon hocha la tête, l'air hébété.

– T'es allé avec lui à Blackburn ?

– Oui.

Il avait les yeux creusés et cernés d'un bleu virant au noir sur le bord... les signes de la paranoïa de la descente, interpréta Conrad. Il ferma les yeux et hocha plusieurs fois la tête en souriant. Sachant qu'un rien suffirait à faire flipper le gamin, il le regarda droit dans les yeux et entreprit, tranquillement, de projeter son jet fumant contre le pissoir. Le silence s'éternisant, le gamin se mit à trembler. Enfin, Conrad reprit :

– T'as franchement l'air claqué.

– Euh, ouais, en fait, tu sais...

Conrad savait. Quelques quarante-huit heures sans dormir, des yeux explosés, maintenus ouverts et parallèles par l'ecstasy et l'acide.

– Moi, je commence tout juste. J'ai pris deux ecstas il y a une demi-heure, plus une dose d'acide. Je ne devrais pas tarder à monter, hein, qu'est-ce que tu en penses ?

Le gamin hocha la tête, ouais, ça lui semblait bien.

Le pisseur numéro deux finissait tout juste son affaire, il secoua la dernière goutte avant de remballer et, profitant de ce que Conrad lui tournait le dos, se dirigea en douce vers la sortie. Peine perdue.

Avec un soupir de satisfaction, Conrad fit jaillir un ultime jet, et regarda derrière lui. Les yeux des deux gamins étaient rivés aux dernières gouttes qu'il secouait en disant :

– Et toi, comment tu te sens, mon gars ?

A présent, ils étaient coincés tout les deux.

– Je vais bien, s'empressa-t-il de répondre, tandis que l'autre semblait tombé en catalepsie.

– Je dois avouer qu'à vous voir comme ça... (Conrad s'exprimait d'une voix douce et rythmée, continuant tranquillement de se secouer, comme pour gagner du temps) vous avez vraiment l'air de sacs à merde tous les deux. Qu'est-ce que c'est que ces fringues ?

Ils portaient des vêtements de sport, visiblement pas adaptés. Un pantalon de jogging ringard et un sweat-shirt pour l'un. Une salopette sur un haut à cagoule, pour l'autre. Ils étaient chaussés d'énormes baskets.

– Moi, j'aime bien avoir la classe. Matinique, Lacoste, Pringle. Mais je suis peut-être démodé, je suis quand même resté à l'ombre pendant deux ans. Qu'est-ce que vous en dites ?

Ils n'avaient pas grand-chose à dire du vieux Farah que portait Conrad. Ils hochèrent énergiquement la tête en même temps.

– T'es très bien.

En réalité, il savait que ses frusques étaient atroces, mais il attendrait de se faire un peu d'argent pour s'en payer d'autres. Il avait claqué en dope tout ce qu'il avait récupéré à sa sortie de prison. Il remballa sa queue dans le Farah, qui ne lui allait pas si mal grâce aux kilos perdus en prison – les Farah ne vont bien qu'aux maigres –, et s'approcha d'eux. Ils reculèrent d'un pas. Il avança encore.

A un mètre du lavabo, il s'arrêta, se regarda dans le miroir ; à en juger par ses yeux, son cocktail commençait à agir. Ses pupilles recouvraient presque totalement l'iris. Il se gratifia d'un large sourire : c'était de la pure. En examinant de plus près la taille et le style de son sourire, il se dit que ce bon vieux Jack Nicholson en était. Pas de doute. Il lissa le col de son polo Lacoste, enleva une peluche, et se tourna vers les deux gamins qui reculaient toujours, un pas après l'autre.

– Vous ne vous êtes pas lavé les mains, gros dégueulasses ?

La tablette en Formica du lavabo était recouverte de verres de bière de la veille. Certaines piles comptaient huit verres, on apercevait les fonds jaunâtres par transparence. Conrad poussa un rugissement – rrroooaarrrrgggg – en les balayant de la main, les gamins firent un bond et se ruèrent vers la porte, poursuivis par son rire de fou. Lui qui se disait justement que c'étaient de bons petits gars, un peu nerveux, mais mignons. Il en avait croisé quelques spécimens en prison, ils ne lui semblaient guère adaptés à la vie carcérale.

Il avait trouvé ça marrant d'envoyer valdinguer les verres, mais il voulait aussi s'aménager un peu d'espace pour se faire quelques lignes sur le Formica. Il fourragea dans les poches avant de son Farah et en sortit quatre bouts de papier. Comme ils se ressemblaient, il avait inscrit une lettre sur chacun d'eux pour les différencier. Le voilà, BW pour Billy Whizz. Il déplia les coins et ouvrit délicatement le papier. Le gramme blotti dans la pliure diagonale l'accueillit avec un sourire d'escroc aux dents blanches.

Andy suait de trouille dans sa cabine. Il avait entendu la conversation suivie du fracas des verres en priant pour que Conrad le laisse en paix. C'est alors qu'on commença à tambouriner à la porte coincée par une béquille. La voyant glisser, il comprit qu'il était trop tard. Devant lui, l'homme le regardait en souriant.

– T'as pas une carte de crédit, j'ai oublié la mienne à la maison ?

Le pantalon d'Andy était enroulé autour de sa cheville valide, et sa jambe cassée, nue hormis le plâtre, tendue devant lui.

– C'est une putain de drôle de position ça. Franchement, moi je suis toujours incapable de couler un bronze tant que je ne suis pas confortablement installé et tout, dit Conrad.

Andy s'était senti à l'aise, jusqu'à ce qu'il entende les verres se briser. Depuis, un spasme lui remontait le long du colon, le bloquant complètement. Conrad reprit :

– Ne te dérange pas, je vais me servir.

Il se pencha, fouilla les poches du pantalon d'Andy et se releva, une carte bancaire et un billet de vingt à la main.

– Je prends aussi le billet. Je n'ai plus un radis à me foutre dans les narines.

Il fit demi-tour, mais se ravisa.

– J'y pense, ça pourrait peut-être te faire de l'effet... (Le Farah avait des poches latérales qui dépassaient de chaque côté, comme celles des treillis ; Conrad plongea sa main dans celle de gauche d'où il tira une bouteille de Liquid Gold.) Sniffe un coup, ça va te relâcher le fion.

Andy n'osait faire le moindre geste. Les mains agrippées au rebord de la cuvette, il maintenait son cul vers le bas, comme s'il craignait qu'il ne s'envole. Conrad reprit :

– J'ai une meilleure idée, je vais sniffer en premier, comme ça tu pourras prendre tout ce qui reste. (Il dévissa le bouchon du poppers, et sniffa profondément deux fois avant de le refermer. Deux secondes plus tard, il hurlait en secouant la tête.) Whaooh, aaarrrggh, putain... en plein mon putain de point G. A ton tour, fiston...

Il lui colla la bouteille en pleine figure. Andy avança

une main hésitante et la saisit. Conrad explosa d'un rire chargé d'amyl.

– Fais-moi signe quand t'auras fini. Je te laisse maintenant.

La porte se referma, Andy se retrouva prisonnier dans sa cellule, une jambe tendue, une bouteille de poppers à la main et la trouille qui lui tordait les boyaux.

Conrad reprit sa petite discussion en alignant le speed :

– J'adore prendre de la dope dans les chiottes, mais il faut toujours faire gaffe avec les amphés. Rien de pire que de s'en envoyer à la va-vite. Si tu voyais mon nez. Le speed m'a tellement bouffé la peau que j'ai des lambeaux qui pendouillent de partout, véridique. Il peaufina ses deux grosses lignes, lécha le bord de la carte de crédit, puis enchaîna : Ce que je déteste le plus, c'est d'avoir l'air d'un pauvre connard, avec le doigt à mi-chemin de mon putain de nez, à essayer de m'empêcher de trembler... Il frissonna. Y a pas pire.

Andy, demeuré silencieux, entendit la porte des toilettes s'ouvrir et se fermer sur deux types. Conrad leur fit un clin d'œil :

– Faites comme si je n'étais pas là.

Ils opinèrent avec un petit sourire crispé. Il nota, non sans un certain amusement, qu'ils semblaient faits de la même étoffe que les deux qui venaient de filer. Même genre de vêtements mous et trop grands de plusieurs tailles, mêmes regards de camés en pleine descente.

Il les laissa faire leurs besoins, roula consciencieusement le billet de vingt d'Andy, pour former un tube très fin, et commença à inspirer sa première ligne en gueulant : « J'arrive ! » Lorsqu'il eut tout sniffé, il renversa la tête en arrière avec un rugissement exalté. Les têtes des types occupés aux pissoirs se tournèrent à l'unisson.

– Je vous ai dit de ne pas faire attention à moi, vous deux.

Les têtes se retournèrent instantanément. Conrad s'enfila la deuxième ligne. Cette fois, il chancela légèrement, toujours en rugissant. Une incroyable onde d'énergie pulsa le long de ses jambes et remonta jusqu'à ses bras. Sa tête tambourinait, l'ecsta prenait le contrôle. Soudain, il se souvint de l'amyl. Il shoota dans la porte d'Andy.

– T'as fini avec le poppers ?

Andy n'y avait même pas touché. Il était resté assis, la bouteille serrée dans la main, effrayé de ce qui risquait d'arriver s'il perdait, ne serait-ce qu'une seconde, son sang-froid. Au moment où il la tendait à Conrad, il s'entendit demander :

– T'as fini avec le billet de vingt ?

– Ne fais pas le malin avec moi... je te le rendrai tout à l'heure.

Il poussa la porte et se tourna vers les deux autres types qui refermaient leur braguette en regardant la petite scène qui se jouait dans la cabine.

Il se jeta sur eux, les attrapa chacun par la nuque et les flanqua par terre. Leur écrabouillant le nez au sol, il leur dit :

– Alors, les garçons, je parie que vous êtes des potes aux autres gamins ? Et si on se prenait une petite dose d'amyl tous ensemble, hein ?

Il avait déjà tranché la question et, pris d'un accès de pure générosité, les laissa même ouvrir le bal. Il libéra leurs têtes, déboucha la bouteille, puis la colla sous le nez du gamin de gauche, qui se débattit et tenta de reculer après en avoir inhalé une bouffée. Dans un mouvement brusque pour rattraper le fuyard, Conrad lui envoya une rasade d'amyl en pleine figure.

– Tu ferais mieux de laver ça tout de suite, ça brûle comme l'enfer, lui conseilla-t-il.

Pendant que le gosse titubait jusqu'au lavabo, Conrad fourra le nez de l'autre dans le poppers.

– Inspire profondément.

Il ne relâcha sa prise que lorsque sa victime eut pris une bonne grosse inspiration. C'est alors qu'il remarqua la trace autour de sa narine.

– Minute... Il prit le bord du sweat-shirt du gamin pour essuyer le goulot du flacon. Merci, fiston. Tu ferais mieux d'aller laver ton nez avant que ça brûle.

Courbés au-dessus des lavabos, les deux gamins s'aspergèrent le visage. A son tour, Conrad sniffa l'amyl qui fusa dans ses narines et entra en collision avec l'ecsta. Une réaction chimique qui le terrassa. Ecarlate, secoué du même rire hystérique que ces débiles éructant leur peace-and-love, il s'approcha et leur tapa dans le dos.

– Qu'est-ce que vous foutez, vous deux ?

En voyant une autre éclaboussure s'écraser sur leur nuque, il comprit qu'il avait oublié de reboucher le flacon.

– Oh, merde.

D'expérience, il savait qu'il faudrait quelques bonnes minutes avant que le liquide ne commence à brûler, mais comme il s'était éclaboussé les phalanges, il préféra se rincer immédiatement. Il vira les garçons à coups de coude.

– Désolé, c'est vraiment trop con, vous devez commencer à en avoir un peu marre, hein ?

Ils secouèrent la tête... Ça va... et se replièrent vers la porte.

– Attendez, les gars. J'ai besoin d'un coup de main pour un truc.

Il fourragea dans la poche de son pantalon, en sortit deux morceaux de papier et désignant le garçon le plus proche de lui, demanda en lui en tendant un :

– Hé, toi, qu'est-ce que tu vois là ? Merde, j'ai les yeux qui foutent le camp, je crois que c'est à cause de cette saloperie d'acide. T'arrives à lire la lettre là-dessus ?

Il fit oui de la tête.

– Alors, c'est quoi ?
– Un H.
– Un putain de A. T'as un briquet ?
Il avait une idée. Il tira de sa poche un bout de canette en aluminium, le déplia et vida la moitié de la dose d'héroïne dans la pliure.
– File-moi ton briquet et tiens ça bien ferme.
Le gamin fit ce qu'on lui ordonnait. Il ne manquait plus que le billet de vingt livres maintenant. Conrad le trouva, toujours bien roulé, rangé dans la poche revolver de son Farah. Avant de se le coller dans la bouche, il précisa :
– C'est beaucoup mieux avec un tube en métal, mais c'est tout ce que j'ai.
Il passa le briquet sous le morceau d'alu, le gamin commençait à transpirer. Lèvres serrées, Conrad marmonna :
– Quoi, c'est ton putain de pouce qu'est là-dessous ?
Le garçon se contenta de serrer les dents. Conrad était concentré sur la fumée d'héro qui s'élevait. Il procéda avec méthode, chassant la vapeur en faisant tourner la flamme sous l'alu. Quand il eut fini de pomper, il se félicita :
– Solide comme un roc.
Les garçons attendaient, l'un d'eux tenait sa main brûlée.
– Et les applaudissements, alors ?
Ils applaudirent.
– Bon sang, ce que je peux vous aimer, mes salauds, c'est vrai, merde.
Ils se tournèrent vers la porte, mais il les stoppa à nouveau.
– Hé, ne partez pas, on est dans un putain de pays libre, je n'ai pas le droit de vous chasser d'ici. Faites votre petite commission.
Ils semblaient gênés.
– C'est fait, dit l'un d'eux.
– Non, c'est pas fait.

– Si.

– Ecoutez. Je suis resté ici tout le temps et je sais très bien que vous n'avez rien fait, alors vous allez faire vos putains de besoins. (Il les attrapa par le bras et les flanqua devant les pissoirs.) Ne laissez jamais personne s'interposer entre vous et vos besoins naturels, c'est ma règle d'or. Alors vous pissez, et vous m'oubliez.

Il shoota à nouveau dans la porte d'Andy.

– Qu'est-ce que t'en dis, ducon. J'ai pas raison ? C'est un putain de pays libre, oui ou non ?

Toujours assis, Andy tremblait de peur. Conrad reclaqua la porte.

– C'est vrai, merde. Alors pousse un bon coup et laisse-moi la place, que je puisse décharger la marchandise.

Il se posta entre les gamins, l'un d'eux semblait pris de convulsions semblables à celles d'un handicapé moteur, l'autre pleurnichait.

– C'est quoi votre putain de problème ? Arrêtez de beugler, putain, vous allez finir par me foutre en rogne.

Ils firent mine de regarder ailleurs. Conrad se remit à la tâche, qui consistait à s'astiquer avec frénésie. N'obtenant qu'une pitoyable semi-érection, il fixait sa gaule, incrédule.

– Putain de merde, je comprends rien à cette putain de saloperie de merde.

Il recula en flageolant, fonça dans la porte de la cabine et atterrit sur les genoux d'Andy. Il se raidit en constatant qu'il commençait à pisser – si fort, qu'il semblait incroyable que ça puisse sortir d'un seul trou. Il recula contre la porte battante et se glissa dans l'ouverture en voyant que les garçons s'éloignaient des pissoirs et semblaient... Les cons, il n'avait pas le choix, il devait les arrêter. Il se lança à leur poursuite.

Ils esquivèrent son poing, qui ne s'arrêta qu'à l'obstacle suivant, la porte d'une autre cabine. A l'intérieur, un gamin au regard halluciné de terreur hurla à pleins poumons et se rencogna contre un mur. Conrad lui fila une claque, avant de repartir en titubant vers le miroir du lavabo. Il ne comprenait pas ce qui arrivait.

Une tête émergea au milieu du miroir, comme un clown sorti d'une boîte. Ses lèvres rouges, tordues en un large sourire, bavaient comme un geyser. Une audace cent pour cent chimique. Autour de ce visage, il distinguait des visages de fous hurlants, fonçant dans les murs et se vidant dans les pissoirs.

Jackie Pye acheva son inspection des toilettes pour hommes puis remonta dans la salle. En dehors du gamin plâtré et du petit frère de Conrad, la pièce était vide. A la voir ainsi, on ne pouvait imaginer les scènes orgiaques qui s'y étaient déroulées, un peu plus tôt. Il n'avait rien vu de tel depuis des années. D'habitude tout ce que souhaitaient les clients, c'était passer leur dimanche scotchés au bar pour se torcher un bon coup. Mais aujourd'hui, ils étaient tous venus se taper un petit boogie. Une vraie ambiance de fête avec Conrad Stubbins fraîchement sorti de prison et le petit frère qui met à fond *Bienvenue à la maison* pour l'accueillir. Du bon boulot, pensait Jackie. Alors que le troupeau de déjantés rameutés par Jess Stubbins n'étaient que des paumés, bons à rester vautrés au bord de la piste, l'air boudeur.

Enfin, tout bien considéré, il fallait admettre que ça ne s'était pas si mal passé. Et, s'il restait le problème des toilettes à régler, il savait que les deux garçons assis devant lui ne lui causeraient aucun ennui réel.

– Pour ça, je ne peux rien faire. Il y a une cuvette de cassée, et les pissoirs sont fêlés. Il faudra les retirer de votre compte. Malgré tout, je vais prendre le risque de vous laisser les week-ends.

Andy tira la recette des entrées de sa poche et lui tendit la liasse sans compter. Pour lui, le week-end s'était effectivement terminé à Ardwick.

– Oubliez ça, monsieur Pye. Ça ne marchera pas.

Etendu en travers de deux chaises, il observait son plâtre en bouillie, s'effilochant sur les bords, résultat de sa tentative d'enjambement du frère de Jess, soldée par une glissade dans la flaque de pisse.

– Il faut que je retourne à l'hôpital.

Jackie Pye regarda la jambe.

– Au fait, tu te l'es cassée comment ?

Andy se l'était cassée en essayant de sauter un dénivelé de cinquante centimètres, à peine.

– En faisant du skate-board, répondit-il.

– En faisant du skate-board ? Jackie Pye secoua la tête. Ben, merde. Je t'aurais jamais cru du genre casse-cou. Tu sais qu'en temps normal, je ne fais jamais affaire avec les types dans ton genre...

– Il faut qu'on y aille, coupa Andy.

– OK, allez-y. J'imagine que Conrad a vos adresses. Si pour une raison ou une autre vous avez un problème la semaine prochaine, je passerais vous prendre. On ne sait jamais. Alors, on est d'accord : dimanche prochain, même heure.

Traduit de l'anglais par Aline Azoulay
Titre original : *Ardwick Green*

Mike Benson

Des Anges partout

Quand mon estomac remonta dans ma gorge je sus que je devais m'éloigner de la piste de danse. Je veux dire peu importe l'état dans lequel vous êtes vous sentez toujours quand ça commence à mal tourner. Et tout s'était si bien passé bordel jusqu'à présent qu'il était impossible de faire la différence. Tout s'accélérait de plus en plus autour de moi et moi je me mettais à marcher carrément au ralenti. Je tenais debout mais mes jambes elles ne pouvaient plus danser. Seule ma vue fonctionnait encore, et à peine. Le problème quand vous êtes bronzé c'est que ça vous pose deux problèmes. Premièrement les gens se disent que vous êtes en pleine forme et deuxièmement, personne ne veut vous aider quand vous vous sentez mal parce que vous êtes visiblement allé quelque part et eux non. Alors que quand vous êtes pâle et que vous avez la tête dans le cul tout le monde pense que vous êtes défoncé et ils sont bien contents de ne pas être dans le même état que vous. Alors qu'eux sont dans le même état. Ils le sont. C'est juste qu'ils sont incapables de se regarder. Ils se disent qu'ils n'ont pas changé depuis la dernière fois qu'ils se sont regardés dans la glace. De toute façon comment pourrais-je dire quoi que ce soit à qui que ce soit quand je sais que si j'ai le malheur d'ouvrir ma gueule d'un ou deux millimètres, je dégueulerais sur tout ce qui m'entoure. Donc je continue à fermer ma gueule tant que j'en suis capable. Je suis cool. Je sais ce qui se passe. Je dois juste atteindre les toilettes ou autre chose ou bien un endroit qui soit loin d'ici. Et je passe devant un mélange kaléidoscopique de visages bras dents mèches rescapées du rasoir et hauts moulants et je suis à peu près sûr d'être dans la bonne direction et une connasse me serre dans ses bras et se met à essayer de danser avec moi. Et c'est un putain de canon. C'est clair et je sais que c'en sera un demain aussi et que si je continue jusqu'aux toilettes je ne la reverrai plus jamais et que si je reste je suis sûr de lui vomir dessus alors je joue l'indifférent et prie ce dieu qui est entre ses cuisses de me retrouver plus tard et de me réempoigner de la même façon. Je me dégage d'elle en lui adressant un sourire discret et un double clin d'œil tout en souhaitant n'avoir jamais mangé quoi que ce soit ce soir et aujourd'hui. Ça cogne ça bang ça groove ça pulse tout autour de moi. Je sens tous ces sons m'envahir complètement. Je suis en eux et ils rentrent en moi et si j'avais pu je serais resté avec... Je passe devant un mec de la sécurité et desserre les lèvres pour lâcher « toilettes » et tandis qu'il pointe son doigt en fendant la foule pour me montrer d'où je viens incrédule j'ouvre grand la bouche et vois son visage s'allonger tandis que mon estomac se vide sur son tee-shirt noir moulant ainsi que sur son gros bras toujours tendu en direction des toilettes. Je me sens déjà tellement mieux. Ma tête s'est allégée de près de trente kilos et je commence à reprendre le frais même si j'ai essuyé comme dix litres d'eau sur mon visage avec ma chemise au moins cinq fois durant ces deux dernières secondes. Fuck. La nana. Où est-elle passée ? Je retourne là où je crois je croyais j'espérais qu'elle serait et fais demi-tour en ayant l'impression de voler. Suis-je en plein milieu d'un trip ? Je dois me poser la question parce que ça ressemble vraiment à une expérience de sortie du corps et je n'ai pris que deux ecstas de merde. Tandis que je rentre dans tous les gens autour de moi je réalise que je me fais tirer en arrière par une force bien plus puissante que celle de l'acide. Ce n'est pas un bon trip du tout. Ce déplacement me ramène jusqu'à ce videur sur lequel je viens de gerber. Moi j'ai carrément tout oublié de ce type. Mais lui non. Et qu'est-ce que je fais ? En premier je lui dis d'aller se faire enculer et voyant que ça ne marche pas je lui sors « désolé mec c'est tous ces amphés-là. Y a plus de merde que d'X dans cette merde. » Ça lui creuse un sourire sur son visage. Il me tire vers lui tout près de ce sourire sur son visage et il se met à rire. Ce mec est un psychopathe mais ça peut jouer en ma faveur. Alors j'essaie de vaincre ma peur de la torture physique en lui rendant son sourire et en lui décochant un regard de malade mental. Et putain heureusement je fais semblant de lui vomir encore dessus car il me laisse enfin me démerder tout seul. Et là soudain je peux sentir toute la pression que j'ai contenue en moi. Mes yeux sont prêts à sortir de leurs orbites et mon cerveau de me passer à travers le crâne et je me sens prêt à danser comme une vraie salope et je ne vois rien tout à la fois et je n'entends pas la musique je la sens l'absorbe la ressens trop deviens elle la retiens dans mon âme et la remercie tellement d'être ici. Et je suis si heureux d'être là et pas ailleurs. Je ne souhaiterais être dans nul autre endroit au monde que dans ce corps à cet endroit dans ce crâne à cet instant et Si vient rebondir sur moi balancer ses bras en l'air faire allez t'en veux bien la moitié ? Et moi je fais quoi ? Et il fourre un demi-buvard dans ma bouche entrouverte et on est trop dans le vent et y a que la mort qui pourrait nous arrêter. Et personne n'essaie de faire la conversation ou d'assurer mieux que l'autre et je jure que mes sourcils sont en train de décoller de mon putain de front et l'acide et les amphés vont si bien ensemble en tout cas tant que vous êtes hyper-heureux, et de toute façon c'est impossible de ne pas se sentir hyper-heureux de toute façon. Alors je reste parce qu'il y a quelqu'un sur l'estrade là qui nous envoie des sons du paradis et je jure que dans cette immense salle noire de lumière et moite de chaleur y a que des anges.

On est dans une voiture et je dis que cette fête est bien l'une des plus méchamment mortelles auxquelles on soit jamais allés et quelqu'un dit qu'on n'y est pas encore arrivés et je me fends la gueule et écluse des bières avec les autres et ils sont tous en train de chercher des places. Non ? si si. On va tous quelque part et je suis je suis je suis un amyl. On a de l'amyl et on est sales et les réverbères n'arrêtent pas de se croiser. Lumière liquide je fais mais une nana se met à geindre comme une folle à côté de moi et la voiture s'arrête et Si fait calme-toi ma grande on est bientôt arrivés et on est arrivés et quelqu'un demande de l'argent. Je plonge ma main dans ma poche et j'en sors vingt sacs qui ne semblent pas m'appartenir mais qui doivent pourtant être à moi. Une pensée me traverse l'esprit mais elle disparaît avant que j'aie pu la saisir et il n'y a pas tant de monde que ça mais la musique est bien. Non la musique déchire la tête elle le fait et tout le monde a tout ce qu'il peut souhaiter ici et il y a d'autres salles remplies de gens installés sur des coussins qui fument boivent discutent se font des lignes sur une cheminée et nous sommes là. Dans chaque salle il y a une scène une sono un son différents et l'air pèse plus lourd que moi alors que je ris bêtement au sein de cette armée de bras bouches et yeux. Mais je sens à nouveau l'appèl de cette salle mortelle où des choses bien plus incroyablement excitantes qu'un plaisir purement physique ou social m'attendent. Quoi j'en sais foutre rien mais je dois y être et les autres y sont et ils doivent ressentir la même chose alors on boit de la vodka qui me met le feu partout des cheveux jusqu'aux orteils. Je croise un mec dans les toilettes qui fourre sa main dans sa chaussette pour en sortir vingt sacs, coupe deux ecstas en deux et part à la recherche des autres ou bien des emmerdes ou bien encore des deux parce que personne n'en a encore eu assez jusque-là. Alors j'y retourne et j'en achète un autre pour plus tard. Mais je le garde vraiment pour plus tard parce que en général moi je suis toujours long à la détente et en plus Katy nous avait laissé de la neige hier soir alors là je me prends une petite ligne avec Frankie. Frankie a une passion pour les médicaments et le prouve avec un sac de cristal pour cinq personnes. On sue comme des bœufs là-dedans et Sarah débarque en escaladant les chiottes avec un billet coincé dans le nombril. Comment lui refuser ? On sort de là cet endroit est vraiment bourré à craquer et je m'aperçois que je suis dans la queue pour le vestiaire. Pas étonnant qu'on soit aussi entassés dans ce bordel et on se fait enfin sortir poliment et là une lumière carrément irradiante et je regarde ses lunettes de soleil à elle avant de les lui arracher et elle me poursuit dans la rue. Comment se fait-il que tu sois encore en vie je lui fais, contemplant la circulation bien fluide dans les deux sens. File-moi ces lunettes tout de suite avant que je te dérouille le cul elle fait. Qu'est-ce que t'as dit ? Je garde tes lunettes et je vais te dérouiller le cul, je lui fais, espérant rêvant que ce soit ce qu'elle cherche elle aussi. Elle m'arrache les lunettes des yeux et me dit qu'il y a un spectacle assez délirant à dix minutes d'ici à pied si je m'en sens la force. Alors on se retrouve dans un jardin privatif à boire du thé aux champignons et à kifer un del mar exquis chez de véritables accrocs du piercing avec leurs chiens. Mais j'ai jamais vu des gens aussi cool avec des étrangers et on traîne là-bas jusqu'à ce qu'il fasse trop froid et qu'on remette chacun nos vestes. Mais ils nous proposent de rester encore pour fumer leur skunk mais il faut au moins que je morde dans cette langue rose percée énorme en plastique avant de partir alors j'en prends la moitié que je coince derrière la mâchoire de Si et il patiente le temps qu'on aille à l'étage du dessus pour se retrouver dans une chambrette toute mignonne toute bleue hallucinante style Régence avec des rayures partout et des ours en peluche et putain de merde ça doit être la chambre d'une petite sœur ou quelque chose comme ça et j'arrête d'halluciner. Le contact physique rapproché est probablement la pire chose au monde mais on lèche quand même la poudre de Frank et je mords enfin dans sa langue à elle, une seule fois, parce qu'il le faut et on retourne en bas et les yeux de Si n'arrêtent pas de se cogner dans ses paupières. Il a juste besoin d'une bière alors je trace jusqu'à une épicerie mais là je peux pas parler je suis trop mort de rire. Le vieux à la caisse trouve ça marrant au début mais commence à perdre patience au bout d'un moment et Si finit par terre essuyant ses larmes avec ses genoux. Je regroupe toutes mes forces et j'arrive à demander vite huit deux six six huit six s'il vous plaît. Je sais que si je regarde encore une fois la tête de ce type je n'y arriverai pas alors je garde les yeux par terre et je les cache avec ma main parce que mes côtes me font trop mal. On retourne à la baraque mais elle a carrément disparu. Pourtant elle était là. Peut-être que c'était de l'autre côté... Mais de quel côté bordel ? On est où là de toute façon ? Et on se retrouve à nouveau par terre, partis dans ce délire incontrôlable à pisser sur nous face à une voiture rouge vif assise au feu rouge. Viens on va prendre le bus, fait Tanya. Je suis complètement effrayé de l'entendre je ne savais même pas qu'elle était là. Je ne l'ai pas vue de toute la soirée et elle est là avec sa petite tête à rigoler une canette de huit six dans la main. Je suis hyper-content de la voir mais elle n'a pas l'air de comprendre ce que je lui dis et ça n'a aucune importance et on arrive à sauter dans un bus avec elle pour nous enfiler le reste de cette blanche qu'on aime tous tellement. En tout cas il reste des X chez elle et du sanyassi rose aussi de toute façon c'est ça ou du valium alors il vaut mieux laisser ça pour demain. On fait tenir six énormes lignes sur deux couvertures d'albums, Si a trouvé une bouteille de JD dans la cuisine et je me mets à triper sur Tanya et c'est un bad trip parce qu'elle a un mec et que c'est une baraque et il est vraiment la dernière personne à qui j'aimerais avoir affaire au monde alors je souffle à fond et laisse courir mon nez le long de cette ligne blanche qui n'en finit pas jusqu'à ce que je manque d'air et que je sois obligé de finir par l'autre narine. Maintenant ma tête se met à trembler. Encore encore j'en veux encore. Mon cerveau est tout rétréci et le Jack Daniels vient tout foutre en l'air. Alors une grosse claque dans la gueule et on est tous frais comme des gardons prêts à repartir.

Traduit de l'anglais par Céline Cazals
Titre original : *Room full of Angels*

Irvine Welsh

Entrez dans la danse

Assis dans un pub spartiate mais populaire de Leith Walk, Crooky et Calum se disputaient quant à mettre ou non une pièce dans le juke-box.

– Démarre ce putain de juke-box, Cal, tu commences à m'les gonfler grave, lança Crooky.

Il venait de balancer sa dernière boule mais Calum avait du fric.

– T'as qu'à foutre ton fric en l'air si tu veux, répondit Calum.

– Allez, espèce de rapiat, mets-y une putain d'pièce, implora Crooky. J'supporte pas l'bruit quand j'suis dans un pub, mec.

– Arrête de brailler. Y a sûrement un idiot qui va s'y coller dans une minute. J'ai pas l'intention d'foutre quoi que ce soit dans c'te saloperie de juke !

– T'excite pas, ducon.

Calum n'avait pas dit son dernier mot, mais son attention fut retenue par une personne qui s'éloignait du bar en titubant, tentant maladroitement d'emporter son soda au tilleul dans un coin du pub. Arrivée à destination, la silhouette s'effondra sur le siège, comme si ses jambes refusaient de la porter plus longtemps, et resta immobile, plongée dans une transe dont elle sortait par sursauts.

– Vise le type, mec. C'est Boaby Preston. Boaby ! cria Calum à l'homme au teint terreux.

– Ferme ton putain d'gueuloir, merde. C'est qu'une saloperie de junkie. J'ai pas envie de m'traîner c'tas. Y doit pas avoir un radis, le con, fit Crooky. On prend pas d'passagers cette nuit, hein, on était d'accord Cally.

Calum dévisageait Boaby Preston. Derrière la silhouette grise captivée par son verre, il devinait celle du Boaby Preston de jadis. Des souvenirs d'enfance et d'adolescence affluèrent d'un coup.

– Eh mec, j'crois qu'tu piges pas bien. C'est c't'enfoiré d'Boaby, Boaby Preston, insista Calum, semblant croire que le simple fait de répéter son nom parviendrait à faire resurgir le Boaby Preston du bon vieux temps. Toutes les putains d'histoires que j'pourrais t'raconter à propos de c't'enfoiré d'... BOABY !

Boaby Preston se retourna, fit un effort visible de mémoire, et hocha une tête ahurie en signe de semi-reconnaissance. Calum sentit une sorte de tristesse déprimante l'envahir en voyant que son vieux pote avait du mal à le remettre, ça faisait désordre vis-à-vis de Crooky cette familiarité non partagée. Il avala la couleuvre et s'approcha de Boaby. Crooky le suivit à contrecœur.

– Boaby... vieux salaud, ne m'dis pas qu't'es encore space ? dit Calum, en surjouant la compassion.

Boaby sourit et esquissa un mouvement de la main.

Déstabilisé par son inertie, Calum se jeta à corps perdu dans le récit d'une anecdote du bon vieux temps, espérant pouvoir réveiller assez d'enthousiasme chez Boaby Preston pour le convaincre de se dépêtrer de l'amas grisâtre de chair et d'os qu'il était devenu.

– Tu devineras jamais qui j'ai vu l'aut'jour, Boab ? Le gamin qu'a poignardé l'vieux qui voulait pas y filer du fric pour s'acheter une barre de Mars. Tu t'rappelles de c't'enflure avec ses lunettes en culs d'bouteille ?

Boaby le gratifia d'un gloussement idiot. Calum se tourna vers Crooky.

– C'était y a un bail... y avait un connard... j'sais pus le nom du gars, mais j'sais qu'il a poignardé un vieux qui voulait pas y filer du fric pour s'acheter un Mars à la camionnette à glaces, tu vois ? Et pis, un jour, des années plus tard, alors qu'on était au Marshall, moi, ce Boaby qu'tu vois là et Tam McGovern, Tam sort : Eh, c'est l'type qu'a poignardé le vieux parce qu'y voulait pas y filer du fric pour s'acheter un Mars. Moi j'dis : Nan, c'est pas lui. Tu t'souviens, Boaby ? demanda Calum aux restes de son vieux copain.

Boaby secoua la tête et exhiba un sourire baveux ; on aurait dit qu'on venait tout juste de le lui peindre. Calum poursuivit :

– Mais Tam il insiste : Nan, c'est bien ce sac à merde, là-bas, assis sur l'pouf à lire l'*News*, tu l'remets pas ? Mais moi et Boaby, on n'était pas sûrs, pas vrai, Boaby ? Alors Tam y fait : J'vais aller voir c't'enfoiré pour y demander. Moi j'dis à Tam : Si c'est lui, tu ferais mieux de t'méfier parce que c'gars est gravement déjanté. Mais Tam y dit : Qu'elle aille se faire foutre c'te pauv' cloche à lunettes en culs de bouteille, et il y va. Et tu vois pas que c'te pauv' cloche à lunettes y s'jette d'un coup sur Tam, lui balafre tout le côté du visage et s'tire du pub en courant. On l'a coursé un moment dans l'avenue ce fils de pute, mais on l'a pas rattrapé. Entre nous, on n'allait pas bien vite, pas vrai, Boab ? Moi, j'y pensais plus depuis longtemps à cette histoire, et tu vois pas que l'aut'jour, j'avise l'enflure dans le 16 qui vient du Walk.

Crooky commençait à s'ennuyer ferme. Les junkies le gavaient : chiants comme la mort quand ils sont en manque, ennuyeux à mourir quand ils ont leur dose. Mieux valait les éviter à tout prix. Qu'est-ce que Calum venait foutre dans cette histoire ? Vieux potes ou pas, on peut pas jouer les assistantes sociales avec des trafiquants d'héro, songea-t-il agacé. Il ne fut pas mécontent de voir un type blanc avec des dreadlocks châtain clair et un grand nez crochu entrer dans le pub et s'installer au bar.

– Tiens, c'est c't'enfoiré d'Raven. On peut p't'être voir s'il a un peu d'ecsta.

– Y a un plan au Citrus ce soir à c'qu'on dit, fit Calum en se détournant de l'impassible Boaby.

– Tu voudras un ecsta si y en a ? demanda Crooky.

– Euh... non, ça m'déglingue trop. J'en ai pris au Sub Club à Glasgow la semaine dernière. Tu sais comment c'est, j'me suis senti bien une heure, mais pendant qu'ces connards de fumeurs de joints s'déchiraient au Malcom X, moi j'me tapais une descente mortelle. Totale frustration, mec.

Crooky fronça un sourcil compatissant.

– Ouais, j'comprends. Vaut mieux éviter.

Il rejoignit Le Raven et ils échangèrent quelques plaisanteries avant de shooter dans la porte des toilettes. Calum se retourna vers Boaby.

– Hé, Boab, tu peux pas savoir comme c'est bon de t'revoir, mon pote. Tu t'souviens quand on était moi, toi, Tam, Ian et Scooby ? Une putain d'équipe, hein ? Toujours prêts à faire n'importe quoi, n'importe quand. J'espère qu'tu crois pas que j'suis devenu un d'ces emmerdeurs à dormir debout, Boaby, mais comme ça fait quatre ans que j'suis avec Helen, tu comprends ? T'as vu c'qu'est arrivé à Ian, y est resté. Contaminé. Le sida, quoi.

– Ouais Ian... Gilroy... j'l'ai jamais tellement aimé çui-là, marmonna Boaby, sorti de son apathie par une pointe de rancœur.

– Faut pas parler comme ça, Boab... merde... il est mort ! Faut pas parler comme ça...

– Y m'a arnaqué...

– Bon, mais quand même tu peux pas en vouloir à c'mec, Boaby, tu comprends ? Pas quand y s'trouve qu'il est mort, c'est tout c'que j'dis. J'dis juste que tu peux pas continuer à en vouloir à un gars qu'est mort, tu vois.

Crooky revint des toilettes.

– Hé, j'ai d'l'acide. Des micro-dots. T'es partant ?

– Bof, pas vraiment. J'préfère encore l'ecsta.

Calum semblait mal à l'aise. Il pensait à Ian, à

Boaby, à toute cette époque. Boaby lui avait pourri les idées. A quoi bon s'envoyer en l'air dans cet état ?

– Allez, Cally, y a une fête chez c'connard de Chizzie. Chizzie, t'imprimes ?

– Ouais, Chizzie, répondit Calum.

Il ne le connaissait pas vraiment, et puis il ne se sentait pas très bien. Enfin, il valait mieux se changer les idées.

– Comme j't'ai dit, j'préférerais d'l'ecsta, mais bon... allons-y...

Ils gobèrent les micro-dots aussi discrètement que le permettait leur impatience. Alarmé par les signaux de détresse émis par ses synapses, Boaby se leva péniblement pour aller aux toilettes. Il y resta un bon moment. Il aurait pu y rester des mois que Crooky et Calum ne s'en seraient pas préoccupés puisque, lorsqu'il réapparut, ils étaient foudroyés par un trip de premier choix.

Les miroirs du pub s'allongèrent et s'arquèrent pour former une sorte de dôme les séparant des autres clients dont les visages se déformaient, comme s'ils les voyaient à travers du verre dépoli. Tout d'abord, ce sentiment d'isolement les réconforta, mais il devint rapidement étouffant, oppressant. Ils entendaient avec une infinie précision les mouvements de chacun de leurs mécanismes corporels, du battement de leur cœur à leur circulation sanguine. Plombier de profession, Calum pensait s'être métamorphosé en tuyauterie. Il eut soudain envie de chier. Crooky, qui venait de voir *Terminator*, aurait juré avoir un viseur, indiquant les différents points d'impact possibles, greffé dans l'œil.

– Nom d'une merde... haleta-t-il.

– C'est la fin du monde... ou le début d'un autre, annonça Calum, captivé par l'étrange créature qui rampait lentement à ses pieds.

Ce n'est qu'un chien... ou un chat... mais les chats sont interdits dans les pubs, à part en Irlande dans quelques pubs de campagne où on s'assoit devant un feu de charbon, mais ce truc-là ressemble plutôt à une saloperie de chien...

– Putain de trip, mec, fit Crooky en secouant la tête.

– Ouais, approuva Calum, et c'te pauv' cloche de Boaby a l'air gravement déchiré aussi. La tête dans l'cul. Vise un peu !

Calum était content que Boaby lui offre l'occasion de se concentrer sur autre chose. Mais son répit fut de courte durée : son sang se mit soudain à pulser dans ses veines qui gonflaient et palpitaient sous l'afflux. Une rivière en crue, déchaînée.

– Faut qu'on s'tire d'ici, mec !

– Ouais, tirons-nous, renchérit Crooky.

Il leur fallut un certain temps avant de parvenir à la position verticale. Le pub n'arrêtait pas de tourner et les visages des gens s'étiraient dans tous les sens. Un instant tout fut clair, l'instant d'après tout s'écroula à nouveau. Leurs sens étaient décuplés. Calum avait l'impression que la réalité lui échappait, comme si une poigne formidable arrachait une corde de ses mains graisseuses. Telle une peau de banane, sa psyché partait en lambeaux, et cette opération le modifiait radicalement, il en était persuadé, elle le dépouillait, l'altérait, le transformait en une autre forme de vie.

Accablés par le spectacle de sons et lumières qui se jouait dans leur crâne, ils se ruèrent dehors. Crooky sentit une force surnaturelle le sortir de sa dépouille terrestre, le projeter dans l'espace et le recoller brutalement dans son corps. Il jeta un coup d'œil derrière lui. Il ne distinguait qu'un kaléidoscope de formes mouvantes dont une cacophonie de borborygmes tenait lieu de bande-son. Boaby, la seule figure tangible dans ce magma informe, se traînait derrière eux.

– Allez, face de junkie ! lança Calum, et, se tournant vers Crooky : Y nous pollue l'air, c't'enfoiré !

Malgré l'agressivité de son ami, Calum n'était pas mécontent d'avoir Boaby à ses basques, sa présence les rattachait un peu à la réalité.

Ils progressaient laborieusement dans ce territoire soudain devenu étranger sur des tronçons entiers – ce bon vieux Leith Walk ne se ressemblait plus. Sur Dresden, ils furent témoins d'un spectacle de feu et de fumée puant les chairs carbonisées. Ils devaient se trouver au milieu d'un bombardement. Ils s'arrêtèrent pour regarder derrière eux, et virent Boaby émerger du feu – comme Terminator après l'explosion de la citerne, songea Crooky, c'est hyper trop dangereux...

Une fois de plus, Calum et Crooky furent tirés de leurs corps, puis recollés dedans de force. Dans un éclair de lucidité, Calum suffoqua :

– J'peux pas supporter ça, mec... c'est comme si on était en plein milieu d'une putain de guerre nucléaire...

– Ouaip. Chaque fois qu'tu prends une dose, y jettent une bombe. Y font ça rien qu'pour faire chier. Mais Cally y s'en fout de c'connard de Saddam-tête-de-con, y s'envoie quand même une aut'dose, marmonna Crooky.

Calum éclata d'un rire hystérique, libératoire. Ça le rasséréna. C'était trop dément de s'faire une montée avec Crooky. Jamais de flip avec Crooky. Trop génial.

Ils pénétrèrent émerveillés dans un tunnel d'où pulsait bruyamment une lumière dorée.

– C'est d'la putain de science-fiction, mec. C'est trop cool, lâcha Crooky, la mâchoire pendante.

Calum ne répondit pas, il était devenu aphasique. Des pensées incompréhensibles fusaient dans son cerveau. Il avait régressé de plusieurs années, redécouvrait cette phase de pensée, antérieure à la parole, que traversent les bébés. Il intégrait les sons et les rythmes, mais n'arrivait pas à verbaliser ses pensées, elles n'avaient aucun lien avec la parole. Il savait que ce monde secret lui échapperait dès qu'il entamerait sa descente et commença à se sentir terriblement démoralisé à l'idée de perdre cette fantastique faculté de communion avec le monde. Une forme de communication supérieure était à portée de main, mais il ne parvenait pas à la saisir.

– Rien à faire, on est tous prisonniers... y a pas moyen d'tout foutre en l'air...

– Calme-toi, Cal. Allez, mon pote, tiens l'coup, on est presque arrivés chez Chizzie, dit Crooky pour le réconforter. Vise-moi c'te tache de Boaby, putain de merde, mec, reste avec nous ! Ça va ?

– J'peux pas parler. J'suis sous héro, mec. Héroïne, répéta-t-il d'une voix pâteuse.

– Quelle cloche. T'aurais pas pu t'contenter des micro-dots, hein. Comment tu t'sens, Cal ?

– C'est bon... dit Calum, pas vraiment convaincu.

Ce n'était pas de l'acide. C'était un autre truc. Il ne savait pas quoi mais ça faisait des années qu'il s'envoyait en l'air, les drogues ça le connaissait. Des vieux de la vieille qui s'étaient rangés à cause du trip-qui-va-trop-loin l'avaient mis en garde : c'est quand t'es persuadé de maîtriser le truc que tu ne fais pas gaffe et que tu te chopes un trip qui te sonne vraiment. Ils avaient raison. Il pensait avoir tout vu, que rien ne pourrait le surprendre, pourtant il ne s'attendait pas à ça. Rien ne serait plus pareil désormais.

Les minutes leur semblaient des heures. Ils marchaient depuis longtemps mais ils avaient l'impression de faire du surplace, comme dans ce rêve étrange où l'on a beau marcher, on n'avance pas. Ils longèrent des routes étroites avec des pubs à chaque angle. Parfois c'était la même route, le même pub, d'autres fois un pub différent. Ils s'arrêtèrent finalement devant le perron de Chizzie – enfin perron supposé, car ils n'avaient identifié aucun repère sur le chemin.

– Eh... J'arrive pas à voir quel bouton c'est... dit Crooky qui essayait de décrypter les étiquettes usées de l'interphone.

– Y a pas de Chizzie...

– C'est quoi son vrai nom ? demanda Calum, tandis que Boaby dégueulait sa bile.

Il fallait absolument qu'ils rentrent dans l'immeuble. Calum sentait les démons derrière lui. Au début, ils étaient le fruit d'une autosuggestion, mais maintenant, leur présence l'insupportait.

– Y faut rentrer, les démons nous suivent, mec.

– Dis pas d'conneries, s'énerva Crooky.

Ce n'était pas la première fois qu'ils parlaient des démons, de cette manière qu'ils ont de refaire surface en plein délire. Après, ils repartent et tout rentre dans l'ordre. Mais ils avaient pour accord de ne jamais les mentionner quand ils tripaient, cette espèce de connard était incapable de tenir sa promesse... Il s'exhorta au calme et dit :

– J'crois qu'y s'appelle Chisholm...

– Putain de merde, s'écria Calum, y a qu'à appuyer sur tous ces putains de boutons ! Appuie sur ceux du haut ! Dès qu'un connard ouvre la porte, on entre et on suit la musique !

– D'accord, d'accord !

Crooky s'exécuta. La porte s'ouvrit et leurs jambes caoutchouteuses les portèrent vers le bruit.

A leur grand soulagement, Chizzie apparut au dernier étage.

– Vous êtes venus, les mecs ? hurla Chizzie. Content de vous voir ! Vous avez l'air de passer un bon moment, hein ?

– Pas mauvais... On est gravement cassés, admit Crooky.

– Bande d'enfoirés ! Allez entrez.

L'appartement sembla étouffant à Crooky et Calum. Ils se posèrent près de la cheminée et s'envoyèrent des canettes, les yeux fixés sur le feu de simili-charbon, indifférents à la soirée qui battait son plein autour d'eux. Boaby se rendit aux toilettes, et n'en émergea qu'une demi-heure plus tard pour aller s'affaler dans un rocking-chair en pin.

Un type moustachu à la mâchoire carrée s'approcha de Crooky et Calum.

– Salut, les gars. J'ai des tickets de tombola à vendre. Club 86. Premier prix, une Rover Metro. Deuxième prix, un avoir de deux cents livres pour un voyage Sphere Travel. Troisième prix, un panier de Noël d'une valeur de cent livres. Une boule le ticket.

– J'm'en tape de tes tickets, dit Crooky.

Le type les regarda avec un air de prince outragé.

– C'est une putain d'tombola d'Noël, riposta-t-il, en brandissant son carnet de tickets sous leur nez.

– Ah, bon...

Crooky fourragea dans ses poches. Calum jugea qu'il valait mieux s'aligner.

– Va pour un ticket pour cette putain d'tombola d'Noël... une livre pour un panier, un voyage ou une tire... Tu parles d'une faveur !

– Ben, j'en prends aussi... commença Calum en tendant une pièce.

– Quoi ! Un seul putain de ticket ! Tu t'fous d'ma gueule ! J'te cause de c'te putain de tombola d'Noël de merde ! Au Club 86, pour le Centre de la jeunesse irlandaise... vous vous payez la tête de Jambo ou j'rêve ?

– Ben, non... j'en prends cinq ! lança Calum, dans un accès subit d'enthousiasme.

– J'aime mieux ça ! fit le gars à la moustache à qui Crooky tendait deux livres à contrecœur.

– Tu vas y aller samedi ? demanda Calum à l'homme.

– Où ça ?

– Easter Road ?

L'homme dévisagea Calum avec hostilité, puis redressant la tête d'un mouvement plein d'agressivité, il éructa :

– J'suis ici pour vendre ces putains d'tickets pour c'te saloperie d'tombola, pas pour tailler une bavette sur c'te connerie d'football.

Il abandonna Calum et Crooky, en proie à une crise de paranoïa aiguë.

– Y a pas mieux que d'boire un coup quand on délire mal, c'est un décontractant. Ça calme, dit Crooky en levant sa canette de blonde.

Calum hocha nerveusement la tête et but.

Une heure plus tard, ils se sentaient assez bien pour se lever et danser avec les autres. Quelqu'un avait mis une bonne cassette de transe. Boaby dormait profondément dans son rocking-chair. Un excité aux cheveux en brosse hurla :

– Chizzie ! Mets ma putain d'cassette ! Vas-y, enfoiré, mets ma putain d'cassette !

– Nan... y ennamarre, marmonna un gars maigrelet avec des cheveux plein les yeux que Crooky pensait avoir déjà vu quelque part.

Calum fut pris d'une nouvelle crise de paranoïa. Il ne connaissait presque personne et se sentait déplacé, indésirable. Il alla s'asseoir aux pieds de Boaby.

– Hé, Boab, c'est hyper-bizarre. J'sais bien qu'c'est à cause des effets secondaires mais j'crois qu'j'ai vu deux connards de Lochend et j'ai l'impression qu'l'un d'eux c'est c'bâtard de Keith Allison, l'enragé qu'a rectifié Mooby... une vraie famille de psychopathes, des bouchers même... on m'a raconté qu'une fois un enfoiré a essayé de planter un d'ces Allison, au Post Office Club, et tout c'qu'il a récolté c'est qu'le con lui a arraché ses lunettes et lui a balafré l'visage avec... des psychopathes j'te dis... Et y a aussi tous ces trucs qui m'arrivent en c'moment, Boab... c'était vraiment pas l'moment d'prendre d'l'acide... tu connais Helen, tu sais comment elle est ? Et sa sœur Julia... aussi, hein ?

Boaby ne répondit pas.

– Tu la colles ou merde c'te putain d'cassette, Chizzie ! cria l'excité à la brosse comme pour lui-même, avant d'entamer une danse frénétique sur la musique de sa cassette, en route depuis un moment.

Calum se tourna vers Boaby, toujours muet :

– C'est pas qu'elle m'plaise, Boab, en fait elle m'plaît

pas vraiment. D'ailleurs, moi et elle on s'parlait pas jusqu'au jour où j'suis monté en ville et qu'j'ai atterri au Buster ; elle et sa sœur Julia, elles étaient là avec des copains. En fait le truc c'est qu'y s'est rien passé, enfin presque. J'veux dire on s'est juste p'lotés un peu par-ci par-là... j'avais juste envie qu'y s'passe quelqu'chose. On l'a fait et on l'a pas fait, si tu vois c'que j'veux dire. Tu sais comment c'est, hein, Boab ?

Boaby ne répondit pas.

– Tu vois, Boab, c'est ça mon problème, je sais pas vraiment c'que j'attends d'la vie. C'est là où j'en suis... saloperie d'effets secondaires... tous ces cons ont l'air de vieillards... y sont tout décrépis... même c'te minette, Sandra, faut s'méfier d'elle, elle est sortie avec Kev MacKay... tu t'l'es déjà tranchée, mon salaud... J'me souviens...

– Tu pourras rien tirer de c'mollusque, lança un type décharné aux cheveux noirs à Calum. Y s'est envoyé d'l'héro dans les chiottes.

Le gars était dans un état épouvantable. Il avait l'air de sortir d'un camp de concentration. Au moment où Calum se faisait cette réflexion, il le vit se métamorphoser en squelette.

– Eh... t'as pas vu, Crooky ? lui demanda Calum.

– Ton pote ? claquèrent les mâchoires du squelette.

– Ouais.

– Il est dans la cuisine, à point. Du déjanté pur beurre, hein ?

– Nan... enfin, ouais... au fait, qu'est-ce qu'y disait ?

– Des trucs de déjanté.

– Ah...

Le squelette s'évapora, laissant Calum désemparé, incapable de trouver l'issue de ce cauchemar.

– Hé, Boaby, si on y allait... hein, Boab ? Les vibrations sont pas super ici.

Boaby ne répondit pas.

Une fille en robe rouge s'assit à côté de lui. Elle avait les cheveux courts, blonds avec des racines brunes, un joli visage, mais ses bras nus étaient anguleux et disgracieux.

– T'es venu avec Crooky ?

– Ouais. Euh, j'm'appelle Calum.

– T'es pas l'frère à Ricky Prentice, tout d'même ?

Ça fit à Calum l'effet d'une secousse électrique. Tout le monde savait que son frère Ricky était un enculé de première. Il n'avait pas envie qu'on le prenne, lui aussi, pour un enculé.

– Ouais... mais j'suis pas pareil que Ricky...

– Jamais dit qu't'étais comme lui, dit la fille en haussant les épaules.

– Ouais, mais c'que j'veux dire c'est qu'Ricky est Ricky et qu'moi j'suis moi. Ricky a rien à voir avec moi. J'veux dire, y s'occupe de ses affaires et moi des miennes. Si tu vois c'que j'veux dire.

– T'es déchiré.

– Micro-dots... comment tu t'appelles ?

– Gillian.

– Les micro-dots, Gillian, c'est de la daube.

– J'ai jamais touché à l'acide. La plupart des gens qui touchent à l'acide finissent chez les dingues. Y peuvent pas s'en sortir. J'connais un mec qui s'est fait un coma à cause de l'acide...

– Ah... dit Calum nerveusement, préférant changer de sujet.

– Attends un peu, coupa Gillian soudain distraite. J'reviens dans une minute.

– Chiiiizziiiie ! Mets ma putain d'cassette ! hurla le mec à la brosse.

– Ouais, Chizzie, mets la cassette d'Omlette, renchérit Gillian.

L'excité nommé Omlette se tourna vers Gillian en hochant frénétiquement la tête.

– T'as vu, dit-il à Chizzie qui se roulait un joint sur une pochette d'album, en désignant Gillian. T'as entendu ça ! Tu vas la mettre ma putain d'cassette, maintenant !

– Dans un p'tit moment.

Chizzie leva la tête et lui fit un clin d'œil. Crooky revint vers Calum.

– C'est complètement dingue, Cally... t'es là à causer avec Gillian, j'y crois pas mec...

– Tu veux dire qu'tu la connais ?

– Touché coulé, mon pote, sourit Crooky.

– Elle a l'air sympa, légèrement frappée, mais sympa. Une chouette fille...

– Elle pourrait remplir plus d'bocaux avec ses avortements qu'ta grand-mère avec sa confiture, ducon, gloussa Crooky.

Gillian s'approcha et lorsque leurs regards se croisèrent, Crooky, pris de remords, émit un rire chevrotant et les laissa.

– Hé, ça te dit des tickets pour la tombola d'Noël ? Au Club 86, pour le Centre de la jeunesse irlandaise, proposa Gillian en souriant.

– Ouais, répondit Calum impulsivement, oubliant qu'il en avait déjà acheté.

Elle semblait tellement contente qu'il n'eut pas le cœur de lui refuser. Il prit cinq autres tickets.

– Qu'est-ce qu'on disait au fait ? Ouais, le type qu'est entré dans l'coma en plein trip...

Calum commençait à transpirer et son cœur s'emballait sauvagement. Il donna un coup de coude à Boaby qui tomba de son rocking-chair et s'écrasa lourdement au sol.

– Putain de merde, s'étrangla Calum, voyant Boaby étendu, immobile.

La foule se rassembla autour d'eux. Le moustachu qui lui avait vendu son premier lot de tickets de tombola du Club 86 tâta le pouls de Boaby, puis il ouvrit sa chemise et posa l'oreille contre sa poitrine.

– Eh, Geggs ! Laisse-moi voir, cria Chizzie, t'as pas ton brevet d'secourisme. Allez tire-toi d'là, Geggsie !

– Un moment, coupa Geggsie, le repoussant d'un mouvement du bras.

La vision des cheveux de Geggsie sur la poitrine inerte de Boaby horrifia Calum, on aurait dit des tentacules qui drainaient la vie hors de son corps. Geggsie s'assit bien droit et annonça :

– Il est mort. Puis tournant une mine accusatrice vers Calum, comme s'il était un meurtrier, il ajouta : Ton pote est raide mort.

– Putain, te fous pas d'ma gueule... supplia Calum.

Chizzie se pencha sur le corps de Boaby.

– Ouais, raide mort. J'aurais pu vous l'dire : j'ai mon brevet de secourisme, moi. Y nous ont envoyés prendre un cours à Haymarket, on avait même une ambulance de St. Andrew. Le certificat et tout, roucoula Chizzie. Crooky, désolé mec, mais c'est vous qu'avez amené c'con ici. J'ai pas envie d'voir les fouineurs rappliquer. Faut qu'vous l'remportiez avec vous.

– Hein... dit Crooky.

– J'ai pas l'choix, mon pote. Essaie de t'mettre à ma place. J'ai pas envie qu'les fouineurs rappliquent.

– Virez-moi c'con d'ici, rugit celui qu'on appelait Geggsie.

– On peut pas... enfin... où tu veux qu'on l'emmène ?

– C'est votre putain d'problème. Bande de débiles. C'est pas des façons d'se pointer chez quelqu'un avec une saloperie de junkie, renchérit Geggsie dégoûté.

– Vous nous avez pourri la soirée, accusa une autre voix. (C'était le blond à la brosse, Omlette.) Tu vas la foutre ma putain d'cassette maintenant, ducon. T'as vu c'que ta musique de daube a fait à c'gars.

Crooky fit signe à Calum, ils se mirent derrière Boaby et, l'attrapant par les aisselles, vidèrent les lieux. Ils étaient déjà dans les escaliers lorsque Chizzie les interpella :

– Désolé que ça se soit mal goupillé, les gars. Votre pote là, il est mal en point, hein ? Calum et Crooky attendaient, perplexes. Ecoutez les amis, je sais que c'est peut-être pas l'bon moment, mais j'voulais vous proposer des tickets, pour la tombola d'Noël.

– On en a déjà, dit Calum.

– Ah bon, ben c'est cool, fit Chizzie dépité.

Ils commencèrent à descendre les marches. Heureusement que Boaby était petit et léger. Gillian et une autre fille les suivaient.

– Putain, j'hallucine ! La moitié des greluches se tirent avec ces ringards, râla le dénommé Omlette avant de claquer la porte derrière eux.

– C'est dingue c't'histoire, dit l'autre fille. Ça vous dérange pas qu'on vienne avec vous ?

Crooky et Calum ne répondirent pas. Ils avaient moins d'hallucinations mais leurs jambes étaient encore caoutchouteuses et leur vision toujours déformée.

– J'voudrais voir c'qu'y vont en faire, dit Gillian.

– Qu'est-ce qu'on va faire ? demanda Calum.

Le poids de Boaby variait au rythme de leurs pas, comme un sac plein d'eau. Ils s'arrêtèrent, raffermirent leur prise et reprirent leur descente. Les jambes de Boaby heurtaient chaque marche.

– J'en sais foutrement rien ! On bouge de c'trou d'abord, glapit Crooky.

– Beeerrkk ! Beeerrkk ! J'sais vraiment pas comment vous pouvez l'toucher, dit l'amie de Gillian.

– Ta gueule, Michelle, gronda Gillian en lui filant un coup dans les côtes.

Ils sortirent de l'immeuble et avancèrent dans la rue. La pointe des chaussures de Boaby se râpait contre le bitume. Devant, à quelques mètres, Gillian et Michelle repéraient les alentours et changeaient de trottoir chaque fois qu'elles voyaient quelqu'un approcher.

– C'est la première fois que j'vois un mort, constata Gillian.

– Moi non. J'ai vu mon grand-père claquer, dit Michelle.

– Qu'est-ce qui l'a fait claquer ?

Gillian s'imaginait un type dessoudant le grand-père de Michelle d'un coup de poing.

– L'église... un curé, répondit Michelle d'une drôle de voix triste.

– Ah bon... Gillian se tourna vers Boaby. Il avait d'l'argent sur lui ?

Crooky et Calum stoppèrent.

– Qu'est-ce que t'entends par là ? demanda Calum.

– Ben, ça peut plus lui servir à grand-chose, maintenant. J'pense qu'y vaudrait mieux l'mettre dans un taxi.

Calum et Crooky réfléchirent un instant, puis Calum reprit :

– Un taxi ! T'as pas pigé, ou quoi ? Le pauv' bougre est mort ! Y manquerait plus qu'on s'fasse coffrer pour meurtre.

– C'était une idée comme ça.

– Hé, lança Crooky à Calum, calme-toi, Cal, elle voulait juste nous donner une idée. C'est pas la peine de t'exciter sur elle...

Calum était au bord de l'implosion. Il hallucinait. Boaby était mort, là, dans ses mains. Il se revit avec lui, une nuit, au coin du feu, arrangeant les bûches dans l'âtre. Boaby. Boaby Preston. Le Boaby qui jouait à l'IRA et l'UDA avec lui, celui qui s'allongeait dans un talus au bord de la route pour faire semblant d'être mort quand il lui tirait dessus. Quand il se relevait, son tee-shirt était couvert de merde de chien.

Mais Boaby ne jouait plus, et c'étaient eux qui étaient dans la merde, maintenant.

– J'm'en prends à personne... MAIS REGARDE BOABY... putain de merde...

Il se tut subitement : une voiture de police approchait. Il oublia Boaby pour se préoccuper de son sort. Il voyait sa vie lui échapper, aussi sûrement que celle de Boaby, à ceci près qu'il avait été trop déchiré pour s'apercevoir qu'il crevait d'une overdose dans son rocking-chair. Calum pensait à Helen, sa copine, il se demandait s'il la reverrait.

Un flic descendit de la voiture, son partenaire resta derrière le volant.

– Ça roule, les gars ? Il regarda Boaby, puis regarda Calum et Crooky. On dirait que votre pote n'est plus étanche.

Le policier avait un gros nez écrasé troué de deux narines géantes, la peau du même rose écœurant qu'une saucisse pur porc crue, et des yeux vitreux qui tombaient, implantés à chaque extrémité de sa tête en forme d'ampoule. Putain d'acide, se dit Crooky. C'était forcément dû à l'acide.

Calum et Crooky échangèrent un coup d'œil pardessus Boaby.

– Ouais, répondit faiblement Crooky.

– N'avez rien remarqué d'louche ? Y a une bande de débiles qu'ont fait du shopping en passant par les vitrines.

– Nan, on n'a rien vu, dit Michelle.

– Bon, et j'pense pouvoir dire que vot'pote n'a rien vu non plus, dit le policier en dévisageant Boaby avec mépris. A vot'place, j'le ramènerais chez lui.

Il secoua sa grosse calebasse à deux reprises, renifla d'un air dégoûté, et partit.

– Putain de merde... on est foutus, mec. Positivement foutus, pleurnicha Calum.

– C'est pas con c'qu'a dit l'flic, dit Crooky.

– Hein ?

Michelle et Calum lui lancèrent un regard incrédule.

– Ecoute-moi. Si on s'fait serrer avec le corps, on va trinquer. Alors que si on arrive à l'ramener chez lui...

Calum secoua énergiquement la tête.

– On n'a qu'à l'planter ici, merde.

– Nan, impossible. Va y avoir une enquête, t'imprimes ?

– J'peux plus réfléchir, là, mec, c'est à cause d'l'acide...

– Faut être frappé pour s'envoyer d'l'acide, dit Gillian en mâchonnant son chewing-gum.

Crooky observait son profil s'allonger et se rapetisser à chaque mouvement de mâchoire. Calum eut une illumination :

– Je sais c'qu'on va faire ! On va l'emmener à l'hôpital. Aux urgences. On va leur dire qu'il est mort.

– Nan, peuvent retrouver... l'heure d'la mort, bredouilla Crooky.

– L'heure d'la mort, répéta machinalement Calum. En vrai, j'le connaissais pas vraiment, c'con. J'veux dire, on a été potes, mais y a des lustres de ça, tu comprends ? On est allés chacun d'not'côté après. J'l'avais pas revu depuis des années. J'savais pas qu'c'était devenu un junkie, j'te jure.

Gillian releva la tête de Boaby. Il avait le teint livide et ses yeux étaient fermés. Elle força les paupières du doigt.

– Beerrkk... beerrkk... beerrkk... hoqueta Michelle.

– Ta gueule ! coupa Calum.

– Cool, mec, il est mort, fit Gillian en refermant les yeux de Boaby. (Elle sortit un poudrier de son sac à main et entreprit de lui tamponner le visage.) C'est pour qu'il ait l'air moins flippant. Au cas où on croiserait d'autres types.

– Super idée, approuva Crooky.

Calum leva les yeux. Les bâtiments sombres et silencieux se détachaient sur un ciel d'un bleu profond. La lumière des réverbères ajoutait à l'air de désolation de l'ensemble. On aurait cru une ville fantôme. Seule une boutique brillait encore au loin. Le marchand de kebabs, ouvert toute la nuit.

– J'ai une dalle d'enfer, annonça Crooky.

– Ouais, moi aussi, renchérit Michelle.

Ils déposèrent Boaby sur un banc public, sous un arbre à l'entrée d'un petit parc.

– J'te laisse Boaby pendant qu'on va chercher les doners, Cally.

– Attends un peu, dit Calum, mais ils traversaient déjà la route pour rejoindre le magasin de kebabs.

– Flippe pas, Cally, on va pas t'laisser en plan. On est là dans une minute, fit Crooky agacé.

Bande d'enflures, se dit Calum. C'était pas cool de le planter comme ça. Il se tourna vers Boaby.

– Tu sais, Boab, j'suis vraiment désolé de c'qui t'arrive, j'sais bien qu'tu peux pas m'entendre... c'est comme Ian et les autres du groupe... on n'a rien pu faire contre c'putain d'virus, hein, tu t'souviens ? Y avait qu'les tantouzes de Londres qui s'le chopaient, à l'époque, hein ? A les écouter, avec leurs pubs et tout, c'était un truc d'enculés, pas de junkies. Quand j'pense que c'pauv' Ian, il avait commencé depuis quelques mois seulement, Boab... putain d'poisse, hein... moi, j'ai fait l'test après c'qu'est arrivé à Ian, tu vois ?

Non, il ne voyait pas, songea Calum, considérant bêtement tout ce que cela impliquait. Et curieusement, ça n'avait plus d'importance.

Un pochtron en pardessus puant s'approcha d'eux. Il les fixa un moment, immobile ; puis s'assit à côté de Boaby.

– La T.V.A., c'est la plaie du monde, fit-il pensif. La T.V.A., mon pote, insista-t-il avec un clin d'œil à Calum.

– Hein ? fit Calum irrité.

– Y vendent des patates au four dans c'magasin d'Cockburn Street, petit, des vraies patates au four. C'est là que j'vaïs. Tu l'connais c'magasin d'Cockburn Street ? Y a des employés vachement stylés, des jeunes, comme toi. Des étudiants, quoi.

– Ouais.

Calum roula des yeux exaspérés. Il faisait froid. Le cou de Boaby était glacé.

– Philadelphie, la ville de la fraternité. Les Kennedy. J. F. Kennedy, dit l'ivrogne, l'air conspirateur. Philadelphie. La fraternité, psalmodia-t-il.

– Boston, dit Calum.

– Philadelphie, j'te dis, insista le pochtron.

– Nan, les Kennedy y viennent de Boston, et pas d'ailleurs...

– JE SAIS SACRÉMENT BIEN DE QUOI J'PARLE, MON GARS ! ALORS TON COURS D'HISTOIRE TU PEUX T'LE METTRE AU CUL !

La voix caverneuse résonna dans la nuit. Calum regardait ses postillons s'écraser sur le visage de Boaby à qui le clodo fila un coup de coude.

– T'es pas d'accord ? Dis-y à ton pote que t'es d'accord.

Boaby glissa contre Calum, il le redressa et le retint afin qu'il ne s'écroule pas sur le type.

– Laisse-le tranquille. Il est H.S., dit Calum.

– J'étais là quand y z'ont tiré sur John Lennon, j'peux même te dire où... gargouilla-t-il.

Calum hocha la tête avec ironie.

– J'croyais qu'on parlait de ces connards d'Kennedy...

– P'T'ÊTRE BIEN, PETIT, MAIS MAINTENANT J'TE PARLE DE C'PUTAIN DE JOHN LENNON !

Il se leva, et se mit à danser.

– C'est Noo-ël et on a tous passé... un joyeux Noo-ël et une boo-nne année...

Il descendit la rue d'un pas hésitant. Il avait disparu que sa voix résonnait encore au loin.

Les autres revinrent avec les kebabs. Crooky en tendit un à Calum, il en avait un en rab dans l'autre main.

– Merde ! marmonna-t-il entre ses dents, j'avais oublié qu'ce con est mort, j'en ai acheté un en trop !

Il regarda le kebab.

– T'as raison, c'est vraiment un enfoiré d'égoïste de claquer comme ça, lança Calum, furieux. Non mais tu t'entends, mon pauv' Crooky ! Boaby est mort, complètement mort, et tu t'prends la tête parc'que t'en as acheté un en trop !

Crooky resta bouche bée un instant.

– Désolé, mec, j'sais qu'c'était ton pote.

Gillian baissa les yeux vers Boaby.

– Toute façon, si c'était un junkie, il en aurait pas voulu d'ton kebab. Les junkies y mangent jamais.

Crooky réfléchit.

– Ouais, elle a pas tort, mais y a des exceptions. Tu t'souviens du gros Phil Cameron ? Hein, Cal ?

– Gros Phil. Ouais.

– Le seul type que j'aie connu qui grossissait malgré la dope.

– Des conneries, railla Gillian.

– Nan, c'est la putain d'vérité vraie, hein Cal ?

Calum haussa les épaules et acquiesça.

– Après son fix, Gros Phil y s'shootait toujours au sucre. Y filait au Bronx Café s'payer un sac géant de donuts. Impossible de l'approcher quand il avait ces saloperies de donuts en main. T'aurais eu plus de chances de lui tirer son héro qu'un d'ses beignets. Y s'sentait mieux après, tout neuf... pas comme c'pauv' Boaby, dit Calum en montrant le corps blafard.

Ils finirent de manger en silence. Crooky mordit dans le dernier kebab, puis l'envoya voler par-dessus la haie. Un instant, Gillian se sentit triste à la vue du corps de Boaby. Elle se remit une couche de rouge à lèvres bleu sur la bouche.

– Y z'ont jamais leur chance, les gars comme lui, dit Calum. Il a plongé trop profond, hein ? Y sont tellement nombreux, rien qu'des pauv' types. En fait, y sont comme tout l'monde, ni pires ni meilleurs que les autres, tu sais...

– Toute façon, si ça s'trouve, il avait l'sida, reprit Gillian.

– Brrrrr... frissonna Michelle avant d'ajouter, pensive : Quelle pitié. Vous imaginez un peu, c'que doit ressentir sa maman.

Leurs conciliabules furent interrompus par des bruits venus d'un peu plus bas dans la rue. Calum et Crooky se raidirent, il n'y avait aucune échappatoire possible. Les propriétaires de ces voix s'époumonaient sur un pot-pourri de chansons de supporters ; une petite mise en voix, en attendant de trouver sur quoi passer leur agressivité.

– On ferait bien d'se tirer, les pressa Calum.

Bientôt, Calum put mieux distinguer ces démons de la nuit, éclairés par un rayon de lune et la lumière des réverbères. Il n'aurait su dire combien il y en avait, mais il semblait évident qu'ils étaient dans leur ligne de mire.

– HEP, VOUS ! cria l'un d'eux.

– C'est à nous qu'tu causes comme ça ? lança Gillian, sarcastique.

– Chut ! coupa Calum, laisse-nous régler ça.

Il était complètement paniqué. Espèces de pétasses, pensa-t-il, c'est pas à elles de régler ça. C'est à nous. Enfin, à moi, quoi.

– YO, BANDE D'ENFOIRÉS ! Y EN A PAS UN D'VOUS QU'AURAIT VU LES KEUFS ? hurla un grand type, plutôt baraqué, aux cheveux noirs gras et au regard fiévreux.

– Euh, nan, dit Crooky.

– D'OÙ VOUS V'NEZ ?

– Euh, d'une soirée... dans l'appart d'un pote, répondit nerveusement Crooky.

– C'est ton pote, mon chou ? demanda à Gillian un type qui portait un chapeau ressemblant étrangement à un pâté en croûte, en dévisageant Calum des pieds à la tête.

Gillian prit son temps pour répondre d'une voix grinçante de mépris, les yeux rivés à ceux de son questionneur.

– P't'être bien. Qu'est-ce que ça peut t'foutre ?

Le cœur de Calum se gonfla d'un sentiment de fierté, bientôt étouffé par une peur insoutenable, amplifiée par l'acide. Il sentait un muscle de son visage palpiter sauvagement.

Le type au pâté en croûte mit les mains sur ses lèvres et baissa la tête en la secouant doucement. Puis, il la redressa pour s'adresser à Calum :

– Ecoute, l'ami, il faisait un effort visible pour paraître raisonnable malgré sa colère, si c'est ta meuf, dis-lui d'faire gaffe à sa putain d'grande gueule, d'ac ?

Calum acquiesça. Le visage tordu de son interlocuteur ressemblait à une effrayante gargouille. Il avait déjà vu ce type d'expression, sur une carte postale représentant la cathédrale Notre-Dame-de-Paris, qui montrait un démon dominant la ville, du haut d'une corniche. Le monstre venait de les rejoindre sur terre.

– Et qu'est-ce qu'il a à dire, çui-là ? (Le gars aux cheveux gras regardait Crooky, le doigt pointé sur Boaby.) Il a du rouge à lèvres. TU S'RAIS PAS UNE SALOPERIE D'POUF, MON GARS ?

– Ben, c'est que... commença Crooky.

– LAISSE CE CONNARD RÉPONDRE TOUT SEUL ! COUCOU TOI, QU'EST-CE QUE TU FOUS LÀ ?

Il n'obtint pas de réponse.

– HÉ, DUCON ! cracha-t-il, envoyant un coup de poing dans le visage de Boaby.

Calum et Crooky relâchèrent leur étreinte en même temps, et le corps s'écrasa lourdement au sol.

– IL EST MORT ! MORT, BANDE DE CONS ! hurla Michelle.

– Mais non, tu vas voir, y va aller mieux dans une toute petite minute, fit le type aux cheveux gras. ALLEZ, DUCON ! TU VIENS AVEC MOI ! LÈVE-TOI, ESPÈCE DE CONNARD !

Et il commença à le bourrer de coups de pied.

– C'EST UN MACCHABÉE ! REGARDEZ, LES GARS ! s'exclama-t-il en se tournant triomphalement vers ses amis.

Pâté en croûte tendit ses paumes à son pote aux cheveux gras.

– Putain de droit, Doogie, j'aurais pas pu faire mieux, le félicita-t-il avec une moue admirative. Mince alors, il a dessoudé l'idiot d'un seul coup de poing.

Du haut de sa superbe, le dénommé Doogie se tourna vers Crooky et Calum :

– Suivant ?

Les yeux de Calum balayèrent les alentours, à la recherche d'une arme quelconque. Rien en vue.

– Hé, on veut pas d'ennuis nous... dit Crooky.

L'expression de Doogie se figea, comme s'il éprouvait des difficultés à intégrer un concept aberrant.

– T'es qu'un fils de trouduc. Va t'faire foutre, toi et ta bande de sadiques, s'emporta soudain Gillian.

– À QUI TU CROIS QU'TU CAUSES, GROSSE POUFFIASSE ? rugit-il.

– J'sais pas, ton étiquette est tombée, répliqua Gillian du tac au tac en le toisant avec mépris.

– C'EST DES... C'EST DES CONNASSES DANS TON GENRE QUI MÉRITENT D'ÊTRE VIOLÉES, DES SALES POUFS À GRANDE GUEULE !

Aucune femme n'avait jamais osé s'adresser à Doogie de cette manière.

– QU'EST-CE QUE T'EN SAIS, D'ABORD ? T'AS JAMAIS RIEN SAUTÉ D'AUT' QUE TA MÔMAN, ESPÈCE D'ENCULÉ ! PRENDS TES POTES BOURSOUFLÉS AVEC TOI ET VA TE LES ENFILER AILLEURS ! éructa Gillian.

Elle ne laisserait aucun connard lui parler sur ce ton.

Ahuri, tétanisé, Doogie essayait de reprendre son souffle.

– T'as pas l'droit de dire ça... tu m'connais même pas... gémit-il comme un animal blessé, plaidant sa cause et enrageant en même temps.

Crooky avait l'impression de voir les grimaces qui se succédaient sur le visage du type à travers une loupe grossissante, à cause de l'acide. La peur qui le rongeait de l'intérieur se mua brusquement en colère noire, et il bondit sur Doogie les poings en avant, sans réfléchir. Lorsqu'il comprit ce qu'il venait de faire, il était déjà à terre, bourré de coups par Doogie et deux de ses copains, cependant que Pâté en croûte réglait son compte à Calum, qui courait autour d'une voiture pour lui échapper. Il parvint à en arracher l'antenne et, s'en servant pour fouetter le visage de Pâté en croûte, lui ouvrit la joue. Le gars gronda de rage et de frustration plus que de douleur. Calum sentit des bottes lui cogner les côtes alors qu'il rampait pour se mettre à l'abri sous la voiture, et s'aperçut avec horreur que quelqu'un se glissait à côté de lui.

Il se mit à taper, cogner, invectiver l'importun, lorsqu'il se rendit compte qu'il s'agissait de Crooky.

– CAL ! C'EST MOI CONNARD ! CALME-TOI, MERDE !

Ils reprirent leur respiration, envahis d'une terreur abjecte, en écoutant les voix.

– DÉFONCE-MOI CETTE PUTAIN DE PORTE, MONTE DANS LA BAGNOLE ET DÉMARRE ! ÉCRABOUILLE-MOI CES DEUX TAS DE MERDE !

Putain de saloperie de merde, pensa Crooky.

– J'veux d'la bouillie d'enculés ! Tu m'en fais une carpette !

Nom de dieu de merde... c'est d'la faute de ces pouffiasses, c'est elles qu'ont commencé, se dit Calum.

– Essayez un peu, troupeau d'connards !

C'était Gillian. Gillian, j'peux pas les laisser la toucher, s'emballa Calum.

– Tirons-nous ! dirent les mecs.

Ouuaais ! pensèrent-ils de concert. Qu'ils se tirent, putain, qu'ils se tirent.

– Allez m'chercher l'mec que Doogie a dessoudé !

Bande de tarés.

L'idée fit bientôt l'unanimité et, de sous la voiture, Crooky et Calum virent le gang s'acharner sur le corps de Boaby. Un type lui colla une cigarette allumée au bec. Immobile, Boaby ne répondait pas.

– IL EST MORT ! ÇA SUFFIT ! hurla quelqu un.

Ils s'arrêtèrent. Pris de panique, ils décampèrent précipitamment. Un type en blouson bleu se retourna et lança à Michelle et Gillian :

– Si vous bavez quoi que ce soit, les deux pétasses, vous êtes mortes ! Compris ?

– Certainement, fit Michelle, sarcastique.

Le type revint sur ses pas, se jeta sur elle et lui en

colla une en pleine figure. Réagissant au quart de tour, Gillian lui envoya son poing dans la mâchoire, et s'apprêtait à remettre ça, mais il saisit son bras au vol. Michelle enleva sa chaussure et lui balafra la joue jusqu'à l'œil avec son talon aiguille.

La douleur fit chanceler le garçon. La main collée sur sa blessure ruisselante, il gémit, en reculant de plus en plus vite à mesure qu'elles avançaient vers lui comme deux petits prédateurs encerclant un animal blessé :

– Salope ! T'as failli m'arracher l'œil !

– T'ES MORT, CONNARD ! MES FRANGINS VONT T'FAIRE LA PEAU ! ANDY ET STEVIE FARMER ! TU LES REMETS, PAUV' CLOCHE ! s'égosilla Gillian.

Effrayé, le gars leur lança un regard incrédule avant de courir rejoindre ses copains.

– SORTEZ D'LÀ-DESSOUS, VOUS DEUX ! cria Gillian à Crooky et Calum.

– Nan, émit faiblement Calum.

Il se sentait bien sous la voiture. Pour sa part, Crooky avait l'impression d'être enterré vivant et de partager son cercueil avec Calum.

– Ils sont partis, dit Michelle.

– On est bien là. C'est à cause de l'acide... merde... z'avez qu'à rentrer chez vous... se déballonna Calum.

– J'AI DIT SORTEZ DE DESSOUS CETTE PUTAIN DE BAGNOLE ! disjoncta Gillian, à bout de nerfs.

Ils se soumirent. Honteux et rageurs, ils se contorsionnèrent pour sortir de sous la voiture.

– Chut, grogna Calum, vous allez rameuter les flics.

– Euh, bien joué. Merci les filles, dit Crooky.

– C't'enculé a frappé Michelle, répondit Gillian montrant son amie qui remettait sa chaussure en pleurnichant misérablement.

Les sourcils broussailleux de Crooky se rejoignirent, en signe de compassion.

– On va les rattraper, hein, Cally ? On va trouver une patrouille pour les pincer. On n'a pas pu faire grand-chose à cause de l'acide, tu comprends ? C'était des p'tites frappes de merde, des p'tits branleurs si tu veux mon avis. J'ai cru qu'j'étais foutu quand y m'sont tombés dessus, mais ces pauv' débiles s'faisaient plus d'mal qu'à moi. J'me les serais faits si c'était pas c'te connerie d'acide, hein, Cal ?

– Faut être tapé pour s'envoyer d'l'acide, dit Gillian.

Ils regardèrent Boaby. Toute une moitié de son visage était contusionnée, il avait une pommette et la mâchoire enfoncée. A nouveau, Calum se remémora l'époque où il faisait semblant de tirer sur Boaby, et où Boaby faisait le mort.

– Partons, dit-il.

– On peut pas partir comme ça, hasarda Crooky. Il frissonna. Ça aurait pu être mon visage.

– Ouais, ben on ferait mieux d'y aller. Les flics se chargeront des bâtards qu'ont fait ça. Ils l'ont tué, pleurnicha Michelle. C'est comme ça, on va tous mourir un jour, on peut rien y faire...

Ils s'éloignèrent du corps, et prirent le chemin de Fountainbridge, où vivait Crooky, dans un silence ponctué par les sanglots de Michelle. Epuisés, les deux garçons ouvraient la marche en titubant ; Gillian soutenait Michelle, quelques mètres derrière.

– Tu penses à Alan ? lui demanda-t-elle. Il est temps qu'tu l'effaces de ta mémoire, Michelle, grand temps. Tu crois qu'il est tranquillement assis à t'attendre en c'moment ? Tuttt ! Tu ferais mieux d'prendre le premier type venu, et d'virer c't'enflure de tes pensées. C'est ça ton problème, t'arrives jamais à t'décider.

– J'ai perdu mon job à la banque à cause de lui... se lamenta Michelle. Un bon job à la Royal Bank.

– Oublie-le. Profite un peu de la vie, trancha Gillian.

Michelle fit une moue renfrognée, puis s'efforça de sourire. Gillian pointa le menton en direction de Crooky et Calum, qui titubaient toujours devant. Elles éclatèrent de rire.

– Lequel des deux te branche le plus ? demanda Michelle.

– Aucun des deux, à vrai dire, mais j'peux pas supporter çui qu'a les gros sourcils, dit Gillian en montrant Crooky.

– Moi j'le trouve plutôt correct... par contre, l'autre, Calum... on dirait qu'il a les fesses plates.

Gillian réfléchit un instant. Michelle avait raison. Calum avait effectivement le cul plat.

– Tant que ça l'empêche pas d'avoir une grosse bite, glousse-t-elle, les joues rosies par une poussée de libido.

Michelle éclata de rire.

Gillian détailla un peu Calum, il n'était pas bien épais, mais il avait de grandes mains et de grands pieds. Les trois facteurs réunis, pensait-elle, devaient garantir la grosse bite.

– D'accord, tu prends çui-là et j'm'occupe du copain.

– Ça roule, conclut Michelle en haussant les épaules.

Arrivés à l'appartement de Crooky, ils s'installèrent au coin du feu. Sur le divan, Gillian massait la nuque de Calum. Les effets de l'acide commençaient à se dissiper, le contact de ses mains lui était agréable.

– C'est fou c'que t'es tendu, s'étonna-t-elle.

– Ouais, j'suis tendu, fut tout ce que Calum trouva à répliquer.

J'sais pas pourquoi, se dit-il, passant en revue les événements de la soirée, mais j'suis tendu.

Allongés par terre, Michelle et Crooky se murmuraient des trucs à l'oreille.

– Tu t'dis sûrement que j'suis une salope, hein, t'as qu'à l'dire si c'est c'que tu penses, lui susurrait Michelle.

– Nan... répondit Crooky, hésitant.

– Avant, j'bossais dans une banque, à la maison mère, se justifia Michelle. La Royal Bank. Elle insista sur le « Royal ». Tu connais la Royal Bank of Scotland ?

– Ouais, c'est celle où y a des monts, acquiesça Crooky.

– Nan, ça c'est la Bank of Scotland, moi j'te parle de la Royal Bank. C'est à la Royal Bank of Scotland que j'travaillais, moi. A la maison mère. St. Andrew Square.

– La Royal Bank... ah ouais, la Royal Bank, répéta-t-il, hypnotisé par ses yeux noirs.

Il la trouvait magnifique avec ses yeux noirs et ses lèvres rouges. Le rouge à lèvres. Ça lui faisait tout drôle, même en pleine descente. Crooky adorait les femmes qui savaient porter le rouge à lèvres, et Michelle faisait manifestement partie de cette catégorie. Michelle était consciente de son désir.

– Et si on allait là-bas, toi et moi, dit-elle en jetant un œil impatient vers une porte.

– Ouais... j'crois qu'c'est la salle de bains. Ouais, la salle de bains, fit Crooky en riant, ses gros sourcils en l'air.

Ils se relevèrent, Michelle avec impatience, Crooky en chancelant, et se glissèrent vers la porte. Crooky jeta une œillade entendue à Calum – accompagnée d'une mimique de la bouche et d'un haussement de sourcils – en suivant Michelle.

– On est tout seuls, sourit Gillian.

– Ben ouais, dit Calum.

Ils s'allongèrent sur le canapé. Gillian enleva son manteau – un grand manteau marron en fausse fourrure – pour les couvrir. Calum la trouvait très séduisante dans sa minirobe rouge. Ses bras étaient parfaits, songea-t-il, il avait dû les trouver moches à cause de l'acide.

Gillian fut agréablement surprise par la fermeté de son corps. Elle trouvait ça excitant, même si elle n'arrivait pas à déterminer s'il s'agissait de muscles, ou d'une ossature massive que moulait sa peau. Elle commença à le toucher, frottant son bassin contre son jean. Il durcissait.

– C'est bon, c'est tellement bon, souffla-t-elle.

Il l'embrassa en glissant sa main dans son décolleté, mais sa robe et son soutif étaient tellement serrés qu'il ne pouvait rien entreprendre sans qu'elle se tortille, agacée. Il finit par abandonner sa prise pour tenter une approche par le bas, et parvint à glisser les doigts dans son slip. Elle sauta du canapé, juste le temps de se déshabiller et le pressa d'en faire autant. Calum se dévêtit prestement, mais ça suffit à faire retomber son érection. Gillian retourna sur le canapé, l'attira à elle, et il se remit à bander, mollement, un instant seulement.

– Qu'est-ce qu'il y a ? Qu'est-ce qui va pas ? s'énerva-t-elle.

– C'est à cause de l'acide.. et pis, j'ai... j'ai une p'tite amie, tu sais. Enfin, j'sais pas vraiment si on peut dire qu'on est encore ensemble, parce que, enfin, comme on s'entend pas très bien, j'ai déménagé, mais, en fait, on continue à s'voir...

– J't'ai pas demandé en mariage, que j'sache ; j'veux juste baiser un coup, pigé ?

– Ouais.

Il regarda son corps nu quelques secondes et se durcit à nouveau sans même s'en apercevoir. Ils tirèrent le manteau sur eux, et baisèrent un coup. Ça tenait plus de l'acharnement sexuel interactif que de la communion psychique, mais c'était intense. Gillian ne fut pas longue à jouir, suivie de très près par Calum. Il semblait content de lui. Il avait eu peur de ne pas parvenir à l'attendre. En temps normal, il aurait pu faire beaucoup mieux. Mais avec l'acide, Boaby et toutes les conneries qui lui passaient par la tête... Il aurait pu faire bien mieux, mais vu les circonstances, ce n'était pas si mal, songea-t-il, satisfait.

Gillian aussi était satisfaite. Elle aurait bien remis ça tout de suite, enfin, il s'était débrouillé pour l'attendre, c'était déjà bien.

– Pas si mal, concéda-t-elle avant de s'endormir.

Plus tard, Calum sentit Gillian remuer, mais il fit semblant d'être profondément endormi. Elle se leva pour se rhabiller. Calum entendit murmurer, il comprit que Michelle était entrée dans la pièce et se sentit embarrassé d'être nu sous le manteau.

– Comment s'est passée ta nuit ? demanda doucement Gillian à Michelle.

– Foireuse. Y s'y est pris comme un manche. Comme un enfoiré d'puceau. Incapable de bander. Toujours cassé avec cette saloperie d'acide...

Calum entendait Michelle sangloter. Puis elle s'exclama, soudain excitée :

– Comment il est ?

Gillian se tortilla pour rentrer dans sa robe, puis réfléchit ce qui parut à Calum un temps fort long.

– Pas mal. Du genre acharné... Ma pauv' Michelle... t'as pas d'chance... j'aurais dû t'laisser çui-là, dit-elle en pointant le pouce vers Calum.

Michelle s'étala de l'eye-liner sur tout le visage en frottant ses yeux pleins de larmes. Gillian chercha une parole consolatrice mais Michelle ne lui en laissa pas le temps.

– C'était tellement géant avec Alan. Enfin, au début c'était génial. Après c'est devenu nul, tu sais, quand il a commencé à voir cette pute, mais au début... j'ai jamais rien connu de meilleur.

– Hum, fit gentiment Gillian. Elle lui dirait plus tard pour ses yeux. Elle se tourna vers Calum : Hé, Calum, dit-elle en le secouant gentiment. J'suis obligée d'te réveiller. J'ai besoin d'mon manteau. On s'en va.

– Ah, d'accord... grogna Calum.

Il avait l'impression que son cerveau baignait dans du vinaigre et tout son corps était meurtri, mais, au moins, ça n'avait plus rien à voir avec l'acide.

– Juste le temps de mettre mon fute.

Elles firent le tour du canapé.

– On regarde pas, promis, dit Gillian.

A ces mots, Michelle éclata d'un rire qui évoqua à

Calum celui d'un prédateur ; elle était vraiment effrayante avec ses yeux barbouillés de noir. Il enfila son slip, son jean, et rendit son manteau à Gillian.

– Bon, ben salut alors... Michelle, et Gillian. Euh, Gillian, t'as un numéro ? tenta-t-il.

Calum ne savait pas vraiment s'il voulait la revoir ; pourtant, il lui semblait que c'était une bonne idée de le lui demander, au cas où ; même s'il pensait que Gillian était un peu frappée.

– Nan, j'te donne pas mon numéro. T'as qu'à m'filer l'tien, dit-elle, en lui tendant un stylo et un bout de papier qu'elle venait de tirer de son sac.

C'était un ticket pour la tombola de Noël du Centre pour la jeunesse irlandaise, au Club 86.

– Y vous en ont refilé à vous aussi ? demanda-t-elle.

– Ouais, cinq, répondit-il, en inscrivant son numéro.

Elle regarda Calum, puis se tourna vers Michelle.

– Comme ça, si j'ai envie d'te revoir, je sais où t'trouver. J'aime pas les filles qui s'font coller au téléphone : Allez, vieeeeens, Gilliaaan, imita-t-elle d'une voix volontairement geignarde.

Puis elle s'approcha de Calum, entoura son torse nu de ses bras et murmura :

– J'te donnerai une autre occasion d'me baiser, très bientôt. D'accord ?

– Ben, heu... ouais, marmonna-t-il bêtement, en se remémorant un documentaire dans lequel on voyait la femelle mante religieuse dévorer la tête du mâle mante religieuse, pendant la copulation.

En voyant Gillian et Michelle s'éloigner, une image très réaliste du french kiss version mante religieuse s'imposa à lui.

Une fois les filles parties, Calum s'assit devant les programmes télé du matin et fuma quelques cigarettes. Il se gratta le sexe et respira l'odeur de Gillian sur sa main. Il se sentit seul et déprimé, en pensant à Helen, à Boaby. Il se leva pour faire du thé avant que Crooky ne se réveille.

– T'as passé une bonne nuit ? lança-t-il à Crooky, dont le visage était fendu par un large sourire.

– Sublime, mon pote, absolument sublime. Cette Michelle, avec sa putain de Royal Bank, mec ! C'est de la dynamite ! Elle s'est littéralement jetée sur moi, mais Crooky était prêt pour le job.

– Tu lui as montré, hein ? demanda Calum.

Il avait le teint cireux.

– J'lui ai craché, mec, en plein dans l'mille. La Royal Bank va pas pouvoir faire de vélo ou avaler un bon repas avant longtemps ! Crooky ici présent, fit-il en se tapotant la poitrine de l'index, a un super crédit à la Royal Bank ! J'ai fait un seul retrait, mais quelques putains de gros dépôts, si tu vois c'que j'veux dire. Et j'te parle pas des intérêts ! J'aurais dû y dire : si t'as des amies qu'ont besoin qu'on leur remette les idées en place, note leur adresse et envoie-les à Crooky... y a pas meilleur... envoyez... envoyez, s'époumona Crooky en se pavanant... Le meiiii-lleeeeur de tous... Y a pas meiii-lleeur que lui sur la teeerre... Le meilleur point barre... envoyez... envoyez...

Calum laissa Crooky à sa danse. Il était trop déprimé pour le mettre en boîte. Boaby envahissait ses pensées. Quand était-il vraiment mort ? Il y avait longtemps, bien avant cette nuit.

– Et toi, Cal ? Comment c'était avec Gillian ? demanda tout à coup Crooky, un petit sourire suffisant aux lèvres.

– Plutôt moyen, c'était d'ma faute. L'acide.

Crooky lui lança un regard théâtralement dédaigneux.

– Ça l'fait pas ton excuse, mon vieux. Regarde ton pote Crooky, tu devrais lui décerner le titre qu'il mérite : LE MEILLEUR, TOUT SIMPLEMENT. Aucune drogue n'est capable de briser sa marche. C'est ce qui distingue les mecs qui assurent des gros nazes.

– J'suppose qu'on l'a ou qu'on l'a pas, conclut Calum, las.

– Parfaitement, Cal, c'est un talent naturel. Aucun manuel au monde ne peut te l'donner si tu l'as pas.

Calum pensait toujours à Boaby, et à Gillian.

– Un jour, j'ai vu un documentaire sur des insectes, des mantes religieuses, tu sais ces gros insectes anguleux ?

– Ouais... Y z'ont l'air vachement mauvais, même.

– La meuf mante religieuse mange la tête du mec mante religieuse pendant qu'ils baisent... Enfin pas la meuf mante religieuse et le mec mante religieuse... j'veux dire le mâle et la femelle, tu saisis ?

Crooky regarda Calum.

– Qu'est-ce qu'elle vient foutre là-dedans ton histoire ?

Calum se couvrit le visage de la main, comme pour se cacher. Lorsqu'il reprit la parole, il semblait essoufflé, pressé.

– On... a vu un gars... Boaby... on a vu Boaby mourir... on n'a pas l'droit, on peut pas faire comme si rien n's'était passé...

Crooky se glissa près de Calum sur le canapé, tendu, mal à l'aise. Il essaya de dire quelque chose, à deux reprises, mais il était paralysé. Après un long silence, il regarda la télé.

– C'est quoi cette merde ?

Calum releva la tête.

– Le p'tit déjeuner télévisé. C'est ça qu'y nous faut, un p'tit déjeuner.

– Ouais, ouais, d'accord, mec ! J'descends acheter du lait et des p'tits pains dans une minute.

Crooky semblait content que la tension se soit dissipée.

– J'me demande c'qui va s'passer pour la nuit dernière.

Calum pensait à Boaby, cette tête de mule arrogante qui ne voulait jamais rien entendre et se pavanait toujours avec une moue insolente, comme si le monde ne méritait pas qu'on s'y fatigue.

– J'en sais foutrement rien. On n'y peut rien d'toute façon. On n'a qu'à dire qu'on croyait qu'Boaby était déchiré, qu'on l'a aidé à sortir. Gillian et Michelle confirmeront. Y faut juste qu'on dise qu'on a été agressés par un gang. C'est eux qu'auront les ennuis.

– Mais Boaby était déjà mort, dit Crooky.

– Tant pis pour ces connards. Y z'auraient bien pu l'tuer, ces détraqués. Qu'est-ce que t'en dis ? Si ça doit être eux ou nous, j'préfère qu'ça soit eux.

La lumière du jour perçait derrière l'immeuble d'en face. La ville revenait à la vie. Les démons que Calum et Crooky avaient évoqués se retiraient, tout comme les types de la soirée, le groupe de détraqués, Boaby, Gillian, Michelle, et même la Royal Bank. Surtout cette saloperie de Royal Bank. Tout ça venait de l'acide. Il aurait dû baiser cette salope ; elle n'était pas si moche, songea amèrement Crooky. Le cauchemar se dissipait. Le soleil était là, ils étaient encore là.

– Ouais, admit Crooky, vaut mieux eux que nous.

Calum crut entendre une voiture ralentir dehors. Il aurait juré entendre deux paires de pas décidés monter les marches. La paranoïa, se dit-il, c'est juste un reste de paranoïa, à cause de l'acide. C'est juste la descente.

Traduit de l'anglais par Aline Azoulay
Titre original : *The State of the Party*

Gavin Hills

White Burger Danny

Danny MacGuire fit son retour dans ma vie au début de l'été 88. Il est à peu près deux heures. Samedi matin. Le Mud Club fraîchement rénové vient de fermer ses portes. Le bruit court qu'il y aurait une fête dans un entrepôt, derrière la station London Bridge. Je me laisse guider par la foule vers le premier étage du bus, passe devant des types dépiautant un truc qui ressemble au reste d'un biscuit aux céréales. Et, en haut des marches, surgit Danny, souriant, glorieux, complètement déchiré à en juger par son allure.

L'étiquette à moitié décousue de son pull Store Island se balance sur son avant-bras à chacun de ses mouvements et une rose dépasse de la poche de son jean large. Il sourit jusqu'aux oreilles. Sa frange noire lui balaie le visage tandis qu'il s'approche de nous.

– J'ai un truc d'enfer pour toi ! s'écrie-t-il, le doigt pointé sur moi, en signe de reconnaissance.

– Allons bon, de quoi s'agit-il cette fois, Danny ? je demande du ton outrageusement geignard que j'adopte pour décourager les emmerdeurs ou les chauffeurs de taxi.

– C'est génial, mec, absolument génial ! Je crève de joie.

Là-dessus, il s'effondre sur mes genoux – attitude qu'on n'attend pas d'un hooligan.

Ça devait bien faire quatre ans que je n'avais pas vu Danny. En fait, je le connaissais assez peu ; je l'avais rencontré, il y a longtemps, dans un camp de vacances de White Bay Cliff, sur l'île de White, où je passais une quinzaine. J'ai traîné un brin avec sa troupe dans mes jeunes années. Depuis, on s'était croisés à quelques matchs de foot. Il avait fait de la maison de redressement, moi une fac d'art. Fin de l'histoire.

Depuis, Danny s'était taillé une réputation de dur au sein d'Arsenal. A douze ans, déjà, il savait se faire écouter. Il est aussi connu pour Archway, son groupe. Il n'a *pas l'air* bien dangereux, mais son aplomb et sa vivacité d'esprit l'emportent largement sur sa faiblesse apparente. Un fort en gueule toujours prêt à « sortir le grand jeu », comme dit l'autre. Ouais, il est assez couillu et intelligent pour régner sur son petit monde, le reste il s'en fout.

Danny adore être au centre de l'attention générale, un incroyable cabot, comme il le prouve encore cette nuit-là. En général, quand il a les yeux explosés et la cervelle à l'avenant, Danny dit tout ce qui lui passe par la tête ; bref, il fout la merde. La sociabilité n'a jamais été son fort. C'est pourquoi je suis agréablement surpris de le voir si placide ce soir.

– Comme c'est bon de te revoir, mec, tellement bon ! s'écrie-t-il.

Il pose ses jambes sur les miennes, me flanque une tape sur la tête et met son moulin à paroles en branle :

– T'as l'air d'aller bien, hein ? Comme c'est bon de te voir. Vraiment génial, tu ne trouves pas ? Tu te souviens du bon temps qu'on s'est payé, hein ?

Il reprend avec une voix de présentateur de jeux à la con :

– C'est teeeeellement booon de te revoir !

Et je commets l'erreur de rire. Danny semble d'humeur à poursuivre dans le plus pur style cabaret. Il entonne une chanson qui me dit quelque chose, je crois que c'est *The Umbrella Song*, un classique cockney.

– Tooo-raa-loo-ra-loo-ra, Tooo-raa-looo-raaa-looo-raaa, in the moorning ! roucoule-t-il d'une voix de chanteur de pub. Tooo-raa-loo-ra-loo-ra, Tooo-raa-looo-raaa-looo-raaa, in the moorning !!

La frénésie le gagne, plus il avance dans la chanson, moins les paroles sont intelligibles.

– Toooo-raa-loo-ra-loo-ra-loo-ra-loo-ra, Tooo-raa-looo-raaalooo-raaa, in the mooooo-rning !!!

Ses amis lui trouvent l'air attendrissant et amusant. Je lui trouve l'air psychopathe. Il a pété une durit. Un habitant de la Planète La-la, indifférent à qui ou à quoi que ce soit d'autre que sa *joie de vivre*[1], a atterri sur mes genoux. En même temps, je suis parfaitement conscient qu'il s'agit de Danny, une véritable légende hooligan ; ce type qui un jour mena une cinquantaine de Mancs, avec pour seule arme un panneau représentant Michael Parkinson grandeur nature, chipé à la sortie de la Nationwide de Holloway Road, qu'il faisait tourner au-dessus de sa tête, assommant tous ceux qui se trouvaient sur son passage.

Un homme très précieux, ce Danny. Il pouvait bien rester vautré sur mes genoux si ça lui chantait, après tout, c'était un juste retour des choses, considérant le nombre de fois où je m'étais recommandé de lui. Il me suffisait de lâcher son nom pour impressionner mes interlocuteurs ou échapper à d'éventuels problèmes.

La chanson terminée, Danny tire la rose de sa poche et m'informe, avec le charisme qui le caractérise, qu'il « l'a chourée à un connard qui en avait un plein panier ». Il balaie l'air pendant un moment, puis entreprend de la dépouiller de ses pétales. Leur texture semble le sidérer. Il les frotte entre son pouce et son index. Je fixe les pétales pour tenter de découvrir ce qu'y voit Danny. Mais, pour l'instant, je ne ressens rien d'autre que de l'agacement. Je suis légèrement stone.

Il plane. Ses yeux font bande à part, les muscles de son visage sont complètement relâchés et une traînée de salive coule du coin de sa bouche d'où vient de

1. En français dans le texte.

tomber une cigarette. Je suis en train de baby-sitter l'Attila d'Archway. Il est déchiré. Un spectacle de plus en plus banal en ces temps « troublés ». Il est « heureux à en crever », et ne cesse de m'en informer.

A aucun moment, l'idée que Danny et moi nous rendons au même endroit ne m'effleure ; je ne l'ai jamais croisé dans un club, ce n'est pas son monde. D'où mon étonnement en le voyant dégringoler les marches du bus, comme tous les autres, à l'arrêt de London Bridge. Je me dis qu'il n'est plus étanche du tout, pourtant il a l'air de savoir parfaitement où il va.

– Tu vas à Clink Street, hein ? Hein, toi aussi, hein ? radote-t-il d'une voix traînante.

J'acquiesce.

– ... Génial, mon pote, vraiment génial !

Et il pose son bras sur mon épaule.

Les battements sourds d'une basse nous parviennent, alors que nous progressons le long des immeubles – récemment yuppifiés – de la South Bank. Danny s'arrête près d'un vieux rafiot en cale sèche pour farfouiller dans ses poches, et en tire un petit sachet en plastique bourré de pilules blanches.

– Du premier choix, les gars. Des White Burgers. Y a pas meilleur ! lance-t-il à la cantonade.

Ça me file des frissons. L'ecstasy se faisant rare, la courbe de popularité de Danny grimpe instantanément. L'X, comme l'appellent encore les non-initiés, est très demandé. Il y a bien quelques Texas-legal en circulation depuis 84, qu'on parvient – théoriquement – toujours à se faire refiler par un pote, quand on veut se payer un trip décapant, décadent, pour trente livres. Mais, de nos jours, l'ecsta n'en coûte que vingt.

Dans un sursaut de lucidité, Danny assure son rôle de dealer :

– Vingt pour une, trois pour cinquante. Le coup de massue garanti.

Les potes en prennent. Moi aussi. La tête dégoulinante de transpiration, Danny m'en colle une dans la bouche. Je salive un peu avant d'avaler.

J'y ai déjà goûté une fois – un quart de dose seulement – dans l'appartement d'un ami. On était assis à regarder des vidéos, à discuter et à rigoler, quand on a eu envie de descendre au pub pour s'en payer une petite. C'était cool, spécial, mais pas assez grandiose pour en oublier d'aller au boulot le lendemain (si l'un de nous en avait eu un à l'époque). Cette fois-là, par contre, ça allait être mémorable. *Mon pote* Danny MacGuire, cet *enfoiré* de White Burger Danny, allait casser la baraque.

Donc, l'entrepôt de Clink Street, une légende en construction, ne porte pas de nom ; ce n'est qu'un point sur le plan de Londres. Comme Danny connaît les videurs, on rentre à l'œil. Il dit juste « Millwall », en guise d'explication.

L'endroit, une série de petites salles éclairées de manière anarchique par des ampoules de couleur, est plutôt sombre. Un joyeux fouillis de corps joue au petit train et s'enlace pour former un cercle. Des filles indolentes se roulent par terre sur un tas d'ordures qui se collent à leurs vastes salopettes Chipie. Et la musique. *Acid man, acid-man, acidman, acidman, acidman, acidman, acidman. Tweak, tweak, tweak.*

J'aimerais tellement n'être qu'un esprit.

Le temps s'écoule. J'adore la musique. Danny danse. Il danse comme cet enfoiré de Charlie Chaplin. La vie est bonne. *It's all turned out nice again.*

Je pars faire le tour du propriétaire. Dieu que c'est chouette. Un trou miteux du sud de Londres. Le bâtiment tombe en décrépitude. Les chiottes n'ont ni portes ni dérouleurs de P.Q. A cheval sur la cuvette, des brebis égarées tentent d'apporter leur pierre à un édifice de merde branlant. Toutes les fenêtres des étages supérieurs sont cassées, des débris de verre jonchent le sol, on dirait les mues d'un gros tapis. Une victime de l'acide se gratte la main avec une pointe coupante, il regarde son sang couler.

L'un des murs d'une pièce est troué, carte de visite de la grue qui jadis fit disparaître l'Empire de la Tamise. Assis sur l'ouverture friable, quelques clubbers sonnés balancent leurs pieds dans le vide, fascinés par le gouffre de plus de cent mètres de profondeur. De temps à autre, ils font mine de se pousser dans le vide. Ça doit être très marrant, puisque de plus en plus de personnes se joignent au groupe au cours de la nuit.

Sur la piste de danse, on s'échange des pistolets en plastique à rayon laser contre des robots, des jouets tels que des balles hurlantes ou du Slime, une sorte de pâte gluante, circulent. Il n'y a pas de bar, des canettes de Coca et des cartons de Ribena à deux livres pièce débordent d'une poubelle remplie de glace fondante piquée de mégots de cigarette.

A côté de la file pour les boissons, les ravers nerveux font la queue pour sniffer un coup de poppers et se faire masser la nuque. Comme on l'annonce toutes les dix minutes : c'est gratuit, les gars. Vachement sympa de leur part.

Un jeune homme noir et mince, avec un bandana, s'approche, l'air disjoncté, et me montre son badge de Smiley.

– Nous avons été malheureux trop longtemps. L'heure est venue de sourire ! dit-il avec l'accent d'Oxford, avant de partir à la recherche de « mon chien, mon chien, il faut que je retrouve mon chien ».

Je retourne vers Danny qui est vautré sur une enceinte. Il m'offre une cigarette ; bien que je ne fume pas, je l'accepte. Elle se consume lentement – des siècles me semble-t-il – dans ma main, comme la flamme olympique. Tout se précipite. Je fais tourner le bout incandescent en rond devant mes yeux. La lueur ambrée pénètre mon cerveau. Je décolle pour des cieux inconnus, vibrant littéralement de joie – en fait, ce sont les vibrations des enceintes qui me traversent le corps. Je « monte » hyper-haut.

Work it to the bone, bone, bone. Work it to the bone. Gotta work, to the bone, bone, bone.

Rien de tel qu'un petit coup d'acid house pour se sentir comme à la maison. Des filles rayonnantes viennent vous embrasser, des gars vous font la causette en vous tapant dans le dos. C'est comme si les barrières de la réserve et de la prétention s'abattaient soudain, afin de laisser exploser la danse et la vérité dans toute sa nudité – au sens propre parfois. Stars, ou simples figurants, nous avons tous une réplique à dire. Plus ou moins cohérente.

Chacun danse. Il n'y a pas de place pour les mijaurées. *My head is a spin, my feet don't touch the ground.* Je fais partie d'un tout essentiel : ma putain de tête. Ce que je peux l'aimer, merde. C'est grâce à toi, mon pote. Merci, Danny. Putain, c'est trop bon. Si doux. Je voudrais passer le reste de mon existence grisé par les vapeurs de l'ecstasy. Ils sont tous si gentils. Et complètement fous.

Bumb, bumb, bumb. Bang, bang, bang. Je n'aurais jamais cru que la vie puisse être si douce. Si foutrement géniale. Pourquoi je ne viens pas plus souvent ici ? Démentiel. Absolument démentiel. Je me rends compte que je pense ; je pense en 3D : *les années quatre-vingt ont été merdiques mais là, c'est du bonheur pur.* Une libération. Un orgasme. Non, *mieux encore.*

Le jour se lève et Danny et moi sommes assis dans l'escalier de secours. Les videurs sont là, les serveurs aussi. On s'envoie des White Burgers comme des cachous. J'en gobe un autre, et me retrouve bientôt en plein mirage. Je ne capte que les couleurs pastel. Les visages dégoulinent. Les mots s'entrechoquent, je ne comprends rien à ce charabia. Je ne suis pas seul dans cette illusion. Je réalise que je viens d'entrer dans une session de psychanalyse sauce I.C.F.

Il y a environ douze autres gars – hommes plutôt. Les serveurs, des vrais durs, des meneurs de hooligans londoniens. Ils ont passé les dix dernières années à se courir après et, occasionnellement, se planter les uns les autres. Un tas de matchs, autant de bastons. Des gars de Chelsea, des I.C.F., des Bushwhackers, des Yids, et Super Danny, qui éreintent leurs vieux souvenirs en se faisant des papouilles comme des vétérans séniles.

Une vague de rires hystériques ponctue chaque nouvelle anecdote débile sur tel pub d'Euston saccagé. Ça rugit littéralement, et après chacune des petites aventures évoquées quelqu'un laisse échapper : « Une putain d'histoire, hein. »

Et le soleil se lève – *il faut bien* qu'il se lève.

– Je me souviens d'un jour où j'ai attendu West Ham pendant deux heures au métro Plaistow, piaille Danny, on était une centaine à attendre assis sur ce putain de quai pendant deux putains d'heures quand, enfin, les I.C.F. ont déboulé les marches et nous ont lancé ces saloperies de lacrymos et une grenade fumigène. Impossible de distinguer la moindre tronche d'enfoiré, on étouffait. Il y en a même qui sont tombés sur la voie. Il y avait des corps partout... (Il lève les yeux au ciel, puis son regard se refixe sur nous.) des corps partout. Quand la fumée s'est dissipée, c'était plein de flics. Je me suis fait serrer parce que j'avais les poches remplies de barres Nuts que j'avais tirées dans le distributeur...

Il fait une pause, rigole, et tout le monde glousse avec lui.

« Une putain d'histoire, hein », commente-t-on, comme si on n'avait jamais rien entendu de plus drôle.

– J'y étais, mec, putain, je te jure que j'y étais ! s'excite Tony, le petit maigrichon qui surveillait l'entrée un peu plus tôt. Ça nous avait coûté vingt billets pour le gaz, et on avait fait presque tout le chemin depuis Mile End à pied. Une putain d'histoire, hein ?

Nous continuons à rigoler en nous collant des feuilles Rizla sur le front, ou en nous vidant des bouteilles de lait sur la tête. Ne me demandez pas pourquoi.

L'atmosphère se tend lorsque « Chelsea » Mickey informe « Millwall » Jonno que la *vraie* putain d'histoire, c'est ce jour de 84 où il a planté son pote Henry à Victoria. Il paraît qu'on peut encore voir la tache de sang sur le trottoir, près de la station de taxis.

Une sorte d'affrontement silencieux s'engage entre les deux belles gueules. Mickey finit par éclater de rire, ils se traitent mutuellement de connards, et nous voilà repartis pour une crise de folle hilarité. Je suis là, au milieu de voyous qui ont troqué leurs vieilles « effusions de ketchup » contre des White Burgers. A de rares occasions, et l'espace d'un instant seulement, l'acid house nous réunissait ainsi. Nous sortait de nous-mêmes, pour nous plonger dans un espace inexploré.

Je ne sais pas comment je suis rentré chez moi ce matin-là. J'ai dû marcher. Je me souviens seulement avoir pensé : « Merde, quel putain de délire, Danny, c'était quand même génial. » Avec du recul, en songeant à ce qui lui est arrivé ensuite, je me dis que, d'une curieuse manière, c'était inévitable. Il aura au moins vécu ça. Il aurait fait un vieux pitoyable, déchiqueté par les années.

Pendant des siècles, les semblables de Danny et les gens comme vous et moi n'ont pu faire l'expérience du bonheur. Ils trimaient comme des bêtes et mouraient prématurément – de maladie, en couches, de guerre ou de faim. A l'aube du XXIe siècle encore, la plupart des gens ne choisissent pas vraiment leur vie. Aussi, bénies soient les pilules blanches.

L'année qui suivit Clink Street, notre troupe continua de dîner de White Burgers régulièrement. Nous étions bien ensemble, qu'on soit hooligan, homo, ou simplement hédoniste. A mesure que les mois passaient, notre consommation augmentait et nos fringues devenaient plus débiles. Nous naviguions du Shoom au Spectrum, et du Super Nature au Sunrise, remplis d'espoir, et nous passions des nuits enivrantes à écouter *Dreams of Santanna* dans une usine glauque de produits chimiques de l'île des Chiens. Le dimanche, nous piquions une tête dans le bassin communal de Clapham et dansions en cercle, puis débarquions dans quelque station-service éloignée après avoir réfléchi pendant des heures à la meilleure manière de se payer du bon temps. Il nous est même arrivé de discuter avec des Northerners sans (presque) prendre un coup de sang.

Je ne revis pas Danny avant le début de l'été 89. Nous roulons quelque part au sud de la sortie Leatherhead de la M25. Egarés dans la verte, plaisante, et très surveillée campagne anglaise. C'est l'époque de la grande répression. Les soirées du Sunrise ayant fait la une du *Sun,* la police a donné carte blanche à un contingent spécial pour mettre fin aux raves. Absurde, et sacrément marrant. Ils s'imaginaient faire leur devoir mais tous ces événements eurent pour résultat de nous offrir des trips aussi bons que la drogue. Enfin, presque.

Cette nuit-là, nous nous faisons arrêter sur la route, alors que nous quittons une soirée Boy s Own donnée dans une grange, quelque part près de Gatwick, pour nous rendre à une rave World Dance avec « un château gonflable pouvant supporter deux mille personnes », dans une ferme paumée aux environs de Crawley. Un petit convoi de voitures de police s'est terré dans une station Esso tout ce qu'il y a de plus banal.

Danny est là. Il fait les cent pas devant la station, hurlant des insanités et s'empiffrant des pâtisseries qu'il vient de voler dans la boutique. Les cheveux tirés en queue de cheval et le visage vérolé mais bronzé, il est vêtu d'un caftan – c'est le seul nom qui me vienne à l'esprit pour ce truc –, d'un survêtement informe et d'une monstrueuse paire de Kickers. Le look « baléaric » typique !

Il me chope au moment où je sors de la voiture et me file des pastilles aux fruits, volées bien entendu. Après une petite discussion de pure forme, il exhibe un sachet de friandises d'un autre genre. Il inonde d'ecstas mon petit contingent d'imbéciles, et nous reprenons notre discussion. MacGuire a passé l'hiver à importer gratuitement du hasch de premier choix du Maroc par chemin de fer, grâce à une quantité intéressante de cartes Inter-Rail subtilisées. Le printemps a amené avec lui un chargement d'Ibiza, sans oublier quelques allers-retours à Berlin pour rapporter de l'ecsta. La conjoncture était favorable.

Danny vivait à plein régime, il prenait manifestement son pied. « La musique de Stanley Park a de quoi te rendre sourd », comme il dit.

Nous suivons la BMW légèrement cabossée de Danny et arrivons bientôt sur les lieux de la rave World Dance, une des cinq soirées se déroulant dans les parages ce soir-là. Le campement, installé sur un bout de terrain en pente attenant à une ancienne ferme transformée en résidence de banlieue, a été dressé à la va-vite pour devancer la police. Le château gonflable promis n'est pas encore gonflé.

« Les autruches viennent danser », disait le prospectus. Je ne comprends toujours pas ce qu'ils entendaient par là. Sans doute qu'il fallait sortir sa tête du sable et accepter d'écouter un nouveau genre de musique. L'idée me plaisait assez. Ces six derniers mois, j'avais passé tous mes dimanches à écouter Weatherall jouer Carly Simon et Pete Shelley au Queens Y acht House.

Nous sommes donc dans ce champ isolé, loin de tout, aménagé en fête foraine, où les voitures affluent de toutes parts, fin prêts à affronter une nuit de pur délire. La musique s'élève. C'est parti. Un truc dément.

Plus de dix mille fanas, un son de tous les diables et des White Burgers meilleurs que jamais. De la boue, de la dope et de la baston. Le bonheur total.

En attendant de trouver un meilleur sujet de conversation, Danny me dit qu'il a des goûts musicaux éclectiques. Je fais une tentative pour élever le niveau de notre échange mais, avec son manque habituel d'à-propos, il grimpe sur le capot d'une bagnole à côté de nous et entame une danse sur les toits des voitures garées les unes contre les autres autour de l'aire boueuse qui fait office de piste de danse, l'espace d'une soirée. Il bondit de l'une à l'autre, indifférent aux toits qu'il cabosse et aux vitres qu'il fait éclater sur son passage. Une sacrée prouesse – certaines voitures sont assez espacées. C'est sa conception des percussions. Plutôt fascinant. *Très Danny.*

La scène finit par attirer l'attention des videurs, mais découvrant que « ce n'est que Danny », ils renoncent à intervenir.

Debout sur la camionnette d'un Pykie's Burger, il semble décidé à agrémenter la fête d'un échantillon de son sens musical inné. Et c'est un Danny croonant mâtiné de Sueno Latino qui se met à brailler : « Tooo-raa-loo-ra-loo-ra, Tooo-raa-looo-raaa-looo-raaa, Too-ra-li-ay, Tooo-raa-loo-ra-loo-ra, Tooo-raa-looo-raaa-looo-raaa, in the morning ! », entouré d'un public tapant dans ses mains et l'acclamant. Démentiel. Il est clairement disjoncté.

Plus tard, je l'aperçois à la tête d'une conga, une paire d'oreilles de lapin en plastique sur la tête. Je me place derrière eux. Ils passent les Négresses Vertes et un type aux pupilles complètement rétractées monte sur la scène et hurle : « On veut de la techno hardcore ! » Danny se contente de l'ignorer. Mais, chose choquante, une bonne moitié de la foule répond aux élucubrations de cet accro de l'acid par des rugissements d'approbation.

Eux aussi en veulent.

(Je crois que c'est à ce moment précis que j'ai perdu une partie de ma jeunesse ; que j'ai pris conscience que le groupe que j'avais rejoint un an auparavant avait changé. Le goût de la polémique avait remplacé celui de la fête. Des barrières s'étaient élevées.)

J'en suis à mon troisième White Burger et j'en ai assez d'être ici. J'aimerais être ailleurs – retourner à la soirée Boy s Own, par exemple – mais c'est impossible. Je pars m'asseoir dans la caisse de Danny, une des rares rescapées de son vandalisme, et écoute la chanson de Glen Miller qui passe sur Radio 4. Ça me réconforte. A vrai dire, n'importe quelle musique paraît foutrement fantastique lorsqu'on vient de s'envoyer un troisième White Burger et une canette de Tennants. *Brown Jug, In The Mood* : j'étais d'humeur, oui. D'une humeur merveilleuse. Je me paye le plus gros délire qu'on puisse se payer dans un champ du Sussex.

Je suis complètement détendu. Soudain, l'habitacle est traversé de flashes d'un bleu aveuglant. Une personne sapée comme Thora Hurd tape contre la vitre et me demande de bouger la caisse. Je n'ai pas la moindre idée de ce qui se passe. Je ne trouve pas les clefs. Je tâtonne un peu partout, en vain. Finalement, j'abaisse le frein à main et, assisté de quelques inconnus bien flippés, fais faire un petit trajet en roue libre à la voiture. J'ai l'impression de pousser pendant un siècle avant qu'il y ait assez de place pour – je commence seulement à le réaliser – la camionnette aux flashes bleus aveuglants.

Je passe les siècles qui suivent effondré sur le volant de la BMW, à me rouler un dernier joint et à planquer ce qu'il me reste. Je réalise soudain que c'est une descente de police et c'est la putain de crise de parano pour moi, et j'avale toute la dope qu'il me reste en pensant à Thora Hurd qui va bientôt m'arrêter. De son côté, Danny a perdu ses oreilles de lapin, son sens de l'orientation et, selon toute vraisemblance, sa voiture.

Il court dans tous les sens et accuse tous ceux qu'il croise de la lui avoir piquée. Zut.

Le jour se lève sur ce qui ressemble désormais à une décharge. Danny me découvre dans sa voiture après avoir cassé la vitre d'une BMW semblable à la sienne ; ses mains sont couvertes de sang. Il est temps de rentrer à la maison.

Les flics ont envahi les lieux. Un imbécile a eu la mauvaise idée de se faire une overdose derrière les platines – la camionnette qui m'avait effrayé était une ambulance – et les videurs ont décidé d'épicer la soirée d'une baston avec la police venue en renfort. Ça fait mauvais genre. Je cherche la voiture avec laquelle je suis venu, mais il y a un bail qu'ils lui ont mis un sabot.

Je prends la décision pleine de bon sens d'abandonner Danny et de rentrer chez moi, à cinquante kilomètres de là, à pied. Abattu, je me traîne le long des routes secondaires d'un Sussex ensoleillé, et persuade quelques bonnes âmes de m'avancer jusqu'aux arrivées de l'aéroport de Gatwick. Là, je fais l'expérience du shopping préaérien qu'offre Gatwick Village, déniche un fauteuil vacant et m'endors. Dès lors, tout devient un petit peu surréaliste.

Je suis assis en plein courant d'air, entre des retraités en partance pour Madère et des petits bourgeois qui s'en vont crânement à Trifouillis-les-bains. Les gardes de la sécurité me réveillent pour me demander ce que je fais ici. Je les informe que j'attends que des amis viennent me chercher, et me rendors.

Des policiers me réveillent pour me demander mon nom et mon adresse. Je me rendors.

Trois policiers armés me réveillent, me jettent à terre, m'écartent bras et jambes et m'ordonnent de ne pas bouger. Je remarque que j'ai du sang de Danny partout, j'ai tout du desperado. *En plus*, je suis encore dans la quatrième dimension. Ils me fouillent minutieusement et trouvent quelque chose dans ma chaussette. Je panique. La grosse crise de paranoïa. J'essaie de prendre un air innocent, mais une vague de culpabilité me submerge comme un mauvais acide. Un sentiment de terreur à couper le souffle. L'inverse de l'ecstasy.

– Et ça, qu'est-ce que c'est ? m'interroge un officier.

Je regarde. J'ai des hallus ou quoi ?

– Des pastilles aux fruits, dis-je.

Effectivement, c'en sont ; j'en avais planqué deux dans ma chaussette, les prenant dans le noir pour de la dope. Une veine de cocu. Ils m'emmènent quand même au poste pour confirmer les faits. J'attends six heures dans une cellule à baigner dans mon jus comme un violeur pris en flag, incapable d'apprécier le comique de la situation. Je me sens comme de la merde.

Enfin libre, j'attrape au vol un train pour Londres, ce qui me vaut une nouvelle interpellation. J'ai le temps de me faire une bonne série d'hallucinations avant d'arriver chez moi. Après ça, je n'ai jamais plus touché aux White Burgers. J'étais vacciné. Je n'ai jamais plus touché aux pastilles aux fruits non plus, d'ailleurs.

Mais ce n'était pas la fin des ennuis pour autant. Même pas le commencement de la fin. Simplement le moment où j'ai compris que l'ecstasy n'était pas nécessairement la garantie d'une nuit de plaisir, où j'ai abandonné un monde artificiel de joie et de fantasmes assouvis, pour la grise et universelle réalité.

Le jour suivant, Danny laissa un drôle de message sur mon répondeur : « Une putain d'histoire, hein ? »

Je ne l'ai pas rappelé.

Il y a un épilogue. Près de deux ans plus tard, un blizzard de cocaïne souffla sur Londres. Danny fut balayé par la première avalanche. On le boucla pour deal. Il sortit rapidement. Les rares fois où je le croisais, il était d'une humeur massacrante, il ne pensait qu'à son cher Arsenal, il fallait absolument que son équipe gagne le championnat.

Puis on a montré sa photo aux nouvelles de la Thames. Il s'était encore fait arrêter – pour de bon cette fois-ci – après avoir poignardé le propriétaire du Cocksure, un pub de Sommerstown. Il croyait que le type l'avait balancé parce qu'il utilisait le salon du bar pour vendre de la coco à la moitié de Londres. Le type était innocent, c'était sa mère la responsable.

Le 9 juin 1995, Danny MacGuire fut découvert pendu dans sa cellule de Brixton. Le juge conclut au suicide, dû à un état maniaco-dépressif. Le mal de vivre l'avait frappé et il avait pris le seul remède efficace connu. Ce fut une dure perte pour les siens. Cependant, il avait tué un homme, et, en toute honnêteté, je ne me sens pas le droit de dire que c'est terrible. Et puis, sa vie n'était plus qu'une formidable dégringolade. Je comprends son choix.

Pour moi, il restera White Burger Danny, jadis heureux, vautré sur mes genoux, écrasant les pétales d'une rose rouge volée. Cet homme qui, un temps, plana sur les ailes diaphanes de l'ecstasy avant de retomber sur terre, les narines blindées et un couteau de boucher à la main. Cet ancien dur lessivé. Il s'est perdu en chemin mais a vécu pleinement. Aveuglé par une lumière trop vive, il a tourné les yeux vers la nuit éternelle. J'y pense, je lui dois toujours cinquante livres. Beau résultat, vraiment.

Traduit de l'anglais par Aline Azoulay
Titre original : *White Burger Danny*

Martin Millar

Comment Sunshine Star-Traveller perdit sa petite amie

Voici comment Sunshine Star-Traveller, DJ, astrologue et explorateur des secrets de l'univers, perdit sa petite amie. Ce fut, comme il l'expliqua plus tard, la fâcheuse conséquence d'une série d'alignements stellaires épouvantables conjugués à un inéluctable destin karmique et aux réverbérations chaotiques de la bévue insignifiante qu'il avait commise.

Rétrospectivement, Sunshine Star-Traveller, Sunny pour ses nombreux amis, ne comprenait toujours pas pourquoi tout s'était si mal terminé cette nuit-là. Il se contentait de secouer la tête, abasourdi, songeant aux cruels bouleversements que de mauvaises combinaisons cosmiques peuvent déchaîner dans votre vie. Sur le moment, Sunny comprit que la seule chose à faire était d'attendre que ça se passe. Tout être doit, un jour ou l'autre, affronter la douleur, même un être aussi spirituel que lui.

– J'espère seulement, dit-il en faisant voler ses cheveux autour de sa taille d'un mouvement de tête, que c'est un coup dur passager. Je me sens incapable de supporter un de ces cycles de neuf ans d'infortune. C'est trop déprimant.

Lesdits malheureux événements se sont déroulés au Cool Tan, le club de Brixton, dans lequel Sunny assurait le créneau de deux à cinq heures du matin. La réputation de DJ de Sunshine Star-Traveller atteignant peu à peu le sud de Londres, il avait fait l'objet de plusieurs critiques favorables dans des magazines de dance ; on l'avait même invité à remixer quelques morceaux dans un studio d'enregistrement de Brixton donnant sur un jardin paisible plein de statues de Bouddha.

Ce fut une expérience satisfaisante et il a conservé le test du meilleur morceau réalisé. Ce test est très important car il accompagne la célèbre « Danse tourbillonnante des Chakras » que sa petite amie, Starlight, exécute au Cool Tan. Sunny l'a tout spécialement remixé à cette fin, et, de son côté, elle a beaucoup répété pour harmoniser ses mouvements avec la musique. La « Danse tourbillonnante des Chakras » est un numéro spectaculaire qu'elle effectue sur une corde tendue au-dessus de la foule ; Starlight dit qu'il apporte la joie et des journées entières d'ondes bénéfiques à tous ses spectateurs.

– Fais gaffe à ne pas te tromper de disque tout à l'heure, dit-elle tandis qu'ils se préparent à partir. Je n'ai pas envie de me retrouver au milieu de la corde avec une mauvaise musique. Je crois que mes chakras ne s'en remettraient pas.

Gus et Azrobel, un couple qui les aide à porter les disques dans l'unique but d'entrer gratuitement au club – mais comme ça les arrange, c'est de bonne guerre –, descendent avec eux. Beaucoup de gens inventeraient n'importe quel prétexte pour entrer gratuitement à la rave du week-end du Cool Tan. Ce petit immeuble décati, ancien bureau des allocations chômage de Brixton, est utilisé en alternance comme galerie d'art, café végétarien, local de répétition et club le week-end. Aujourd'hui les jeunes dansent dans ce lieu où jadis leurs frères et sœurs aînés faisaient la queue la mine déconfite, ce qui, selon Sunny, est la preuve que le monde entre dans une ère nouvelle de paix et d'harmonie. Starlight, qui est du même avis, contribue à son avènement en œuvrant pour l'épanouissement des chakras des gens.

Il est minuit lorsque Sunshine Star-Traveller, Starlight, Gus et Azrobel tentent de pénétrer dans le club. Et, bien que les portes de derrière soient ouvertes sur une deuxième piste de danse aménagée sur le parking, il y a déjà plus de monde que ne peut en contenir le bâtiment. Sunny se met à tambouriner sur les portes en hurlant « Laissez-moi entrer, je suis le DJ ! », mais il leur faut quand même près d'une heure pour se frayer un chemin vers la fenêtre de devant et se glisser à l'intérieur pendant que le videur tente laborieusement d'empêcher les resquilleurs de les suivre.

Ils mettent les boîtes de disques derrière les platines et jettent un coup d'œil autour d'eux. L'espace est envahi de danseurs, les vieux murs friables tremblent au rythme de la musique, des lasers balaient la fumée, la poussière, les têtes de la foule, et se reflètent sur les attaches en argent de leurs dreadlocks, de leurs boucles d'oreilles, de nez, de lèvres, de langue même, quand ils ouvrent la bouche au bon moment. On se roule des joints dans les coins, on peut acheter de l'eau et de la bière pas chère à la buvette, bref, une scène des plus amicales, comme on peut l'imaginer.

– C'est bientôt ton tour, Sunny ? demandent deux jeunes femmes qui semblent être de ses amies.

– Dans une heure.

Elles ont l'air contentes. Pas Starlight.

– Arrête de flirter avec Anne et Tulipe.

Sunshine Star-Traveller s'exclame, l'air innocent :

– Je ne flirtais pas !

– Si, tu flirtais, s'entête Starlight. Je sais que tu as dit à Tulipe qu'une fois, dans une vie antérieure au temps de l'Egypte ancienne, tu as fait l'amour au pied d'une pyramide. C'est Gus qui me l'a dit.

Une telle déloyauté de la part d'un ami le sidère.

– J'ai simplement énoncé, comme pour moi-même,

un événement historique véridique inscrit sur la carte de mes vies antérieures, s'insurge-t-il.

– Tu as simplement tenté de l'attirer dans ton lit, rétorque Starlight qui, en dépit de son tatouage yin-yang et de son collier de pâquerettes, n'est pas le genre de femme à qui l'on peut faire avaler n'importe quelle idiotie.

Elle le laisse pour aller préparer son numéro et Sunshine Star-Traveller part à la recherche de Gus pour lui reprocher d'avoir bêtement divulgué à sa petite amie un secret d'une telle importance mystique. Cependant, Gus et Azrobel ont disparu. Les deux principales caractéristiques de ce couple sont une étonnante résistance aux drogues, et un manque endémique d'argent. Ils sont certainement en train de tisser leur toile autour d'amis ou de relations susceptibles de les aider d'une manière ou d'une autre.

Starlight vérifie que la corde est bien attachée, échange quelques mots avec l'éclairagiste pour s'assurer qu'il a bien compris toutes ses instructions, puis, satisfaite de constater que tout est prêt pour sa « Danse tourbillonnante des Chakras », tourne la tête vers la sono installée sur une estrade composée de cageots de bière. Gus et Azrobel sont de retour mais Sunshine Star-Traveller n'est plus là.

– Où est Sunny ?

Gus hausse les épaules. Starlight regarde sa montre jaune à fleurs assortie à ses cheveux.

– C'est bientôt à lui, qu'est-ce qu'il fabrique ?

Starlight est perplexe car Sunny est très professionnel. Il est toujours en place à l'heure. Elle craint qu'il ne se soit aventuré dans une partie particulièrement dangereuse du bâtiment et qu'il ne soit blessé. Il y a une semaine à peine, Azrobel s'était cogné la tête en glissant dans les escaliers, heureusement elle n'avait rien eu. Elle décide de demander aux deux femmes qui s'occupent des platines si elles peuvent rester un peu plus longtemps.

– Pourriez-vous...

C'est précisément le moment que choisit l'une d'elles pour s'effondrer par terre.

– On a fini, au suivant, dit l'autre en l'aidant à se relever pour l'amener prendre l'air derrière pendant que le dernier disque tourne.

– Et merde, fait Starlight. Où est Sunny ? C'est à son tour.

Sunshine Star-Traveller, qui a pourtant la même montre à fleurs que Starlight, a perdu la notion du temps et s'envoie présentement Anne – l'une des femmes avec lesquelles il ne flirtait pas – dans les toilettes des dames. Les toilettes du Cool Tan – conçues pour accueillir des chômeurs, pas des danseurs – n'ont rien de ces nouveaux endroits branchés où les deux sexes se rencontrent devant un miroir pour se refaire une beauté. Les toilettes des dames se résument à un rang de cabines crasseuses dont les portes, disparues depuis longtemps, ont été remplacées par des rideaux de douche en plastique. Il n'y a, bien entendu, aucun moyen de verrouiller le rideau, si bien qu'on risque en permanence d'être interrompu. On peut donc considérer que Sunshine Star-Traveller prend un risque en s'envoyant Anne dans les toilettes. Comme il est très connu, si le fait devenait public, Starlight finirait forcément par le savoir, et Starlight n'apprécierait pas.

Il y a trois cabines. Deux d'entre elles sont utilisées à plein régime, mais la longue queue de femmes piétinant et grognant d'impatience devant la troisième suggère qu'il s'y passe quelque chose. Sunny et Anne mettent du cœur à l'ouvrage – qui consiste à se faire un maximum de bien dans un minimum d'espace. Ça ressemble à la position tantrique d'un de mes livres de yoga, songe Sunny avec satisfaction. Les murmures de mécontentement s'intensifient, c'était prévisible.

– Ils en mettent un temps !

Cette protestation ramène Sunny à la réalité et il semble se souvenir qu'on l'attend aux platines.

– On ferait peut-être bien de partir, chuchote-t-il.

– Qu'elles aillent au diable, chuchote Anne. Il y a deux autres cabines, de quoi elles se plaignent ?

Pendant ce temps-là, en bas, les choses se corsent.

– Je vais chercher Sunny, lance Starlight. Occupe-toi de la musique.

– Quoi ? sursaute Gus dans un état voisin de la panique.

– Il faut absolument que tu t'en occupes, s'énerve Starlight.

– Moi ? Mais je n'y connais rien.

– Mais si, tu t''y connais, tu es l'assistant de Sunny, non ?

– Je porte juste ses disques, je ne sais pas comment marchent ces machins.

– Ça ne doit pas être bien compliqué, insiste Starlight en activant les deux platines. Tu dis toujours que tout ce que fait Sunny est facile. Alors, contente-toi de faire passer le temps. Je fais mon possible pour le ramener avant la fin du disque.

Ignorant ses objections, elle pousse vers lui une Azrobel semi-consciente, et ajoute en désignant le remix :

– Ne mets surtout pas ce disque avant que je sois sur la corde. Fais-y bien attention, il est très précieux.

Désespéré, Gus regarde le matériel devant lui, les centaines de danseurs sur la piste et se met à transpirer. Les lumières, la chaleur, le bruit, le stress et la drogue commencent à lui donner des hallucinations contre lesquelles il lutte avec héroïsme.

– Qu'est-ce que je vais faire ? se plaint-il à Azrobel.

Mais Azrobel juge le moment idéal pour s'asseoir et mâchonner ses dreadlocks.

– Merci de ton aide, ronchonne-t-il, une note de ressentiment dans la voix.

Il est pris au piège. La réputation des arrangements techno de Sunshine Star-Traveller repose sur lui. Gus est seul avec une boîte de disques et un demi-pétard ramassé par terre pour assurer cette transition impeccable dont Sunshine Star-Traveller a le secret. Alors il fait de son mieux : il colle le premier disque qui lui tombe sous la main sur la platine disponible et attend que la musique démarre. Rien ne vient.

– Et maintenant ? pleurniche-t-il, de plus en plus convaincu d'évoluer dans un monde sans pitié.

– Appuie sur des boutons, suggère Azrobel entre deux dreadlocks.

Gus enfonce un bouton. Rien ne se produit. Il appuie sur un deuxième. Toujours aucun résultat. En proie à la frustration, il tape du poing et le disque se met à tourner. Soulagé, il enfonce d'autres boutons, tire au hasard les variateurs d'intensité, et, miraculeusement, le début de son disque fusionne avec la fin du précédent pour former une véritable onde de choc de sons et de tempos qui électrise la foule.

La satisfaction se dessine sur les visages des danseurs qui reconnaissent bien là le sound-system de Sunshine Star-Traveller – il semble être en pleine forme.

– Pas mal, se félicite Gus en voyant les gens se frayer un chemin sur la piste. J'étais sûr que ces trucs de DJ ne devaient pas être bien compliqués. Sunshine m'a raconté n'importe quoi. C'est tout lui, il essaie tout le temps de faire croire qu'il est plus brillant qu'il ne l'est en réalité.

Azrobel émet un grognement appréciateur. Pendant que Gus se met en quête d'un autre disque dans l'obscurité, Starlight cherche toujours son petit ami.

Lequel est encore dans la cabine des W.-C. où il rajuste ses vêtements. Comme le sont souvent les brefs échanges sexuels dans les toilettes, celui-ci fut plutôt satisfaisant. Il ne leur reste qu'à traverser la file d'attente pour retourner dans la salle, ce qui pourrait s'avérer embarrassant, mais pas insurmontable.

Personne ne peut prouver que je viens de baiser là-dedans, se dit Sunny. Je suis simplement venu porter secours à une amie qui se sentait mal, ou qui avait un problème avec ses lentilles de contact.

Il regarde dehors par un petit accroc du rideau, et, horrifié, recule brusquement pour aller se coller au réservoir d'eau branlant.

– Ma petite amie est là, en tête de file !

Anne glousse.

– Ce n'est pas drôle ! On ne peut pas sortir d'ici sous le nez de Starlight. Ça provoquerait des troubles cosmiques incontrôlables.

En fait, Starlight lui donnerait certainement une bonne gifle et ne lui adresserait plus jamais la parole. Sunny se sent abattu : il aime beaucoup Starlight, même s'il oublie parfois qu'il sort avec elle.

– Il faut que je sorte, je dois m'occuper de la musique.

La fenêtre est trop petite et il n'y a pas d'autre issue.

– Je suis fait.

– On n'a qu'à attendre qu'elle rentre dans une autre cabine, et puis on sortira en douce, murmure Anne. A part ça, est-ce que c'était aussi bon que la fois où tu l'as fait au pied des pyramides ?

En bas, après un brillant début, Gus est en proie à certaines difficultés. La première vient de ce que les gens lui hurlent des titres de disques dont il n'a jamais entendu parler, la seconde de ce qu'il ne comprend rien à ce qu'il est en train de faire. Il met un autre disque sur la platine, un single de trente centimètres. Dans son esprit, tous les singles sont des 45 tours. Il se trompe, celui-ci est un 33 tours. Le son qui sort des enceintes est consternant. Lui qui d'habitude apprécie les rythmes rapides trouve celui-là ridicule.

– Bon sang, qu'est-ce que Sunny fait avec un disque pareil ? grogne-t-il, en tapant sur le bras de lecture pour voir si c'est mieux.

Non. La foule commence à aboyer après l'insupportable cacophonie.

– La kétamine a un effet surpuissant sur moi,

s'étonne Azrobel, toujours par terre. J'entends des trucs bizarres.

– Tu n'en as pas pris depuis une semaine, lance Gus en luttant contre la sono.

– Eh ben, ça fait encore effet.

En désespoir de cause, il prend un autre disque et le flanque sur l'autre platine. Au soulagement de tous il tourne à la bonne vitesse. La foule présente au Cool Tan – des gens formidables – se serait fait un devoir de se remettre à danser et d'oublier ce désagrément passager si Gus n'avait malencontreusement laissé tomber son joint sur le disque, joint dont le bout incandescent rencontre le diamant qui s'emballe sauvagement, produisant un vacarme épouvantable. Rapide comme l'éclair, il lève le bras de la platine et, conscient qu'il est en train de perdre son public, fait son possible pour redresser la situation.

Azrobel se lève en chancelant.

– Cet acide m'a complètement disjonctée, je viens de voir ce disque fumer un joint. Il faut que j'aille prendre l'air.

Gus, finalement parvenu à mettre un disque valable à la bonne vitesse, est au comble de la satisfaction lorsque son doigt de pied heurte un sac plein de canettes caché sous la sono.

Dans la vie, il y a des moments où on a besoin d'autre chose que d'eau, pense-t-il en s'aspergeant le cou, la veste de combat, les bottes.

– Fais quelque chose ! supplie Sunshine Star-Traveller, toujours coincé dans les W.-C. Sors et entraîne Starlight dehors.

– Si je le fais, tu me dédicaceras un disque ?

Sunny est abasourdi par un tel manque d'à-propos. Il se trouve dans la situation la plus désespérante de sa vie, un simple rideau sépare sa maîtresse – et lui-même – de sa petite amie, il entend d'ici quelqu'un maltraiter son matériel, et cette personne a l'indécence de lui demander une dédicace. Anne sort de la cabine en titubant et enroule son bras autour des épaules de Starlight.

– Je me sens terriblement mal. J'ai besoin d'un peu d'air frais.

Dans la salle, des tas de gens se sentent terriblement mal. Un bourdonnement électronique monstrueux sort des enceintes disposées tout autour de la piste. Gus, qui se souvient vaguement d'avoir eu un mange-disques dans son enfance et sait que les bourdonnements peuvent causer des troubles auditifs, s'agrippe fébrilement à la table de mixage en quête de la prise de courant.

Les danseurs, assoiffés de musique, lui lancent des insultes.

– Je fais de mon mieux, hurle-t-il. Y a-t-il un ingénieur du son dans la salle ?

Mais s'il y a jamais eu un ingénieur du son dans cette salle, il est loin maintenant. Gus se débrouille pour casser la seule lampe qui éclaire les platines et se retrouve plongé dans l'obscurité la plus totale.

« Le sound-system de Sunshine Star-Traveller est en vacances ce soir », c'est le bruit qui court sur la piste de danse. Quelques personnes se dirigent vers le Spécial reggae sous les étoiles programmé sur le parking. Après avoir fait prendre l'air à Anne, Starlight fonce droit sur Gus, indifférente à la foule.

– Pourquoi tu saccages la réputation de mon petit ami ? l'accuse-t-elle. Mets un disque, pour l'amour de Dieu.

Sans raison apparente, le bourdonnement s'arrête. Gus met un autre disque et prie pour que tout se passe bien. Sa prière n'est pas exaucée.

– Qu'est-ce qu'il y a encore ? braille-t-il.

Il tape sur les boutons, tire les variateurs de volume, puis finit par se demander s'il ne devrait pas s'enfuir avant de se faire lyncher.

Tout bien considéré, cette prière a peut-être été exaucée puisque, après un court instant, la musique résonne comme par magie. Starlight allume rageusement une bougie pour remplacer la lampe endommagée.

– Tu ne peux pas faire mieux que ça ? s'impatiente-t-elle. Tout le monde se moque de toi. Ça va nuire à l'image de Sunshine Star-Traveller, il faut que tu reprennes les choses en mains immédiatement.

– C'est à cause de cet imbécile de Sunny. Où il est d'abord ?

Starlight avoue qu'elle ne l'a pas trouvé.

– Je suis vraiment inquiète. Il a dû essayer de monter sur le toit pour communier avec la lune, dans un moment de surexcitation, ça lui est déjà arrivé. J'espère qu'il n'est pas tombé.

Pour sa part, Gus espère qu'il est tombé du toit et s'est sérieusement blessé, mais s'abstient de le dire.

– Je repars à sa recherche. Essaie de t'améliorer, en attendant. Et surtout, quoi qu'il arrive, fais gaffe de mettre le bon disque quand je serai sur la corde, sinon tu es mort.

Starlight s'en va, laissant Gus pantois. Il ne connaissait pas cette facette de son caractère.

– C'est bien joli de se balader avec un gros yin-yang tatoué sur l'épaule, de se vanter de faire la danse des chakras pour la paix et l'épanouissement du monde, et de menacer de tuer quiconque risque de troubler son minable petit numéro. Je n'ai pas à supporter ça. Où est Sunshine Star-Traveller, nom de Dieu ? glapit-il.

Sunshine Star-Traveller, victime d'un mystérieux concours de circonstances cosmiques, est toujours dans les toilettes des dames. Mais cette fois, il s'envoie Tulipe – la deuxième jeune femme avec laquelle il n'a pas flirté. Il ne sait pas comment c'est arrivé. Anne est sortie en trombe, entraînant Starlight avec elle, et l'instant suivant Tulipe se ruait dans la cabine.

Sunshine Star-Traveller a dit : « Salut. »

Tulipe a dit : « Eh, Sunny ! Quelle bonne idée de m'avoir attendue ici. » Et de fil en aiguille, c'est arrivé.

– Tu sais, annonce Tulipe avec enthousiasme, moi aussi, je me souviens d'avoir fait l'amour au pied des pyramides il y a trois mille ans.

Sunny a vaguement conscience que l'idée n'est pas excellente, qu'il est censé s'occuper de la musique en bas, mais, comme il le dit à Tulipe, ils sont victimes d'un cycle cosmique de gratification sexuelle et il serait vain de chercher à se défiler. Sunny est las, mais il ne peut lutter contre son destin.

Gus, lui, est en train de réaliser la performance de DJ la plus minable de mémoire d'homme. Son problème d'écouteurs suffirait à lui donner des cauchemars pendant des semaines, sans compter les danseurs déchaînés qui l'insultent et jurent de ne jamais plus s'approcher d'un endroit où Sunshine Star-Traveller se produira. Certains se montrent presque violents.

Ce qui tend seulement à prouver que l'ecstasy ne met pas toujours de bonne humeur, songe Gus, penaud.

Azrobel réapparaît :

– Je me sens mieux. Je vais t'aider.

– Bon, le numéro de Starlight va bientôt commencer. Si ça se passe bien, on pourra s'en tirer vivants. Donne-moi le disque.

– Quel disque ?

– Le remix spécial que Sunny a fait pour Starlight.

Gus tend la main. Elle reste vide. Il regarde les boîtes et constate stupéfait que le disque n'est plus à sa place.

– Où il est ? éructe-t-il.

Fascinée par ses doigts de pieds, Azrobel commence à leur parler d'un air de conspirateur.

– Où est le disque ?! l'implore Gus.

– Le disque spécial ? demande-t-elle rêveusement.

– C'est ça, ce putain de disque spécial, où il est ?

Elle le regarde : « Je l'ai enterré », puis retourne à ses doigts de pieds.

Le gémissement de Gus résonne dans tout le bâtiment, sauf dans les toilettes où Sunshine Star-Traveller et Tulipe rajustent leurs vêtements.

– Il n'y a plus de queue, il n'y a personne dehors, murmure Tulipe, qui guette à travers l'accroc du rideau. De toute façon ça m'est égal, tant que nous ne tombons pas sur mon petit ami

– Ton petit ami ?

– Oui. Patrick. T'inquiète, il est probablement en train de danser quelque part en bas.

Sunny croit se souvenir que Patrick mesure près de deux mètres quarante. Il décide d'éluder la question. Il faut qu'il se dépêche de récupérer les platines pour faire en sorte que la « Danse tourbillonnante des Chakras » de Starlight se déroule sans incident. Cependant, pour quelque impénétrable raison, une ombre de remords d'origine paranoïaque plane sur l'esprit ordinairement placide de Sunny. Il est crispé, sous tension même. Comme s'il avait quelque chose à se reprocher. Si bien que, lorsque Tulipe et lui se glissent furtivement hors de la cabine et se retrouvent dans les toilettes vides, il n'est pas préparé à affronter Starlight, reconnaissable à ses dreadlocks jaunes, qui se dirige vers eux. Tremblant de peur, il attrape le bras de Tulipe et plonge dans la première cabine libre venue.

Malheureusement – et c'est à ce moment précis que Sunshine Star-Traveller réalise que les étoiles sont liguées contre lui – la cabine n'est pas libre.

– Ah, salut, Patrick, lance Tulipe à la personne assise en face d'eux.

– Que fais-tu dans les toilettes des dames ? bafouille Sunny.

– Qu'est-ce que tu fais ici avec ma petite amie ? rugit Patrick.

Sunny ne trouve aucune explication valable. Ses nerfs lâchent. Il part en courant. A l'entrée des toilettes, Starlight demande aux gens s'ils ne l'ont pas vu. Incapable de lui faire face, Sunshine Star-Traveller bondit vers ce qui fut jadis le bureau du responsable des allocations chômage, et s'échappe par la fenêtre.

– Ce n'était pas Sunny qui courait là-bas ?

Starlight se précipite vers la fenêtre du bureau.

– Tu as raison.

– Qu'est-ce qu'il fait sur le toit ?

– Il observe la pleine lune, explique Starlight en soupirant. C'est pour ça que j'aime Sunny. Il est tellement spirituel.

Elle se penche dehors et l'appelle gentiment. Elle apprécie énormément la beauté de son âme et comprend son besoin de s'approcher au plus près de la lune pour lui rendre hommage, mais pense qu'il devrait se dépêcher de descendre, c'est bientôt l'heure de son numéro. En entendant sa petite amie crier son nom, Sunny sursaute, perd l'équilibre et tombe du toit.

Pendant ce temps, Gus et Azrobel ont le genre de petite querelle que l'on observe au sein des relations les plus équilibrées.

– Pourquoi tu as enterré ce disque, espèce de connasse inculte ? gueule Gus en essayant d'étrangler sa petite amie à deux mains, tandis qu'elle se défend avec une bouteille d'eau gazeuse irlandaise en plastique.

– Au secours ! Au secours, un fou m'attaque ! crie-t-elle en lui donnant un coup sur la tête.

Réalisant que tout ça ne rime à rien, Gus s'exhorte au calme – ce qui n'est pas chose facile vu la variété de substances chimiques ingérées se déchaînant dans son corps – et tente la persuasion.

– S'il te plaît, dis-moi où tu l'as enterré.

Azrobel ne se souvient pas.

– Starlight monte sur la corde dans cinq minutes ! Elle me tuera si je ne mets pas sa musique. Je t'en prie, essaie de te rappeler.

En voyant Azrobel retourner à ses doigts de pieds, Gus réprime une furieuse envie de lui sauter à la gorge.

– Pourquoi tu l'as enterré ?

– Tu as dit qu'il était précieux. Je l'ai caché dans un endroit sûr.

Il fallait reconnaître une certaine logique à ces propos.

– Bien, dit-il, conciliant. Très bien. C'était une bonne idée d'enterrer le disque. Je suis vraiment content que tu l'aies mis dans un endroit sûr, Azrobel. A présent, s'il te plaît, essaie de te souvenir où.

Azrobel réfléchit un instant. Plus que quatre minutes, se dit Gus.

– Dans le parking, annonce-t-elle enfin.

Elle semble satisfaite.

Gus met un autre disque et pique un sprint. Ce n'est qu'arrivé au parking qu'il réalise l'incongruité de la réponse d'Azrobel. Comment a-t-elle pu enterrer un disque ici, en plein Spécial reggae ? Il y a des danseurs, un certain nombre de corps fatigués par l'effort auditif fourni à l'intérieur, du béton, mais visiblement aucun endroit où quiconque aurait pu enterrer un disque.

– As-tu vu une femme enterrer un disque ici ? demande-t-il à la première venue qui s'esclaffe avec ses copines.

– Gus a l'air mal en point ce soir, s'étonne une de ses connaissances avec un sourire plein d'indulgence en le voyant chercher partout.

– Azrobel va bien ? l'interroge un ami devant lequel il passe à toute vitesse.

– Oui, pourquoi ?

– Je l'ai vue ramper dans un tuyau d'écoulement tout à l'heure. Elle se comportait bizarrement.

– Aha.

Gus jubile intérieurement. Il vole vers le tuyau en question, et là, caché derrière, découvre le précieux disque. Il l'emporte triomphalement, plus qu'une minute. A cet instant précis, Sunshine Star-Traveller tombe du toit et ils s'écrasent tous deux au sol.

– Qu'est-ce que tu fais ici ? bredouille Gus, sévèrement choqué.

– Pas le temps de t'expliquer. Qui s'occupe de la musique ?

– Personne.

– Personne ? Tu aurais au moins pu me rendre ce service, lui reproche Sunny. Qu'est-ce que tu as à la main ?

Gus regarde sa main et répond tristement :

– Des morceaux de ton disque. Il s'est cassé quand tu m'as atterri dessus.

– Aaargh ! Espèce d'imbécile, tu l'as mis en bouillie, qu'est-ce que je vais mettre pour la danse de Starlight ?

Après tout ce qu'il vient de faire pour lui, Gus n'apprécie pas d'être insulté par Sunny. Il le lui fait savoir et ils commencent à se disputer. Soudain, ils réalisent que, non seulement il n'y a personne aux platines, mais qu'en plus Starlight monte sur la corde dans trente secondes pour réaliser sa « Danse tourbillonnante des Chakras ».

Plus haut, quelqu'un menace : « Tu vas me le payer ! » C'est Patrick, il a l'air en colère.

– C'est quoi ça ?

– Je t'expliquerai plus tard, dit Sunny en l'entraînant vers le bâtiment.

– Starlight n'est pas très contente de toi, rapporte Azrobel lorsqu'ils réapparaissent. Elle attend près de la corde que la musique se mette en route et m'a dit de vous dire qu'elle est blessée que vous l'ayez abandonnée. Il y a un temps pour observer la lune, Sunny, et un temps pour mettre des disques.

Le dernier morceau s'achève. Au centre de la piste, Starlight attend, impatiente. Elle jette un coup d'œil vers la sono, aperçoit Sunny aux platines et entame son ascension. Un technicien braque la poursuite sur elle. Sunny fourrage nerveusement dans ses boîtes à la recherche d'un morceau qui ferait l'affaire.

– Que s'est-il passé ici ? s'écrie-t-il en voyant ses disques dans un désordre impitoyable, résultat des tâtonnements de Gus et de la lubie d'Azrobel d'enlever toutes les étagères pour construire une pyramide à la place.

Le dernier morceau s'achève et, là-haut, tout près du toit, inondée de lumière, Starlight prend une pose théâtrale. Elle tient la corde d'un seul bras et pend dans le vide – une véritable prouesse athlétique.

– Elle va nous tuer, marmonne Sunny. Je n'y vois rien, qui a cassé la lampe ?

Il tire un white label qu'il vient de recevoir, une sorte de litanie rythmée entrecoupée de chants indiens de-ci de-là. Ça lui paraît parfaitement adapté. Il le met en espérant qu'il n'y aura pas de problème.

Il y a un problème. Le disque qui se trouve dans la pochette qu'il a tirée de la boîte méthodiquement mise à sac, n'est pas le bon. En proie à un délire d'origine chimique, cette chère Azrobel a interverti disques et pochettes. Starlight débute sa Danse destinée à faire régner la paix et l'harmonie dans le monde entier sur une nullissime version techno du générique du *Manège enchanté.*

Sunny avait oublié cet import de Lituanie cauchemardesque. Il était resté dans le fond de sa boîte jusqu'à cet instant. Les spectateurs, surpris d'assister à un spectacle rien moins que spirituel, éclatent de rire en voyant la pauvre Starlight tourbillonner tragiquement au rythme d'une ridicule version électronique du *Manège enchanté.*

Starlight cesse de tourbillonner, descend de sa corde avec dignité, marche droit sur Sunny, grimpe sur l'estrade et entreprend de l'étrangler avec ses écouteurs.

C'est ici qu'intervient Anne. Elle apparaît de l'autre côté de l'estrade, un sourire plein de tendresse sur les lèvres, et demande à Sunny : « Tu m'as dédicacé le disque ? »

Surgissant de la foule, Patrick gronde : « Qu'est-ce que tu fabriquais dans les toilettes avec ma petite amie ? »

Starlight hurle : « Qu'est-ce qui se passe ici ? », et reprend son attaque aux écouteurs.

Voilà comment Sunshine Star-Traveller perdit sa petite amie et une bonne partie de son public.

Il lui fallut un certain temps avant d'oser se montrer à nouveau. Mortifiée d'avoir été ainsi ridiculisée, Starlight décida de ne plus jamais lui adresser la parole. Ce fut également la fin de la relation de Gus et Azrobel.

– Te rends-tu compte que tu as essayé de m'agresser en public, lui reprocha-t-elle. Je refuse de sortir plus longtemps avec un homme qui a un tel penchant pour la violence. Starlight va m'enseigner sa « Danse tourbillonnante des Chakras » et nous avons décidé de partir en Inde toutes les deux.

Comme l'expliqua Sunny à Gus, une mauvaise combinaison cosmique provoque souvent une série de catastrophes absolument incroyables.

– Si je me fie à la carte de mes vies antérieures, mes étoiles n'ont pas connu d'alignement aussi déplorable depuis le XIIe siècle.

– Ça n'a rien à voir avec tes étoiles, rétorqua Gus. Si tu ne t'étais pas entêté à baiser dans les toilettes au lieu de faire ton boulot, rien de cela ne serait arrivé.

Mais Sunshine Star-Traveller n'en démordit pas.

– C'est de la malchance et rien d'autre. Il a fallu que ce disque soit une version techno du *Manège enchanté*, sans ça, tout aurait été au poil. Maintenant, Starlight est persuadée que j'ai cherché à la ridiculiser. Je suis victime des étoiles, peut-être même d'une déchirure dans le tissu cosmique. Quand ça se produit, on plonge dans un monde de chaos et il ne reste plus qu'à attendre que ça passe. Tout être doit, un jour ou l'autre, affronter la douleur, même un être aussi spirituel que moi.

Traduit de l'anglais par Aline Azoulay
Titre original : *How Sunshine Star-Traveller lost his Girlfriend*

Michael River

Electrovoodoo

Le flyer n'indiquait pas d'adresse, ni même un numéro de téléphone. Il portait juste une électroglyphe, le double symbole de la spirale qui signifie *transformer*, ainsi que ces deux mots : MANGE-MOI.

Wilmot le remit dans sa poche. Le fleuve dégageait une fraîche odeur industrielle. Il se pencha le plus loin possible par-dessus le mur de la digue et, les yeux fermés, laissa le vent lui fouetter le visage et lui retirer toutes ses peaux mortes. On percevait le son d'une musique lointaine.

La corne d'un bateau retentit sur la mer et des mains s'agrippèrent à ses épaules avant de les tirer vivement en arrière.

– Merde... !

Ses copains se mirent à rire ; Nat et Jiffy et Coral K.

– T'as eu peur, hein ! triompha Nat.

Il se libéra de son emprise.

– Très drôle.

– Désolés d'être en retard, fit Coral K.

Elle redressa de fines mèches de cheveux en arrière et sourit.

– Le métro et tout le bordel.

– C'est bon, c'est pas grave.

– Tout le monde a un flyer ? s'enquit Jiffy. Ouais ? Alors c'est parti.

Ils firent chacun une boule de leur flyer qu'ils mirent dans la bouche. Le carton coloré se ramollit et partit bientôt en miettes, en putréfaction, comme un poisson en train de pourrir. Wilmot fit une grimace mais se força à mâcher le carton pour le réduire en une bouillie pâteuse, puis l'avala.

Nat en ingéra deux.

– Par mesure de précaution, expliqua-t-il.

– D'imprécation, tu veux dire.

– Peu importe.

Ils s'assirent et balancèrent leurs jambes par-dessus le mur de la digue. Un amas d'ordures ondulait sur le fleuve, composé de bouteilles en plastique, de boîtes de conserve, de morceaux de polystyrène, et de sacs en plastique qui ondoyaient comme des méduses. Le courant était faible et une carcasse de voiture émergeait toujours de l'autre côté de la rive.

– Regarde ! fit Coral K. Une vache !

La vache flottait sur le dos, les pattes curieusement raides, jusqu'à ce que le courant vienne la renverser ; la carcasse toute gonflée eut juste alors un faible soubresaut avant de se remettre à flotter.

– Elles se font plutôt rares de nos jours, fit-elle remarquer d'un air tristement songeur.

La vision de Wilmot se troubla quelques instants ; et pendant un moment il crut que plus rien n'arriverait jamais.

Il s'était passé quelque chose. Un changement à peine perceptible s'était produit, comme une illusion d'optique, une ombre renversée.

– Je le vois ! Je le vois ! cria Nat.

Jiffy prit l'air agacé.

– Mais oui, mais oui, on le voit aussi. Allez, on y va.

Wilmot promena son regard autour de lui. Les signes étaient partout, bien visibles. Ecrits sur les murs, tracés sur l'eau. Les lettres formées par les fils de fer, réfléchies par les enseignes lumineuses. Comme si le monde tout entier n'était plus offert, mais écrit.

Ils empruntèrent tour à tour une courte échelle pour rejoindre un chemin qui courait le long du quai, et passèrent sous une voûte humide faite de poutrelles vertes striées. La mousse laissait tomber de froides gouttelettes d'eau sur leurs têtes. Un hélicoptère bourdonna à haute altitude, et dispersa l'air humide dans une vague de brume. Ils sautèrent par-dessus un lit de vase peuplé de cailloux et de bouteilles rejetées par le fleuve, et reconnurent l'entrée.

C'était une porte en métal encastrée dans des briques noircies par la suie. Elle avait l'air solidement coincée dans la rouille, mais céda pourtant facilement à l'impulsion de Nat. Une spirale de fer s'enfonçait sous la terre.

Leurs bottes résonnaient contre les marches puis se répandaient en écho sur toutes les parois. Au bout d'un tour de spirale, l'éclairage n'était composé que d'une lueur spectrale qui partait de beaucoup plus bas. Chaque pas franchi les rapprochait de la musique qui devenait de plus en plus audible, passant du murmure au grondement, au martèlement féroce, jusqu'à ce qu'un tout autre son vienne se subordonner à elle.

Wilmot trébucha sur le sol plat et rentra carrément dans Nat.

– On y est, fit Nat. C'est ici. C'est ici.

Ses yeux étaient vitreux et une lueur rouge perlait sur sa lèvre inférieure.

Wilmot fronça les yeux et sortit sa langue. Il la tordit tant qu'il put en se tendant pour regarder, après avoir laissé passer tous les points noirs devant ses yeux : l'endroit était lumineux, mais d'une luminescence surnaturelle.

Coral K se moqua de lui en le voyant sortir sa langue et rigola :

– C'est la première fois que tu viens ici, hein ?

– Ouais.

– Tu t'y habitueras. En quelque sorte. Viens, on va perdre les autres.

Nat avait déjà disparu. Ils se suivirent et pénétrèrent dans un espace ceint de murs en briques. Des ziggourats d'ampères s'élevaient dans l'air, vibrantes, laissant échapper leur musique sinistrement extatique, belle, tout en ruptures, composée par le DJ qui évoluait, quasi invisible, dans un imposant labyrinthe de consoles. Des lanternes de lave se balançaient sur des cordes accrochées sous la voûte, oscillant lentement tels des pendules, et sous leurs lueurs rougeâtres dansaient des gens. Ils occupaient tout l'espace d'un mur à l'autre. La plupart d'entre eux exhibaient des marques tribales, sortes d'ornements tatoués sur leurs corps. Leurs cheveux déclinaient toutes les couleurs de l'arc-en-ciel et du plastique, étaient taillés, cuivrés ou noués en dreadlocks mutantes. Leurs danses étaient faites de secousses et d'à-coups, leurs membres galvanisés évoluaient dans l'air sans la moindre inhibition et leurs langues pendantes luisaient d'ardeur.

Wilmot prit une large inspiration, inhalant ce musc troublant de sueur et de félicité.

Il se força un passage parmi la foule, même si celle-ci commença par ne pas l'accepter. Il dut vaincre l'obstacle d'une baraque musclée, comme si tous les autres danseurs sentaient qu'il ne faisait pas partie de leur groupe. La lumière et la fumée envahissaient toute l'atmosphère. Il brassa l'air avec ses mains, sans conviction. Mais la basse l'interpella enfin et il se mit à oublier tout le reste. C'était comme si tous ces gens partageaient une seule et même conscience, comme des fourmis dans une fourmilière. Et cette conscience n'avait qu'une seule chose en tête, n'avait qu'une seule pensée : le rythme.

Nat avait une théorie : « En fait, d'où vient la musique ? Du corps. Rythme cardiaque, respiration, estomac pompant la nourriture ; chacun à son propre bpm. Ça c'est simplement le niveau le plus bas. La planète tout entière est faite de rythmes différents – ouais, Gaia s'y connaît en matière de basse ! La musique, la *vraie* musique, celle qui parle à l'âme ne danse qu'à son rythme à Elle. »

Wilmot regarda des mains s'agiter tout autour de lui, dont peut-être les siennes. Il se fondit dans la foule et la musique. Il dansa pendant une heure ou deux ou trois puis se calma progressivement alors qu'il dérivait littéralement dans l'au-delà, et Jiffy l'attrapa par le bras.

– Te voilà enfin, fit Jiffy. Tu viens dans le trance-hall ?

Des projections sur le plafond du trance-hall : images d'effondrement environnemental – inondations, forêts squelettiques, lacs écumant, rivières sortant de leur lit et plages de mazout. Les gens s'asseyaient ou se couchaient par terre, en transe ou discutant doucement.

Coral K et Nat étaient déjà là, étendus en train de discuter, avec leurs têtes qui se touchaient presque. Wilmot s'assit à côté d'eux. Il avait encore mangé du *gno*, qui n'avait pas servi cette fois-ci à colorer un flyer, mais à fabriquer des amphés. Ça avait toujours aussi mauvais goût.

– Leurs voix viennent à moi quelquefois, la nuit, disait Nat. Comme si mes rêves se branchaient tout à coup sur haute fréquence radio.

– Toute connaissance est diffusion de masse.

– *Les choses sont ce qu'elles sont parce qu'elles furent ce qu'elles furent.*

– Hey, fit Wilmot. De quoi est-ce que vous parlez ?

Nat esquissa un large sourire.

– Vous connaissez saint Rupert ? Un grand homme, grand scientifique, même si ce n'est pas la meilleure chose qu'il ait pu faire... Il disait : *Les choses sont ce qu'elles sont parce qu'elles furent ce qu'elles furent.* C'est lui qui a compris que si on fait une chose une fois, eh bien on peut la répéter plus facilement encore.

– Un singe qui habitait sur une île de l'océan Indien, commença Coral K, avait trouvé un système pour ouvrir les fruits de mer en les frappant contre les cocotiers. Des semaines plus tard, d'autres singes habitant sur d'autres îles à des centaines de kilomètres faisaient tous la même chose.

– Comme si l'idée avait une existence et qu'elle flottait dans l'air, attendant que quelqu'un s'en empare. Il appelait ça *morphogenèse.* C'est ça le *gno,* un déclencheur morphogénétique. Composé de guarana et de vers de planarium et de je ne sais quoi d'autre.

– Mon Dieu. Pas étonnant que ce soit aussi dégueulasse.

Coral K posa sa main sur celle de Wilmot.

– Gaia se meurt et personne ne peut rien y faire. C'est trop tard. Mais l'*idée* de Gaia, elle, existe toujours, et comme toute autre idée, elle pourra être reprise à nouveau. C'est ce qu'on veut essayer de faire ; réveiller le successeur de Gaia.

– Que nous nommons *Mechaia,* ajouta Nat.

Wilmot fronça les yeux.

– Mais comment faire pour y arriver ?

– Transmission de pensée, murmura Nat avant de détourner le regard.

– Patience, tu verras, chuchota à son tour Coral K. Et plus tôt que tu ne penses.

Wilmot sentit sa main se poser par-dessus la sienne, l'effleurant à peine. Il s'étendit complètement et garda les yeux juste entrouverts, pour ne voir des images que les formes indistinctes, ambiguës. Le *gno* lui donna une vision.

Je vois les machines se lever,
Envahir les rues ;
Les frigos se dandiner lourdement,
Les lecteurs CD se percher sur des pylônes,
Les téléviseurs se chauffer au soleil
Et les aspirateurs onduler gracieusement dans les eaux
[boueuses des rivières...

Il se redressa brusquement.

– Mais, une fois que Gaia sera morte, et que Mechaia sera révélé, est-ce qu'il y aura une place pour nous ?

– Les gens ne méritent pas d'occuper une place, fit Nat. On a tout foutu en l'air. On a laissé passer notre chance. Ça, c'est la seule chose de bien qu'on puisse essayer de faire maintenant. Et en plus, c'est vraiment cool.

– Ah. Mais leur monde sera-t-il vraiment meilleur que le nôtre ? persista-t-il. Liront-ils les signes que nous aurons laissés, éviteront-ils nos propres erreurs ?

– Personne ne peut savoir cela, fit Coral K.

Des murmures s'élevèrent peu à peu : « Le Sous-Dieu est là ! »

Nat se leva d'un seul coup.

– La cérémonie, fit-il. Venez.

Le trance-hall se vida. Wilmot perdit ses amis quelque part dans le hall principal. Il se fraya un passage pour se trouver le plus près possible de la scène. Des images fragmentées déferlaient au plafond. Tout le monde avait l'haleine chargée de l'aigre odeur du *gno*. Il promena son regard tout autour de lui ; il ne vit que des yeux scintillants et des langues rouge sang luire alternativement dans l'obscurité.

Le Câble écarta fièrement ses ailes et ils sortirent enfin de leurs cachettes. Leurs corps étaient tout recouverts d'un plastique fin qui leur collait à la peau, et qui laissait voir toutes leurs cicatrices et leurs chairs à vif. Ils avaient des marques blanches et de fraîches coupures sanguinolentes qui décrivaient un tracé brutal, étrange, des circuits électroglyphiques en forme d'araignées. Toute l'équipe était là : Installator et Telegram Sam, X-Ray et Mother Baud, le Raster Man... et puis un autre, qui, lui, attendait encore à l'ombre des regards, et que des murmures ne cessaient d'annoncer au bas de la scène : le Sous-Dieu.

Les mains roses couvertes de gants de ménagère en

plastique, ils dansaient tout en projetant des jets de détergent sur la scène, traçant une sorte de diagramme complexe. Une fois la danse terminée, ils se placèrent en retrait et attendirent.

Tout le monde attendait. *Quelqu'un va être choisi,* se dit Wilmot. Il ferma les yeux et imagina une main invisible cherchant parmi la foule, le choisissant lui et avançant...

Quelqu'un poussa un cri.

C'était un garçon, de dix-huit ans à peine. Les gens autour de lui le soulevèrent pour le porter à bout de bras à travers la foule, pendant que des mains le touchaient ou l'effleuraient au passage. Il arriva jusqu'au centre, comme aspiré dans un tourbillon.

Wilmot regarda l'écheveau de veines sur ses minuscules poignets ; bleues et violettes à travers la peau... ses yeux rapprochés, et sa peau qui se plissait quand il souriait... l'anneau recourbé fixé dans sa narine droite... sa chemise en rayonne violette, qui réfléchissait la lumière courant sur elle, le premier bouton du col ouvert... six ou sept cheveux épars collés sur son épaule...

Wilmot se sentit rempli d'amour pour lui. Il l'attrapa par son revers de manche tandis qu'il s'effondrait de nouveau ; le bout de ses doigts vibra au contact du tissu. Ses vêtements furent arrachés morceau par morceau, jusqu'à ce que les mains l'aient déposé nu sur la scène.

Installator l'accueillit. D'autres du Câble soulevèrent des couvertures pour découvrir une batterie d'éléments destinés au jury, d'appareils domestiques démontés ou remis à neuf. Ils lui replièrent le bras derrière le dos à l'aide d'un câble électrique qu'ils enroulèrent plusieurs fois autour de lui, en serrant fort, et l'attachèrent enfin à leur étrange machine. Il ouvrit grand la bouche pour recevoir les électrodes.

Ils le branchèrent en pinçant sa chair avec les électrodes.

Le Sous-Dieu mit l'interrupteur en marche.

Flash.

Son corps tout entier fut secoué de spasmes. Il hurla, cracha du sang. Des particules rouges jaillirent jusque sur le public, et une vague de répulsion envahit bientôt l'atmosphère ; en même temps qu'un concert de hurlements, l'encourageant.

Flash.

Des étincelles se mirent à danser dans sa bouche, à tournoyer devant son nez percé, se réfléchissant même sur l'armure reluisante du Câble. De l'énergie vitale passa dans le circuit du Câble. Un écran de télé s'alluma comme une vieille batterie de diodes, un point blanc se transforma en ligne horizontale, qui éclata à son tour en bouillon statique de forme rectangulaire. Des flashes de couleur s'échappèrent du poisson d'argent creux, des grésillements prémonitoires, des pointes d'électricité statique jaillirent hors du tube. C'était comme une image sur le point de prendre forme, peut-être un visage, des lèvres en train de bouger. Wilmot s'efforça de comprendre les mots qui passaient derrière le bruit de l'électricité statique.

Flash.

A mesure que sa force vitale s'épuisait, les spasmes du garçon diminuèrent peu à peu. Une traînée de fumée bleue passa sur sa peau. Un maître de cérémonie débarqua sur la scène, des langues de feu pendant de sa gueule, et aboyant comme un chien.

Le garçon finit par étouffer un cri plutôt joyeux – et tous les instruments explosèrent en une pluie chaude d'étincelles qui jaillirent jusque dans l'assistance. Le maître de cérémonie perdit l'équilibre, bascula sur le côté. L'écran de télé n'afficha plus qu'un seul point. Le courant fut coupé et la musique laissa la place au silence.

– Ce ne sera pas. Pas cette fois-ci, murmura une voix tout près de lui.

Wilmot se retourna pour voir qui avait parlé mais ne distingua personne dans l'obscurité. Il tenta de trouver la sortie. Des mains le repoussèrent, des doigts palpèrent son visage. Il perdit tout sens de l'orientation. Même sa respiration paraissait plus forte que l'écho de la musique qui s'était évanouie.

– Wilmot ? C'est toi ?

Quelqu'un le saisit par l'épaule.

– Coral K ?

Il retint sa respiration

– C'était un peu zarbi, lui glissa-t-il à l'oreille. Je veux dire enfin, plutôt zarbi.

– Ça va, dit-elle.

– Mais c'est comme ça que ça doit se passer ?

Elle passa un doigt dans ses cheveux avec douceur.

– On doit encourager les fantômes qui sont dans la machine, trouver un catalyseur. On n'a plus le temps de faire les difficiles.

Le courant se rétablit. Des gouttelettes d'huile tournoyaient, en cherchant la surface de leurs lampes. Installator et X-Ray s'élancèrent, sautèrent par-dessus le détergent et débranchèrent le corps avant de l'installer à distance. La musique repassa à un niveau normal ; la foule déferla sur la scène, certains glissèrent sur le Fairy Liquid en rigolant.

Wilmot prit ses mains tremblantes entre les siennes. La sueur qui perlait sur sa peau faisait comme des paillettes.

– Viens, fit Coral K.

La lumière se faufilait partout comme une invasion d'amibes, tous les yeux brillaient, toutes les langues rougeoyaient de plaisir. Il savait ce que eux tous ignoraient encore. Que la police ne tarderait pas à arriver, avertie d'une façon ou d'une autre ; qu'elle débarquerait en masse en agitant ses lampes et ses matraques. Que le rassemblement s'arrêterait là, que la foule serait éclatée, dispersée dans la ville encore endormie, et que tous rentreraient chez eux dans l'attente du prochain signal. Alors ils se rassembleraient une fois de plus, et un autre serait choisi.

Traduit de l'anglais par Céline Cazals
Titre original : *Electrovoodoo*

Kevin Williamson

Au cœur de la basse

C'était une idée de Streamer, tu comprends. Il fait : « Mais t'inquiète pas, mec, je m'occupe de tout. » Sans mentir, il loue une bagnole avec une fausse carte d'identité et il fait : « O.K. venez bande de nazes, on va aller délirer grave dans la rê-fo. » Et il trouve qu'il a tellement de style dans le phrasé que ça le fait délirer une fois de plus.

On avait tous remarqué que Streamer se comportait d'une façon étrange depuis quelque temps et on se posait des questions sur sa coupe de cheveux. Streamer arborait une permanente afro avec des boudins qui lui balayaient les épaules et un jour, y a environ un mois, il s'était ramené avec une casquette de base-ball toute chelou sur la tête. Une Nike en cuir numérotée avec une visière style Légion étrangère qui lui barrait le front. Disant que c'était pour la protection de l'environnement. « Les U.V. niquent ton A.D.N., il avait expliqué. Ils te filent toutes sortes de cancer de la peau. A cause de la couche d'ozone, tu piges ? » Il avait entendu ça à la radio. Ça, c'était sûrement un coup de George Hamilton IV de Wester Hailes. En tout cas, sa casquette faisait plus débile mental qu'écolo mais bon, personne l'avait vu sans depuis qu'il s'était fait couper les cheveux, même pendant les soirées enfiévrées Joy and Taste. Et comme Streamer n'est pas le genre à laisser parler les gens sur son apparence physique, même les jours où il assure vraiment, personne ne sait encore à quoi ressemble cette nouvelle coupe de cheveux. Enfin, on voit clairement les coups de rasoir sur les côtés mais, pour l'essentiel, ça reste un mystère. Peut-être qu'il a tout rasé sur un coup de tête et que maintenant il regrette. J'en sais foutre rien.

Quoi qu'il en soit, tout était censé être réglé. Par Streamer. Mais ce qu'il oublie de faire, évidemment, c'est de prévoir suffisamment d'amphés pour tout le monde. Il fout une cassette dans un vieux ghettoblaster en ruine et y a une bombe atomique qu'explose dans l'assemblée.

– Ouais, moi je suis né comme ça, qu'il fait, ça te dérange ?

Là je regarde Susie qui regarde Roberto et Roberto regarde Sleepy Sue et Sleepy Sue lui fait des yeux ronds alors je tourne à nouveau la tête vers Streamer qui réfléchit.

– Va te faire foutre, mec, c'est toi qu'étais censé t'occuper de ça, d'aller les chercher.

Il était comme piégé, là. Comme si on avait prévu le coup d'avance.

C'est samedi soir et il commence à se faire tard, tu vois, et y a encore soixante bornes de route noire comme l'encre à se taper avant d'arriver à Loch Fyne, parce qu'on est en avril. Streamer a encore déconné. Il nous a encore foutu la soirée en l'air. On n'y sera jamais avant minuit et tout ce qu'on avait prévu de faire est en train de partir en couille. Je passe le plus clair de mon temps à lui casser la tête au téléphone mais là, il avait décidé encore une fois de zoner en quête d'un plan foireux plus ou moins fidèle à ses embrouilles habituelles. Je suis en train de bouillir et à deux doigts de lui dire ma façon de penser mais mords à la place un grand coup dans celui qu'est rose. Tu vois, le problème avec Streamer c'est que, en fait, il n'a jamais tort. Et sous la pression il est capable des pires explosions soudaines pour des histoires à deux francs. Je garde le silence et lance un regard sinistre par la fenêtre.

– Qu'est-ce que t'as ramené alors ? demande Roberto, rompant ce silence tendu – en dehors de la musique – et s'efforçant de minimiser au maximum le drame qui s'ébauchait là dans sa tête.

– Deux petits cœurs d'amour, rigole Streamer.

Personne n'en fait autant.

– Et nous alors ? intervient Sleepy Sue, un peu à côté de la plaque.

Elle est assise là comme la mère l'oie qui vient de pondre l'œuf magique, ce qui n'est pas tout à fait faux d'une certaine façon. Un œuf minuscule mais cent pour cent temgésique.

– Enfin bordel, mes enfants, lâche Streamer sur un ton hautain, est-ce que vous avez pas envie de changer un peu vos *petites* habitudes ? (Il prend son air moqueur mais évite de justesse une Mercedes roulant à au moins cent quatre-vingts). Non mais vous avez vu ça ? No problemo avec la Streamermobile.

Et il est tout fier de lui.

Roberto râle et me regarde d'un air furax comme si c'était ma faute. Je hausse les épaules et finis d'en rouler un bien chanmé en pensant à cette cassette de techno de merde posée contre le pare-brise de Streamer. N'importe quoi plutôt que les paroles bâtardes de cette musique de défoncés.

Suite de montées et de descentes dans les montagnes muesli recouvertes de neige avec la tête de Susie posée sur mon épaule, qui bougonne : « Ah la la, ça va encore être l'enfer ce voyage. » J'acquiesce et allume le tarpé. Moi je pense surtout à arriver à Loch Fyne en un seul morceau. Roberto remarque que Sleepy Sue a déjà basculé au pays des rêves alors il glisse sa main dans son dos pour tracer FUCT avec son doigt par-dessus son tee-shirt, et ça fait comme des vagues brillantes sur le lycra. Sleepy Sue est pas mal si on peut dire et Roberto est carrément mordu mais elle ne le laisse jamais approcher d'assez près. Elle dit que deux Taureaux ensemble c'est l'enfer assuré. Roberto m'avait dit une fois – il était pas mal allumé – qu'il ne reculerait pas devant une partie de jambes en l'air avec elle parce qu'elle lui mettait trop la fièvre.

Streamer conduit bruyamment et n'arrête pas d'insulter son moteur qui geint dans les virages serrés. Mais après il se retourne vers nous, un grand sourire aux lèvres, pour nous vanter les mérites de sa première amphé. Fuck.

Je passe mon bras autour de Susie pour la serrer très fort. C'est mon bébé.

Mais hey ! bon point pour lui. On arrive tous sains et saufs dans la bicoque en question, entiers même, et ouah ! l'endroit est carrément génial. Yesss ! On s'extasie comme des oufs, on file au rancart la voix grasse de Tom Wilson et on s'éjecte hors de l'Escort pour étirer nos jambes tout endolories. Roberto chante, *What's the story, Hibees glory !* et on s'éclate tous de rire. Des trucs comme : « Te bile pas, la soirée va super bien assurer. » Espérons...

Une fille se ramène pour nous saluer, elle ne porte rien d'autre qu'un masque zoulou et un short de plage jaune fluo.

– Groovy groovy, les mecs ! elle s'esclaffe. *D'où* est-ce que vous venez, tous ?

– Portafuckinbelly ! Le Chef-Lieu Le Plus Populaire d'Ecosse ! s'exclame Roberto, apparemment d'humeur à partager ses expériences en matière touristique.

– Cool, fait la Groovy Girl. Est-ce que vous avez besoin de quelque chose ?

– Affirmatif, répond Streamer. J'ai besoin de faire une vidange et cet endroit me paraît l'urinoir idéal, si je peux me permettre.

Susie se cache la tête dans les mains, désespérée. Si encore c'était la première fois. La Groovy Girl fait brusquement volte-face et rentre dans la maison, en stoppant un instant devant la porte pour secouer sa grosse poitrine – laquelle soit dit en passant est peinte en rouge, avec des cercles bleus et blancs comme des cibles – devant un mec qui sort en chancelant pour aller vomir.

– Intéressant, juge Streamer, le visage éclairé comme les Illuminations de Blackpool.

A l'intérieur, la maison est entièrement reconvertie en club, et Roberto et moi arrivons à pécho de la neige fraîche, qui une heure après ne nous a toujours rien fait. En revanche les filles, elles, ont avalé chacune un acide black qu'un des DJs leur a offert. Elles vont et viennent d'un air réjoui, en se disant entre elles à quel point c'est romantique de se retrouver à la campagne comme ça loin de tout.

– Laisse tomber, je dis à Roberto qui tente de secouer Streamer, au moins le son est là pour faire contrepoids. Bon et puissant. Exactement COMME ON L'AIME, COMME ON L'AIME !

On chante tous les deux comme des hyènes en furie. Y a des trucs vraiment chelous qui se passent tout autour de nous et cet ecsta à intérêt à assurer sa mère.

– Je crois qu'on nous a vendu de la merde, je fais à Roberto. Qu'est-ce que t'en penses ?

– Ça y ressemble. Qu'est-ce que tu dirais d'un trip ? il me demande. Ça serait quand même mieux que rien et comme on est là pour une éternité...

Là, ça clignote dans ma tête. Les trips et moi ça colle pas tellement. Mais, comme il dit, comme on est là pour une éternité. Et puis merde. On bouge vers le DJ pour aller se payer un aller simple.

Cinq minutes après on est sur le point de s'établir dans la cuisine avec un tarpé, en niquant les acides blacks, quand la putain de montée s'amène dans la déchirure et vient m'anéantir sur place, et je me dis : putain. L'ecsta attendait simplement son heure, comme une bombe à retardement, et je repense à cette pub télé sur les assurances où le père de famille se met à chanter : *Sans vouloir être sinistre, on prend tout l'temps des risques...*

Je distinguais des mouvements synchrones dans la direction de Roberto. Il devait lui aussi penser à cette chanson. Et, avec la mise au point, je le vois sourire jusqu'aux oreilles, dans une heure ou deux quand les blacks se ramèneront on se fera T.I.R.E.R.

Susie me conduit jusqu'au jardin loin de toute cette folie qui aura bientôt raison de chacun de mes conduits auditifs.

– Waooh, elle fait, regarde le ciel.

Il n'y a pas de nuages mais pour ce qui est des étoiles... Elles sont toutes reliées par des filaments argentés qui font comme une sorte d'immense toile d'araignée. C'est magnifique. Impressionnant. On reste au bord du lac main dans la main comme deux, euh, amants mordus des étoiles. J'imagine. Je lui dis combien je l'aime et puis on s'embrasse. Et puis on s'étreint. Et puis on s'embrasse.

Dans la bicoque derrière nous les DJs ont l'air de s'éclater grave avec des morceaux de jungle déjantés. La vibe drum'n'bass flotte doucement par-dessus la rive jusque sur les montagnes de l'autre côté du lac. Des gens s'approchent en zigzaguant vers nous tout en sortant des conneries sur le cosmos et ce mec s'arrête à côté de nous pour se plaindre de ne plus pouvoir trouver de vrais bars de Yorkie de nos jours. Pis d'camionneurs, qu'il dit, pis d'putains de chauffeurs d'taxi. Et on s'écroule par terre du genre qu'est-ce que t'es drôle, toi alors.

Je fais : Quand j'étais gamin on n'avait rien d'autre à bouffer que des petites poupées. Le lundi et le jeudi on avait de la poupée bouillie pour le thé. Le samedi on allait à la friterie de mon oncle et il nous donnait un sac de frites. Et puis le dimanche pour le dîner tu sais ce qu'on avait ?

– Quoi ? il fait. Un Yorkie ?

– Nan. Des putains de poupées frites, mec.

On part tous les trois dans un fou rire à cause de

l'acide, qui nous fait mal au bout d'un moment mais qu'est presque incontrôlable.

– Vous savez quoi ? je fais, essayant de reprendre mon souffle. Je n'ai même jamais mangé de riz ou de pâtes avant d'avoir dix-huit ans et de partir de chez moi. Et là je vais jusqu'à Edinburgh, tu vois, j'arrive des Highlands, quoi, et je découvre les fast-foods. Incroyable, man. Que de la bouffe que j'avais jamais vue de ma vie. Alors je téléphone à ma mère tout excité pour raconter la nouvelle, et tu sais ce que je lui dis ? Je lui fais : Mam, tu devineras jamais ce qu'ils bouffent ici à la ville ! Elle fait : Quoi mon fils ? Et je lui fais : Des poupées frites, mam, ils mangent des putains de poupées frites ici aussi !

Le Yorkie fait : Va te faire foutre, mec, c'est que des conneries mais en vrai il est trop mort de rire. Susie essaie de prendre une gorgée de bière pour tenter d'enrayer sa crise mais tout ce qu'elle arrive à faire c'est d'en foutre partout. Ah, merde, je fais, c'est trop nerveux sans déconner, allez viens on retourne au cœur de la basse.

Susie me conduit derrière la bicoque là où c'est tranquille. Elle relève sa robe et je vois qu'elle a rien en dessous. Allez, elle fait, baise-moi, dépêche-toi, fais-le tout de suite, s'te plaît... Mon corps tout entier est instantanément en érection et sensible à un point que j'aurais jamais cru possible et derrière nous il y a des arbres et je suis en elle, le jean descendu sur les chevilles, et je commence à prononcer le mot plaisir dans ma tête.

P-L-A-I-S-I-R. Merde.

Il y a une lampe à sodium au-dessus de nous près de la porte qui semble nous recouvrir d'un cône de lumière jaune et le sexe n'a jamais été aussi bon vraiment et Susie est carrément superbe. Elle murmure doucement dans mon oreille qu'elle m'aime et je baisse les yeux et, mon Dieu, elle me baise tellement fort maintenant, oh ouii, et putain, attends une seconde... Elle me baise ? Je baisse les yeux à nouveau et Susie a cette grosse queue bien dure qu'elle enfonce dans ma chatte et je peux la sentir en moi, elle me fait vraiment mal, et j'en savoure chaque seconde. Putain de baise...

Je suis assis dans la cuisine et les choses deviennent carrément incontrôlables. Je suis sûr d'entendre quelqu'un qui chuchote : « Fais gaffe aux acides blacks, mec, ils sont franchement létaux. » Je me retourne et fais : « Mais t'es qui, toi ? Chuck Norris ? » Mais y a personne.

Susie pénètre dans mon champ de vision et je la vois prendre le frais avec Streamer à côté de l'évier. Ils sont en train de flirter, c'est clair. Je regarde ailleurs et vois Roberto et Sleepy Sue se serrer l'un contre l'autre près de la porte, comme si c'était la dernière fois. Sleepy Sue fait : « Roberto mon cœur, tu croyais que je dormais dans la voiture tout à l'heure ? T'es vraiment pas un mec sympa, tu sais ? » Roberto sourit en montrant ses dents comme le chat d'*Alice au pays des merveilles*. Je savais qu'ils finiraient par s'entendre un jour ou l'autre et je suis si heureux pour eux que je me mets à sangloter. Alors j'enfile une paire de lunettes noires.

Streamer et Susie me regardent avec l'air de ceux qui complotent quelque chose, et putain de merde, je n'en crois pas mes yeux. Streamer a sa braguette ouverte et tient sa queue à la main. Elle est aussi raide qu'un manche à balai. Susie la sculpte avec ses doigts tout en me regardant d'un air farouche. Nan, nan, nan. C'est pas possible. Pas après ce qu'elle m'a dit tout à l'heure. Impossible. Je vais m'expliquer avec ce salopard.

Je me lève et tente d'aller vers eux mais deux choses viennent en fait coiffer à fleur de coteau cette mission spatiale de haute voltige. Primo : la pièce se télescope et je me rends bien compte que je ne suis pas en état de faire des kilomètres ; deuzio : bien que je me tienne parfaitement droit, mon cul est toujours sur la chaise. Je me rassois vite fait et reconsidère le terrain qui est maintenant envahi d'une épaisse fumée noire.

– Il fait jour, non ? je demande à Sleepy Sue.

Elle fait la moue.

– Sais pas. P'tête bien.

Elle a mis les lunettes que je portais tout à l'heure. Je vérifie en passant mes mains sur ma figure.

Susie débarque dans la cuisine.

– Mais où est-ce que vous vous cachiez ? elle demande. On a dansé comme des fous là-bas pendant des heures.

– J'étais avec vous, je fais. Dans le jardin.

– Je crois pas, non. Pas tout ce temps. Je pensais que t'étais dans le jardin avec Roberto.

Je roule des yeux paniqués. Eh ?!? Impossible.

Quelqu'un me montre du doigt en souriant et je comprends d'un seul coup quelque chose de tellement énorme que je voudrais plonger sous la table et mourir. Tout le monde sait.

– Ils nous ont tous vus, n'est-ce pas ? je murmure à Susie d'une voix rauque. Tout le monde était sur le coup. Ils avaient tout préparé d'avance. Une grosse blague acide pour la tête d'œuf, hein ?

Je sens que je vais devenir hystérique.

– Mais qu'est-ce que tu racontes, bordel ? fait Susie l'air légèrement inquiet.

Je m'élance jusqu'à la porte d'entrée et le soleil matinal m'éblouit comme des montagnes de neige au soleil. Quand l'image revient je vois des gens assis un peu partout en petits groupes, en train de se relaxer et de fumer, sans vraiment beaucoup parler. Mais ils ont tous les yeux braqués sur moi. Ils sont tous au courant.

Je descends vers le lac suivi par Susie et reste sans rien dire. Je me tais et contemple les bancs d'huîtres qui avaient l'air hier soir d'un tas de petits chiots vifs et barbus. On s'assoit sur un rocher pour regarder à travers l'eau du lac.

– Tu t'es vraiment déchiré la gueule hier soir, fait Susie, en passant son bras autour de mes épaules. Ça arrive, t'inquiète pas pour ça. Et t'es pas le seul. Ce casse-cou de Streamer a vraiment foutu en l'air pas mal de gens. Ils sont pas près d'oublier ça. Mais je dois bien avouer, j'ai trouvé ça hilarant.

– Je ne voulais pas parler de l'histoire de l'évier. C'était probablement une...

– Ah la la, Streamer a vraiment assuré la nuit dernière, elle poursuit.

Je la regarde, déconcerté, et elle prend l'air un peu surpris puis me demande si je me souviens de ce qui s'est passé.

– Non, je fais. Je crois qu'à un moment tout le monde s'est mis à hurler et puis après plus rien.

– Tu plaisantes ! Tu te rappelles pas quand Streamer a retiré sa casquette ?

– Non.

– Waooh, elle fait, son visage s'éclairant d'un seul coup. C'était incroyable. Streamer demande au DJ de couper la musique et prend le micro en disant qu'il a quelque chose à montrer à tout le monde. Alors tout le monde arrive dans le living et Streamer distribue à tout le monde une paire de lunettes en plastique en disant de les mettre que quand il le dirait. Et là il monte sur une chaise et *Hey presto* ! il vire sa casquette de base-ball. Et tu sais ce que ce malade mental a rien trouvé d'autre à faire ?

Je secoue la tête, m'attendant à tout de la part de Streamer.

– Eh ben, il s'est fait raser toute la tête et il s'est fait barbouiller un tatouage vert et rouge tout flou qui lui prend tout le crâne et qui descend jusqu'au bas du cou.

– Un tatouage flou ? Mais comment ça ?

– Bah, justement, c'est ça le hic. Parce qu'il a demandé à tout le monde de mettre les lunettes et là tu vas pas le croire !... ce fou furieux a rien trouvé de mieux que de se faire un énorme tatouage en 3D de son cerveau. Tout le monde s'est mis à hurler, à halluciner et à délirer, et toi c'est comme si t'avais disparu dans un nuage de fumée. Quand je t'ai retrouvé, t'étais à côté de l'évier, un balai à la main, en train de baragouiner des trucs.

– Quoi ? Tu déconnes ?! Mon visage se tord dans un énorme sourire : Oh merde, putain que je t'aime.

Susie me regarde sans comprendre et pourtant c'est vrai.

On reste silencieux pendant un moment devant le paysage, le temps de récupérer. On va bientôt partir et ce kamikaze de Streamer va nous ramener en ville. Assis à la bonne place, les mains agrippées au volant, avec Tom Wilson à fond, son tatouage et toutes ses plaisanteries stupides.

Aah, enfin... Le soleil de ce dimanche matin est tout simplement magnifique et mille rayons argentés se réfléchissent sur le lac étincelant avant de disparaître comme dans un jeu de lumière artistique coordonné et aveuglant. Le mot PARFAIT vient... non... on arrête les mots.

On se lève main dans la main. Sur la gauche, vers le milieu du lac, trois oies brunes volent doucement, très doucement au-dessus du lac. On les regarde mettre une éternité à parcourir ces quelques mètres. Leurs cous fins sont tendus comme des queues de serpent et leurs ailes puissantes battent gracieusement, sans un bruit, bien en rythme, au rythme de leur âme, et au rythme du monde tout entier.

Traduit de l'anglais par Céline Cazals
Titre original : *Heart of the Bass*

Jonathan Brook

Sangria

I

Il fait si chaud que même les cafards se traînent. On dirait qu'ils attendent ma semelle, qu'ils préfèrent de loin l'idée d'être transformés en bouillie à celle d'un petit galop en pleine chaleur. Ça se comprend.

Je traverse le square, très lentement. Malgré la proximité de l'océan, il n'y a pas le moindre souffle de vent. Il est trois heures de l'après-midi. Je n'arrête pas de transpirer depuis que je me suis levé, il y a deux heures. La camionnette de Juan est stationnée devant le club. A l'avant, une fille penchée par la fenêtre fume une cigarette. Juan n'aime pas la fumée de cigarette.

– Salut.

– Ça va ?

Elle doit avoir vingt ans. Le parfait appât à touristes, cette jeunesse moulée dans ses short et tee-shirt. Elle n'est pas encore bronzée.

– Juan est là ?

– Je crois, ouais.

Je ne l'ai jamais vue, il a dû la ramener de l'aéroport ce matin. Encore une gamine aux yeux explosés de fatigue, débarquée du charter de trois heures du matin à soixante dollars. Une virée à travers la ville, les lumières se reflétant sur la mer, la chaleur, le parfum des collines, la promesse d'un emploi dans l'un de ses clubs ; ça fait largement illusion en pleine nuit.

– A plus tard.

– Ouais.

A l'intérieur la climatisation ronronne, il fait bon. Le décor est ringard mais sent l'argent. Juan a dépensé trente mille dollars pour couvrir les escaliers d'un marbre noir venu spécialement d'Italie. C'est son frère qui fait les travaux. Il a d'abord enlevé l'ancien revêtement, puis étalé une drôle de saloperie bleutée avec une espèce de pompe énorme, on aurait dit un pistolet à crème géant. Une heure plus tard, c'était fini. Maintenant on peut casser des noisettes dessus. J'étais là au moment où ils achevaient les rénovations, ils m'avaient fait venir une semaine plus tôt, m'offrant un plein-temps pour surveiller la piscine de l'hôtel et contempler le ciel en me demandant ce que je pouvais bien foutre ici.

Je passe la main sur le bar en cuivre lisse et étincelant. J'y vois mon visage flasque et dégoulinant de sueur. Juan est dans la pièce du fond, debout devant une grande cuve en bois. Pat est près de lui, assis sur une chaise. Ils rient. Pat me fait signe d'approcher.

– Ça va, Danny ?

– Salut, Pat. Ça va ? Hello, Juan.

– Holà, Danny.

Juan enlève sa chemise qu'il envoie voler sur le cheval à bascule. Cette pièce est la réserve où l'on entrepose toute la camelote qu'on peut trouver dans ses clubs. Des bouteilles, des cageots, des boîtes, de gigantesques conserves d'olives et d'huile de cuisine, des ampoules, des outils, du bois, et des tas d'autres trucs sont empilés un peu partout. Au fond, un balcon donne sur l'océan.

Son visage est moite et des perles de transpiration se forment sur les poils de sa poitrine. Il est bien charpenté mais les années ont arrondi son ventre. Il a une pagaie en acier dans les mains. Pat sourit toujours.

– Qu'est-ce qu'il y a là-dedans ?

– Je prépare une boisson, mon gars.

– Ah ouais ?

– Jette un œil.

Je me penche. C'est rempli d'une sorte de vin rouge dans lequel flottent des morceaux de fruits au milieu d'autres formes sombres.

– Tu veux goûter, mon gars ?

– Plutôt crever.

– Vas-y, c'est bon, c'est de la sangria.

Juan s'appuie sur la pagaie et se penche pour ramasser un verre qu'il me tend. J'ai les yeux rivés à la sangria.

– Non.

– Vas-y.

Je plonge le verre dans le liquide, le ressors à moitié plein et le lève vers le soleil ; on dirait du sang coagulé. Ils m'observent. J'en bois une petite gorgée.

– Pas mauvais.

– Je te l'avais dit.

– Ça a un goût d'orange, et de vodka aussi...

– Juan vient de pisser dedans.

– Quoi ?

– Il a pissé dedans. Tu ne sens pas le goût de la pisse ?

Pat est explosé de rire.

– Bande d'enfoirés, dis-je en vidant mon verre dans la cuve.

– On déconne, Danny. C'était une blague. J'étais en train de dire à Juan que ça avait un goût de pisse quand on t'a vu arriver.

Sur quoi, Juan baisse son pantalon, m'adresse un large sourire, lève sa grosse bite noire vers le rebord de la cuve et projette un long filet arqué dans la boisson. Pat éclate à nouveau de rire.

– Vous êtes vraiment des enfoirés.

– Ouaip.

Juan termine son affaire, puis se rhabille.

– C'est rigolo, hein ?

– Ouais.

– Tous ces connards assoiffés vont se jeter sur ma sangria, et c'est ma pisse qu'ils vont boire. C'est trop marrant, ricane-t-il en remuant son mélange.

Je bosse pour Juan, sur une île plantée dans l'océan, au large de la côte africaine.

Juan est millionnaire. Il possède des clubs et des restaurants un peu partout. C'est également un gros consommateur de coke. Il sort avec une Suédoise qui dirige une équipe de gym aquatique. La semaine dernière, lorsque je suis allé leur rendre visite à la marina – un grand parc aquatique en pierre blanche, construit en bordure de mer sur plusieurs niveaux, où des gars en smoking proposent des verres de champagne bon marché – sa copine et quatre autres Suédoises faisaient des figures dans le bassin central. Elles avaient l'air solennel d'artistes sûres de leur art. C'était pourtant loin d'être de l'art. Des hommes d'affaires excités ne cessaient d'aller et venir et Juan s'était mis en rogne parce que trois Allemands insistaient lourdement, et bruyamment, pour que les filles fassent un strip. Si je ne m'étais pas débrouillé pour le calmer, il les aurait emmenés faire une petite balade dans les montagnes. Mauvaise idée que de se foutre de la gueule de Juan, un petit tour là-haut et on n'entend plus jamais parler de vous. Moi, je déteste ce genre de conneries. Je préfère régler les choses à ma manière. Je les entraîne sur la plage et je leur fais un peu peur, histoire de les calmer. En résumé, je m'occupe de l'aspect touristique des choses, Juan se charge des locaux.

Son meilleur pote est chef de la police. Je les ai déjà aperçus ensemble. Ils ont grandi dans le même trou infâme – la première fois que Juan a vu des chiottes, il faisait son service militaire. A l'époque, il n'y avait pas de police, juste une bande de gamins qui se pavanaient avec des flingues et tuaient les chiens sauvages rôdant près des montagnes. Aujourd'hui, ce sont eux les forces de l'ordre. En fait, l'ami de Juan est un ancien tueur de chiens nanti d'un badge.

Mon travail consiste à filer un coup de main. Je vais chercher les DJs fraîchement recrutés à l'aéroport, dispatche les flyers entre les filles, et m'arrange pour que Juan n'ait aucun souci à se faire. En ce moment par exemple, je surveille un peu les clubs dont nous commençons à subir la concurrence – bien que je pense qu'il y a assez d'argent à faire pour tout le monde, l'île est couverte de jeunes assoiffés de danse et de défonce.

Ça fait quatre mois que je suis là. J'ai eu le temps de m'habituer aux cafards qui grouillent partout dans ma piaule. Je me dis souvent que le jour où ils ne me dérangeront plus, il sera temps pour moi de décamper. Pour où ? En tout cas, pas pour l'Angleterre, il y a beaucoup trop de monde, l'endroit est saturé.

Pat s'étire. Il se lève. Un rayon de soleil baigne l'hippocampe tatoué sur son bras. Pat est un pro de l'organisation de soirées, il travaille dans le tourisme depuis des années, pour des types comme Juan ou pour quiconque cherche une personne afin de promouvoir un club, dénicher des DJs, ou rendre toutes sortes de petits services de ce genre. Avant d'échouer ici, il a fait la Grèce, la Thaïlande, le Maroc et l'Inde. Il est bronzé de la tête aux pieds sous sa grosse crinière blonde.

– Tu connais Alfredo, le type du Fantasy ?

– Ouais.

– C'est pour ça que je t'ai appelé. Tu y es allé cette semaine ?

– Non.

– C'est dingue, c'est plein à craquer.

– Ça fait un petit moment que je n'y ai pas mis les pieds.

Juan lâche sa pagaie et explose :

– Cet enculé se fait le double de moi ici. Il faut absolument que je découvre comment et que j'arrête ça.

Pat pose sa main sur mon épaule et fait signe à Juan de continuer à remuer la sangria.

– Ce que Juan veut dire, c'est que ce type mijote un truc louche, cela ne signifie pas que nous voulons mettre le feu à son club ou quoi que ce soit de ce style. On pense qu'il prépare une embrouille, tu comprends ?

– Non.

– Je dis simplement qu'une embrouille se prépare, il a fait venir un type, un hypnotiseur.

– Quoi ?

– Un hypnotiseur.

– Tu veux que je surveille un hypnotiseur ?

– Exactement.

– Qui s'appelle ?

– Charles.

– Bon, j'irai lui rendre visite ce soir.

– Danny, tu découvres ce qu'il mijote et tu le neutralises.

Au début, le club de Juan était une boîte disco pour Noirs avec laquelle il se faisait de l'argent de poche. L'alcool coulait à flots jusqu'à huit heures du matin et une poignée de videurs alsaciens suffisait à assurer le service d'ordre en cas de grabuge. Puis, un jour, ses amis du poste de police – un cube sale planté en bordure de ville, loin de tout – lui ont fait savoir que le coin devenait trop remuant. Les représentants des compagnies de tourisme commençaient à réclamer des primes de risque parce qu'ils rentraient chez eux avec des trous plein la poitrine. Ça foutait une putain de pagaille dans les lobbies hôteliers. Lorsque les représentants ont porté plainte, la police a été obligée de se déplacer pour demander à Juan de faire moins de bruit. Il a aussi fallu tranquilliser le maire et les politiciens installés à Marbella, qui, alarmés par quelques coups de fil, craignaient qu'il n'y ait plus assez de touristes pour payer leurs yachts.

Juan le fit. Il modernisa le club et embaucha une

équipe de sécurité – un bon truc pour calmer la police. Ils se refirent une clientèle de grosses vendeuses de chez Woolworth, de mécaniciens et de chauffeurs de bus à la pelle, d'une plèbe de desperados venus de tous les trous paumés d'Angleterre, d'excentriques locaux et de copines de serveuses ; tous portant les sempiternels shorts et tee-shirts trempés de sueur, sirotant de la bière et fumant des cigarettes bon marché.

Les soirées sont consacrées aux raves, beaucoup plus sophistiquées que les plans disco de l'ancienne époque. Pat organise la venue des DJs, veille à ce que les réserves de drogues soient suffisantes et se charge de la promotion.

A une heure du matin, quand les danseurs commencent à affluer, Juan ferme la climatisation. S'ils n'ont pas déjà le regard vide, par l'effet de quelque substance chimique achetée dans le square, une messe basse ou deux avec Pat ou les dealers de Juan, et le tour est joué. N'obéissant plus qu'au démon de la danse, ils s'agglutinent sur la piste pour former une masse organique mouvante. La fumée et les flashes rendent l'air irrespirable. Ceux qui ne supportent plus la chaleur se déshabillent. En l'espace d'une heure, sujets à une fulgurante glissade atavique, ils ont tous régressé de quelques milliers d'années et n'obéissent plus qu'aux bourdonnements qui s'élèvent des enceintes, heureux d'évoluer dans cette marée humaine, libres, au moins jusqu'à la prochaine piquouze. Un coma cérébral collectif. Seul le mouvement de leur corps importe. Ils pensent avoir découvert une sorte d'échappatoire. Pauvres gogos. Ce n'est que du vent. Il n'y a pas de meilleur « ailleurs », pas d'état de « conscience supérieure » à atteindre. Il n'y a que Juan et la sangria dans laquelle il vient de pisser.

Il n'y a que moi, Pat, quelques enfoirés de DJs, les serveurs et un millier d'empaffés secoués de spasmes musculaires provoqués par la déshydratation, ou la strychnine qu'on trouve dans la merde que deale Juan : ça leur tord les boyaux mais ils montent quand même.

La drogue, c'est comme la musique, on ne sait pas vraiment ce qu'il y a dedans mais le poison en est la base. Du doppelgänger pour les émotions, la strychnine pour décoller, un zeste d'acide de batterie pour la pêche, et du largactil pour la chute ; cent pour cent chimique, synthétique, industriel. Ils s'imaginent accéder à un monde spirituel, mais aucun cœur ne bat dans ce monde, il n'y a que le grincement métallique d'une caisse enregistreuse. Tous ces mouvements se conjuguent pour venir engraisser le porte-monnaie de Juan.

Leurs muscles sont douloureux, le sang leur coule des yeux et des oreilles, ils s'évanouissent et défèquent sans même s'en rendre compte. De vraies loques humaines que Pat et moi portons une à une sur la plage pour les jeter dans le ressac. Le lendemain ils se sentent bien. Enfin, ce ne sont que des gamins qui font ce qu'on leur a dit de faire – suivre le flot qui se dirige vers le club, en l'occurrence.

Le décor consiste en une indigestion de tartes, de haricots, de vidéos de Bernard Manning qui passent en boucle et à fond dans le bar, de palmiers en plastique et de cafards cavalant partout. Rien à voir avec l'art. Dehors, des filles des Midlands en bikinis se laissent tripoter par tous les clients potentiels pour toucher une commission, qu'elles claqueront en sulfate histoire de tenir debout toute la nuit et d'avoir une chance d'assister aux bastons entre dealers marocains et dealers britanniques.

J'en connais plus que Pat et Juan ne se l'imaginent sur l'hypnose. J'ai eu tout le loisir d'observer les gamins chez Alfredo et j'ai vu la musique leur trifouiller copieusement les ondes alpha. Je sais parfaitement ce que ça leur fait. Aujourd'hui, il y a toute une gamme de techniques pour manipuler les masses : les médias, la télé, ou les images subliminales, par exemple. Mais la forme de manipulation des ondes alpha la plus puissante en cours, est celle qui se pratique actuellement dans les clubs. Il suffit de droguer quelqu'un et de le conditionner par un stimulus sensoriel répétitif pour obtenir ce qu'on veut de lui. En plus, la victime est consentante, elle meurt d'envie qu'on l'utilise. C'est comme les cafards, ils sont tellement azimutés par le soleil, qu'on peut sans peine les écraser d'un coup de semelle.

II

Je suis devant Fantasy Island, il est deux heures du matin. Je n'ai pas réussi à dormir cet après-midi, le type d'en bas tabassait encore sa sœur. J'ai descendu une bouteille de gin et écrasé quelques cafards. Il faisait si chaud, j'aurais bien bu un verre d'eau fraîche mais mon frigo avait rendu l'âme. Un vrai four, ça puait la pourriture. Je n'ai rien avalé.

Le bruit des vagues couvre à peine les battements provenant du club. Il est bondé. Devant la porte, quelques gamins espèrent encore entrer – des filles disgracieuses, aux bras nus rondouillards, poisseux et brûlés par le soleil d'un après-midi passé à griller sur la plage, engoncées dans des fringues couleurs pastel, et, adossés au mur, des garçons rougeauds au regard vide, qui s'arrangent pour faire durer leur cigarette le plus longtemps possible, même s'ils ont du mal à respirer. Les portes du club sont ouvertes mais une chaîne barre le passage. Ils la mettent lorsqu'il y a trop de monde et que ça commence à s'évanouir à l'intérieur. Le planton me reconnaît, il me laisse passer. Le club est plein à craquer et ça boit, ça se pique et ça plonge son gobelet dans une sangria à cinq dollars le coup à tour de bras. Je comprends pourquoi Juan enrage. Je vais directement au bar.

– Danny, laisse-moi t'offrir un verre.

Alfredo est un peu plus jeune que Juan, il fait plus

businessman grassouillet et suave que le truand pour lequel je bosse. Il avait quitté l'île mais est rentré au pays en découvrant à quel point les clubs prospéraient grâce aux touristes. Je crois qu'il a bâti son capital en trafiquant du haschisch marocain. Banal. Il a loué deux bateaux et deux équipages de gogos hippies. Bien sûr, chaque équipage pensait être le seul sur le coup. Alfredo a attendu l'arrivée du premier bateau avec Mohammed Shabour, ancien bourreau – coupeur de têtes au cimeterre – et garde du corps du Sultan, reconverti en plus grand dealer de la côte. Je l'ai déjà rencontré, plusieurs fois. C'est un de ces types qui rigolent tout le temps en vous tapant dans le dos, mais moi, chaque fois que je le voyais je ne pouvais pas m'empêcher de penser à son regard rivé sur le pouce du Sultan.

Le premier équipage est arrivé en joie, persuadé d'être sur le coup de leur carrière. Alfredo leur a donné un peu de bonne fume, a attendu une petite heure qu'ils soient fin défoncés et leur a collé cinq tonnes d'une saloperie au henné avant de les renvoyer, au crépuscule. Deux heures plus tard, le deuxième bateau se pointait pour recevoir dix ou douze tonnes de bonne marchandise. Le jour suivant le premier bateau s'est fait cueillir au port. Alfredo a donné un coup de fil et, pendant que les douaniers appelaient leurs femmes et se descendaient une bouteille de très vieux brandy pour fêter leur prise, le second bateau accostait tranquillement. Une bonne vieille recette.

Je ne suis pas ici depuis longtemps, mais j'ai eu le temps d'en voir pas mal. Avant de venir, j'étais à Londres, fauché, lessivé, réduit à faire la manche. Je trouvais que ma vie n'avait aucun sens. Cette île est pleine de fuyards et de loosers qui, comme moi, se font quelques misérables dollars sur le dos des touristes, en se mettant au service de propriétaires de clubs. Le regard ahuri des clubbers me sidérera toujours. Ils ont vraiment l'air de croire à cette mascarade, ce marché dont ils sont les dupes, ils se croient au pays du soleil et des bonnes vibrations. Et y croire leur suffit. J'ai parfois l'impression d'être dans le camp des dupeurs, mais je ne m'attarde jamais trop longtemps sur cette pensée, finalement je ne suis qu'un observateur extérieur. Ce club pue le vice, la camelote, le plastique et la bière à base de poudre qu'on vous tend en échange de vos trente billets. Des dealers aux yeux de renard, qui préféreraient moisir en prison ici plutôt que retourner chez eux, à Walthamstow ou au Maroc, vendre leurs culs aux Suédois, rôdent en permanence autour des pistes de danse.

J'ai envie de fuir mais je suis incapable de bouger, j'ai l'impression de me liquéfier sur place. C'est idiot de stresser pour quelque chose qui n'existe pas, pour une illusion, il faut que je me ressaisisse. Heureusement, la bouteille de mauvais gin que j'ai ingurgitée m'aide à refaire surface, je réalise soudain qui je suis et ce que je suis venu faire.

– Je prendrais un Remy.

– Tu sais ce qui est bon quand c'est gratuit.

– Bien sûr.

Il m'entraîne vers une salle privée. Il y a quelques tables et des hommes et femmes éparpillés partout. Ce sont essentiellement des locaux, des gars de Nationale ou des gens de la mairie venus chercher leurs pots-de-vin.

– J'aimerais parler à un certain Charles.

– Ah oui ?

– Je m'intéresse à l'hypnose et on m'a dit qu'il s'y intéressait aussi.

– C'est le meilleur.

J'aurais pu le repérer dans le club et demander à un serveur de me le ramener mais je n'ai aucune raison de jouer au con avec Alfredo, il me connaît bien, je sais qu'il ne m'empêchera pas de régler les choses à ma manière. Ma franchise ne semble pas le déranger, il sirote en souriant le contenu du gros verre qu'une adolescente en bikini vient de poser sur la table.

– Qu'est-ce que tu lui veux ?

– J'ai quelques petites questions à lui poser. Pas grand-chose.

– D'accord, je vais essayer d'organiser une rencontre.

Alfredo me laisse pour aller voir deux hommes installés dans un coin sombre de la pièce et se baisse vers l'un d'eux. Le type porte un costume noir, il est mince, rabougri et sa tête chauve luit sous la lumière des spots. Il se lève et ils avancent ensemble vers ma table. L'homme marche très lentement, il m'étudie. Ce n'est que lorsqu'ils arrivent à ma hauteur que je m'aperçois qu'une barbe drue lui mange une bonne partie du visage. Je réprime un sourire, il a tout à fait le physique de l'emploi.

– Je m'appelle Danny.

– Charles.

Il tend la main. Je me lève pour la lui serrer.

Et là, il se produit quelque chose d'étrange, Charles me broie littéralement la main et secoue vigoureusement mon bras de haut en bas tout en m'attirant à lui. Ses yeux grands ouverts rivés aux miens, il approche son visage et m'ordonne : « Dors. Dors. »

Ensuite, il tente de me mettre à terre en me tordant la main, le mouvement descendant favorise la mise en transe, je connais le truc, on ne me la fait pas. Je fais un gros effort de concentration et parviens à échapper à son contrôle. Charles sourit.

– La technique révolutionnaire de la poignée de main. Je dois la perfectionner. Pour le moment j'ai un taux de réussite de soixante pour cent.

Il s'assoit et sort un cigare.

– En quoi puis-je vous être utile ?

– Je voudrais que vous laissiez tomber les conneries subliminales grâce auxquelles vous remplissez ce club.

Pas de réaction. Il prend le temps de couper le bout

de son cigare, de l'allumer, il semble d'un calme olympien.

– Je sais ce que vous trafiquez, Charles.

– Non, vous ne savez pas.

– Vous planquez des messages dans la musique. J'ai bien vu que vos clients ont l'air plus idiots que d'habitude. Et ils boivent.

– Quel cynisme. Ça me fait tout froid dans le dos.

– Je dis simplement que vous avez une manière particulière de remplir ce club.

Il pose un coude sur la table, installe son menton au creux de sa main et entreprend de me dévisager tandis qu'un doigt de sa main gauche, sagement posée sur le bord de sa chaise, bat une mesure tranquille et régulière.

– Vous pouvez arrêter ce genre d'idiotie également.

– Vous savez, vous êtes la première personne que je rencontre qui s'y connaisse un peu et qui y croie.

– Je m'y suis déjà frotté. Ne vous avisez plus d'essayer vos saloperies rythmiques sur moi, d'accord ?

– Pourquoi êtes-vous si tendu ? Alfredo est très satisfait des changements que j'ai apportés ici.

– La personne pour laquelle je travaille ne l'est pas.

– Il ne me reste plus qu'à la convaincre de se montrer raisonnable.

– Ça ne va pas être facile.

– Et si je faisais quelque chose de positif pour elle ?

– Je ne saisis pas.

– Et si je lui offrais quelque chose de bien plus précieux que de la simple musique ? En fait, vous n'avez aucune idée de la teneur de mon message.

Il a un léger accent traînant qui dénonce un stage en école privée. Je bois une petite gorgée de mon Remy avant de répondre :

– La vie est simple sur cette île. Vous vous en apercevrez d'ici une semaine ou deux. Tout le monde fait son beurre sur le dos des touristes, les clubs se partagent les gogos. Alfredo sait qu'il ne devrait pas trop abuser. Avant la fin de la journée, l'homme pour lequel je travaille et lui se taperont dans le dos en se remémorant leurs orgies de plage. Ils sont nés ici ; quoi qu'il advienne, ils finissent toujours par se réconcilier. Je veux juste leur éviter une friction. Alors calme le jeu.

– J'aimerais savoir ce que tu penses de la musique et des gens qui viennent ici.

– Aucun intérêt.

– Je suis curieux.

– Ce sont des cloches.

– Et que crois-tu qu'ils pensent de toi ?

– Je suis totalement inconsistant pour eux. Si tu n'entres pas dans la danse, ils n'ont pas de temps à perdre avec toi.

– Tu te sens exclu ?

– Je n'ai pas les mêmes aspirations qu'eux.

– Tu es piégé, Danny. Tes yeux sont aveugles à ce qui se passe ici, à cet incroyable et magnifique bouleversement. Pour la première fois, tous ces gens sont en harmonie.

– Qu'ils croient. Ce n'est qu'un mythe qui flatte leur désir de satisfaction immédiate. Un mythe dans lequel ils peuvent se glisser facilement, sans aucun effort.

– Tu penses que c'est un leurre ?

– Nous discutons comme s'il y avait un sujet à débattre, tout ça n'est que du vent, un mensonge qui pousse les gamins qui l'écoutent à se déchirer la gueule. Une pompe à fric. Le clubbing est une extension de l'infrastructure de la base, et à la base on trouve l'homme pour lequel je travaille et des tas d'autres comme lui. Il n'est question que d'argent.

– Tu es complètement désabusé.

– J'ai déjà vu ça en Angleterre. C'est exactement la même machine à escroquer parfaitement graissée.

– C'est tellement plus que ça. Je suis d'accord avec certaines de tes réflexions, mais des changements importants et subtils se préparent. Certaines personnes sont en train d'accomplir certaines choses avec succès. Comme moi dans ce club.

– Tu avances masqué. Qu'est-ce que tu caches derrière tes « Prends donc un verre », « Dépense ton fric », « Amène tes amis » ? Tes conneries subliminales diffusent le même message que les filles qui racolent dehors, la seule différence est qu'elles utilisent leur corps pour attirer les gogos à l'intérieur. Tu es juste un peu plus sournois.

– Je fais beaucoup plus que ça.

– Quoi donc ?

– Je les bichonne. Je vais au plus profond de leur identité. J'ai un accès direct à leur cerveau, j'y sème des graines.

– Et tu te sens propre ?

– Parfaitement. Je ne les entraîne pas dans un coin sombre pour leur faire la peau.

Il cale son dos contre le dossier de sa chaise, croise les doigts et poursuit son discours :

– Je suis en croisade. La musique est pure par essence, mais hautement corruptible, elle est ce que nous décidons qu'elle soit. Il est déplorable que ce qui est corrompu fasse plus recette que ce qui est pur, et il est vrai que les émotions transmises par la musique servent à faire de l'argent, mais je lutte justement contre ça. Je purifie la musique en y insérant des messages positifs, des affirmations. Lorsque les gens ressortent de ce club, ils se sentent mieux qu'à leur arrivée. Et ce sentiment que tu dénonces comme artificiel n'est pas moins authentique que la colère, le désir ou toute autre émotion.

– Pourquoi choisir de le faire ici ?

– Ça me paraît le laboratoire idéal, je ne suis soumis à aucune régulation ou restriction. J'ai besoin d'un tel lieu pour effectuer mes recherches, développer des techniques ; j'ai de nombreuses questions d'équilibrage et d'approche à régler. Alors, je commence par enregistrer la musique, puis je dose.

– Tu es futé, Charles, seulement tu as oublié de prendre l'économie locale en compte. Les libertés que tu viens de décrire ont quelques inconvénients.

– L'homme pour lequel tu travailles ?

– Précisément.

– Je peux gérer ça. Je fourmille de bonnes idées. Il ne me faut pas longtemps pour cerner les gens, je parviens toujours à nous trouver un intérêt commun et à les convaincre par la discussion, sans les énerver, les blesser, ni même les manipuler.

– Juan sera trop occupé à te briser les jambes pour écouter tes bonnes idées.

– Juan est manifestement un idiot, tu pourrais être tellement plus qu'un simple messager.

– Peut-être, mais je n'ai pas ton ambition, n'est-ce pas ?

– Non.

– J'hésite à décider si tu as quoi que ce soit d'intéressant à dire ou si tu es simplement frappé. Je pencherais plutôt pour la deuxième solution. Une chose est sûre, tu n'as pas le droit de jouer avec le cerveau de ces gens.

– Ils ne demandent qu'à être guidés. C'est pourquoi ils sont ici. La musique leur montre le chemin. Tu t'en es rendu compte en les observant, ils ne veulent plus être eux-mêmes. Ils en ont ras le bol d'être eux.

– Je suis fatigué. Il faut que j'y aille.

– Tu es mal dans ta peau, tu vois tout en noir. Si tu me laissais t'expliquer ce que je suis en train de réaliser...

– Je m'en vais. Je te verrai certainement en ville, on pourra peut-être reprendre cette conversation. En attendant, mets-la un peu en sourdine et tout le monde sera content. Un ton au-dessous, c'est tout.

– Je ne suis pas sûr d'y parvenir.

– Il vaudrait mieux pour tout le monde que tu y arrives.

Je me lève. Le Remy me monte à la tête. Il faut que je mange quelque chose.

– A un de ces quatre, Charles.

– Bientôt, j'espère. J'aimerais savoir ce que tu penses réellement de tout ça.

– J'ai passé l'âge de ces bêtises, Charles.

– Tu es seul, Danny. Laisse-moi t'accompagner.

– Non. Reste ici et travaille sur tes affirmations.

Je sors de la pièce et retrouve la foule.

Ils dansent comme des sauvages peints pour la guerre. La musique a été baissée, on n'entend guère que le battement du tempo qui, tel le tambour, premier instrument et langage du monde, guide cette masse agglutinée vers une émotion unique, l'exhorte tantôt au combat, tantôt à la tristesse. Charles est dans ma tête. Je ressens sa présence et entends sa voix, quelque part derrière le bruit, à peine audible mais bel et bien là, implantée dans mon cerveau. Je fuis en courant vers la sortie pour retrouver le calme du square.

III

Je me rue vers le centre-ville. Je connais un bar à saucisses, tenu par deux Allemands qui ont fui vers le soleil pour vivre leur homosexualité dans la paix et la tolérance, à Bratwurst, le quartier des clubs. Il s'agit en fait d'un long comptoir en argent, sans murs, ni toit, ni rien. Je mâchonne tristement une saucisse.

Je pourrais facilement m'entendre avec Charles. Depuis que je suis ici, c'est le premier type avec lequel je sens que je pourrais être ami. Dommage.

Il faudrait que j'aille voir Juan pour lui dire que c'est réglé. Qu'Alfredo a pigé. Mais je suis trop désespéré pour retourner dans cette planque à cafards et affronter la tronche du pourri de fric pour lequel je bosse. Je décide d'aller me soûler au bar de Lycra.

Posté entre deux clubs, il se résume à quelques tables

et une touffe de palmiers. Je m'assois au fond de l'enclos pavé sur lequel règne Lycra qui slalome déjà entre les tables pour venir prendre ma commande. Elle ondule comme un corps liquide.

– Salut, Danny.

– Un gin, s'il te plaît. Anglais.

Elle sourit et retourne derrière le bar.

Je viens régulièrement, plusieurs nuits par semaine. J'aime la regarder évoluer, le sentiment que cela me procure est l'état le plus proche du désir auquel je puisse accéder. Ici, le sexe est facile mais je n'y arrive pas. Je n'arrive pas à me plier aux exigences de la première soirée, la grande discussion ponctuée de blagues spirituelles, de joutes verbales, de petites tapes et autres chatouilles d'usage.

Elle m'apporte ma boisson et un cocktail au goût de fraise en prime. C'est le soir de virée des travailleurs. Ils trafiquent, chahutent, s'amusent. Les clubs grondent. Les danseurs se lâchent, s'abandonnent dans ce paisible refoulement qu'ils qualifient de culture. Je repense à ce que Charles m'a dit, à son alternative, aux messages qu'il insère dans la musique, au fait que je ne crois en rien.

C'est curieux, plus on lutte contre les choses qui nous dégoûtent et plus on finit par se détester. Suivre le sens du vent, sourire, s'enthousiasmer est bien plus reposant, seulement je n'y arrive plus. Je savais le faire lorsque j'étais jeune, mais les choses que j'admirais alors étaient tangibles, logiques, sans commune mesure avec la vacuité du monde des clubs. Ce monde abstrait, ce néant où je m'égare. Oui, en vieillissant, j'ai perdu la foi. Je suis seul avec Lycra, et pourtant à mille lieues de lui demander de coucher avec moi, d'espérer me réveiller auprès d'elle dans une de ces cabanes de plage, pour voir le soleil qui vient de se coucher sur l'Afrique traverser la baie vitrée, pour caresser sa peau ambrée et entendre ses premiers mots du matin. Je n'évolue que dans deux dimensions. Mon sang pulse dans mes veines, pourtant je n'arrive pas à me connecter avec ce lieu, ces gens.

Je commande trois autres gins, avant de rapatrier la bouteille vers ce paradis des cafards qui me sert de gîte. Je m'écroule sur le sofa. A sept heures du matin, je me réveille le temps de dégueuler ma saucisse et noyer quelques cafards dans un bain de bile par la même occasion, et me rendors.

IV

– Alfredo m'a appelé la nuit dernière.

– Ah, ouais ?

– Il est fou de rage. Et Juan aussi.

Pat se tient dans l'encadrement de ma porte. Il est trois heures de l'après-midi, j'ai la gueule de bois et les oreilles qui bourdonnent et il fait tellement chaud que j'ai l'impression de baigner dans de la lave.

– Putain de chaleur.

– Quarante degrés.

– Entre.

J'enfile des chaussures et une chemise puis passe devant Pat, assis sur le sofa, pour rejoindre la cuisine qui occupe l'un des murs du studio.

– Café ?

– Non.

Je mets un certain temps avant de parvenir à verser le café moulu dans le filtre. Pat me regarde faire, et soupire.

– Qu'est-ce que tu as dit à l'autre taré ?

– De la mettre en veilleuse.

– Alfredo a déclaré la guerre.

– C'est complètement dingue. Je n'ai rien fait d'autre que de lui demander de laisser tomber son petit monopole.

– Tu sais ce que fait ce type, hein, avec cette saloperie d'hypnose ? Alfredo a dit que tu t'y connaissais.

– Ouais, ouais, je connais l'embrouille.

– Parfait.

– Quoi ?

– Juan le veut pour son club. Et comme Juan n'y pige rien, et que moi non plus, tu vas nous servir d'intermédiaire.

Je rince une tasse, y verse le café, ajoute un morceau de chocolat, du lait, retraverse la pièce pour aller m'asseoir, bois une longue gorgée, puis tire une cigarette d'un des paquets qui traînent sur la table basse, et l'allume.

– Juan veut qui ? L'hypno ?

– Ouais. Je suis allé faire un tour là-bas cet après-midi, je lui ai offert de l'argent pour se joindre à nous.

– Qu'a-t-il répondu ?

– Qu'il avait l'intention d'apporter des améliorations à tous les clubs de l'île. Et des tas d'autres conneries rigolotes.

– Ah. C'est parce qu'il croit être chargé d'une mission spirituelle, Pat. Il veut répandre un message.

– Quoi ? File une clope.

– Juan ne veut pas de ça, hein, qu'il travaille ici et là ?

– Non.

– Je pensais pourtant que mon idée lui plairait. Je lui ai dit qu'il n'avait qu'à rester avec Alfredo si ça lui chantait, mais qu'il fallait qu'il se débrouille pour qu'une partie de la clientèle nous revienne.

– Pourquoi tu n'es pas passé nous le dire hier soir ?

– Il était tard, j'avais sommeil. J'aurais dû me douter que ça m'attirerait des ennuis. Mais je ne comprends pas, pourquoi Juan veut-il l'embaucher ?

– Parce qu'il y est passé la nuit dernière, il a vu qu'Alfredo se faisait un maximum. Cet hypno est une putain de poule aux œufs d'or. Bref, les nouvelles ne sont pas bonnes, ça sent mauvais. Il va falloir mettre de l'ordre dans tout ça.

– Comment ?

– Tu convaincs l'hypno de travailler pour Juan en exclu et je me charge de calmer Alfredo.
– Il refusera. Il a entrevu le marché qui s'ouvre à lui.
– Putain, c'est clair, tu lui causes, point barre !
Pat semblait nerveux. Il devait avoir passé la nuit à sniffer de la coke, à faire des plans sur la comète avec Juan. Deux débauchés à moitié débiles se tirent dans les pattes et me voilà promu seul lien possible entre l'hypno et une solution avantageuse.
– D'accord, j'irai le voir.
– Je t'y emmène tout de suite. Ce con prend un bain de soleil à son hôtel. Vautré comme un lézard.
– J'ai le droit de prendre une douche, non ?
– Vite fait, alors. Juan veut qu'on commence ce soir.

V

Etendu au bord de la piscine, Charles se fait griller le dos. L'hôtel est situé en bordure de la ville, au pied d'une rangée de collines sombres qui mènent aux montagnes. Il fait très chaud. Je demande à Pat d'aller chercher de la bière et m'installe sous le parasol près de l'hypnotiseur.
– Salut, Charles.
– Salut.
Il a le visage enfoui sous une serviette qui étouffe ses mots.
– Comment tu vas aujourd'hui ?
– J'ai la gueule de bois et je préférerais être ailleurs.
– Je crois que ce sera toujours le cas, où que tu sois, Danny.
Pat revient déjà avec les deux bières, il m'en tend une et pose la seconde près de Charles.
– Je vais chercher Juan. Je reviens dans dix minutes.
– A tout à l'heure.
Je bois une longue gorgée.

– Charles, je crois que tu devrais sérieusement songer à appeler un taxi pour l'aéroport. Je le fais pour toi si tu veux.

– Je ne vais nulle part.

– Je te conseille vraiment de prendre un de ces gros oiseaux en acier qui volent vers l'Angleterre avant que Juan ne débarque.

– Pourquoi donc ?

Il sort un bras de sous sa serviette et l'autre verre disparaît. Il boit.

– Parce que désormais, quoi que tu fasses, tu vas mettre quelqu'un en colère.

– Je ne crains aucun homme.

– Tu devrais craindre Juan. Et Alfredo.

– Qu'est-ce qui va se passer selon toi, Danny ?

Je le pousse du pied et désigne les collines. Il est en colère parce que je l'ai bousculé.

– Ne refais jamais ça.

– Regarde les collines, Charles.

Il tourne la tête vers les collines et me regarde.

– Alors ?

– C'est là qu'ils vont t'emmener. Ils vont te conduire là-haut et te pousser dans le ravin. Il fait très sec là-haut. Tu seras momifié en une semaine.

– Tu sais que sur cette île... (Il s'assoit et prend une autre gorgée de bière, il a l'air très décontracté.) ils ont pour coutume de momifier leurs morts.

– Je ne savais pas, non.

– Les Egyptiens sont à des lieues d'ici, il est peu probable qu'ils aient subi leur influence. Ils ont suivi un développement parallèle. Intéressant, tu ne trouves pas ?

– Tout à fait.

– C'est moi qui décide pour qui je travaille. Je suis en croisade.

– Tu es cinglé.

– Ils n'ont qu'à tous me payer s'ils le désirent.

– Tu sais que tu me mets dans une foutue merde,

par la même occasion. Ils me prennent pour une connerie d'intermédiaire. Si tu rentrais chez toi, ils oublieraient vite cette histoire.

– Je fais ce qui me plaît. J'ai une chose à te demander.

– Laquelle ?

– Est-ce que tu m'aideras ?

– Je ne comprends pas.

– M'aideras-tu activement dans ma croisade, ou t'y opposeras-tu ?

– Il n'y a aucune putain de croisade. Il y a seulement des types qui veulent se faire du fric sur ton dos.

– Peut-être, mais dois-je te considérer comme un obstacle ?

– Je t'ai déjà dit ce que j'en pense. Ton truc ne sert qu'à leur flinguer les neurones. Non, je ne t'aiderai pas.

– Je m'y attendais. Dommage.

– Juan sera là dans quelques minutes avec une liasse de billets en main, et tu n'auras d'autre choix que de travailler pour lui, et pour personne d'autre. Dans un jour ou deux Alfredo enverra une voiture avec quelques amis pour t'emmener dans les collines. Fin de la croisade.

– Ce que tu peux être tragique.

– Non, je parle de ce que j'ai vu, c'est tout. Il n'est pas rare que des travailleurs étrangers se trouvent piégés dans les embrouilles des locaux. Nous sommes là parce que personne ne nous attend nulle part, Charles. Nous dérivons. Si nous avions la moindre importance pour quiconque, nous serions chez nous pour en profiter.

– Je ne suis pas d'accord. Ce que je fais ici a de l'importance.

– Faux, tu es ici parce que tu n'as nulle part où aller. Sauve-toi, Charles.

– As-tu considéré ta propre situation ?

– Plutôt deux fois qu'une.

– Tu n'as pas encore parlé avec Juan aujourd'hui, n'est-ce pas ?

– Non.

Pat est de retour.

– Comment ça va ?

– Ça ne va pas. Où est Juan ?

– Il attend dehors.

– Il faut que je lui parle.

– Ouais, ben, il est dehors. Alors, tu te joins à nous, Charles ?

– Je te l'ai déjà dit, je suis un homme d'une grande flexibilité.

– Tu ferais mieux d'aller parler à Juan, Danny.

– J'y vais.

– On va essayer d'arranger ça.

– Je reviens dans une minute.

Je rentre dans le complexe climatisé. Il y a des touristes un peu partout qui regardent les affiches vantant les festivités de la soirée : drag show, danse et gauloiseries. Pendant que leurs enfants s'exploseront les neurones dans les clubs, eux piqueront une tête dans la piscine, pour faire le vide. Je regrette que Charles ait refusé de partir. Il est foutu, Juan va se mettre dans une colère noire. J'ai toujours la gueule de bois, j'ai l'impression que mon crâne va exploser et je commence à avoir la nausée. Je traverse le hall de l'hôtel, ressors et m'assois sur le trottoir, au bord de l'évanouissement.

– Danny.

Pat m'a rejoint.

– Je me sens mal, mec. Aide-moi à me relever.

– Monte dans la voiture, Danny.

Une Jeep, une grosse Jeep jaune, avance dans l'allée de l'hôtel.

– Mais, Pat...

– Charles dit que tu sais à quoi t'en tenir. T'es foutu, mon gars. T'es plus dans le coup.

Juan arrête la Jeep et descend. Ils me ramassent et

me flanquent sur le siège arrière. Je tremble. J'ai les mains glacées. Je suis étendu sur le cuir, la transpiration dégouline le long de mes oreilles et m'inonde les cheveux.

– Où allons-nous ?

Terrifié, je mets quelques secondes à réaliser que nous prenons le chemin de la montagne. Juan et Pat veulent me tuer. Je m'effondre contre le siège, défait. Devant, le boulevard circulaire sillonne les montagnes comme une rivière grise.

– Pat, c'est absurde.

Il ne répond pas. Ils ont les yeux rivés à la route. Les derniers immeubles de la ville – un complexe d'appartements rose écrevisse aux stores vert tilleul, un supermarché avec une grande baie vitrée et une banque étrangère sans fenêtres avec de grosses portes en bois – disparaissent. Le béton de la ville fait place au jaune crasseux de l'île. J'aimerais leur hurler d'arrêter, mais je sais qu'ils ne répondront pas. Nous roulons trop vite pour que je puisse sauter en marche ; de toute façon ils s'arrêteraient pour me faire remonter. Il n'y a aucune échappatoire possible. L'île appartient à Juan.

Nous progressons vers son étrange cœur volcanique, où aboutit le long ruban épousant les parois rocheuses abruptes. Chaque virage nous mène un peu plus haut. La lumière intense joue avec les traces de minéraux et le minerai profondément incrusté dans la roche, on les croirait illuminés de l'intérieur. Des buissons et des arbres noueux, dont certains ploient sous le poids de fruits bizarres, bordent la route. Deux croix se profilent contre le ciel, les villageois les érigent lorsqu'ils perdent un être cher.

Juan prend une voie latérale, à peine plus large que deux roues, et, dans un bruit de ferraille, nous entamons une descente chaotique vers une vallée. Au bout, il y a l'océan. Juan stoppe la camionnette, un énorme rocher barre la route. Nous sommes très loin de la route principale maintenant.

– Descends, Danny.

Je m'étais un peu calmé au cours de l'ascension. Je savais ce qu'il me restait à faire et essayais de me souvenir de tout. J'avais du mal à affronter l'idée que c'était ma seule planche de salut – je m'étais promis de ne jamais recommencer. Pat saute hors de la cabine et ouvre ma porte. Si seulement j'avais un peu de temps.

– Pat, laisse-moi abattre les barrières qu'il t'a mises dans la tête.

– Ta gueule, Danny.

– Si tu me laisses parler, je pourrai les contourner. Tu ne sais pas ce que tu fais, Pat, écoute-moi. Il faut absolument que tu m'écoutes. Ecoute-moi attentivement, Pat.

Lentement, d'un ton monocorde, j'utilise les mots d'usage et commence à remuer la main derrière mon dos. Je ne le quitte pas des yeux. Je distingue quelque chose dans son regard, une sorte de lueur. J'y suis presque. Peut-être se demande-t-il pourquoi il est ici, peut-être commence-t-il le long voyage de retour vers son libre arbitre ; ensuite, il sera accessible à mon contrôle. Je n'ai pas pratiqué depuis tellement longtemps. En un éclair, je me revois plongé dans la pénombre face au dernier type que je n'ai pas réussi à faire revenir. Il ne faut surtout pas que j'y pense. Je ne veux pas mourir ici.

Juan sort de la Jeep et s'approche. Sa main s'écrase sur mon dos et il m'enfonce les doigts dans la peau comme s'il voulait la déchirer pour sortir mes organes. Je tombe. Je n'arriverai pas à atteindre Juan, Charles l'a certainement affronté et a pris la relève ; c'est lui qui tire les ficelles désormais. Il me reste Pat, je peux encore l'atteindre, essayer de le raisonner malgré lui. Il me faut juste un peu de temps pour découvrir le mot clé et détruire les obstacles que Charles a dressés pour me neutraliser.

Pat est devant moi. Il me donne une tape avec le dos de la main, puis Juan me prend par les aisselles et me fait contourner le rocher.

– Arrête-le, Pat. Ressaisis-toi.

Il traîne les pieds derrière nous, je sens qu'il m'échappe. Juan m'écrase la poitrine, j'ai du mal à respirer. J'essaie de le ralentir en enfonçant mes pieds dans le sol poussiéreux, mais il se contente de me soulever un peu plus haut.

A mesure que le rocher s'éloigne, les contours du précipice se précisent. Le ciel est immense. En bas, tout en bas, l'océan fouette inlassablement le flanc montagneux. C'est si profond. Je tourne la tête vers Pat, une dernière fois.

– Il a dit que c'est ce que tu souhaites vraiment, Danny.

Juan tend les bras. A présent, mes jambes battent dans le vide.

– Non, Pat.

– Il a dit que c'est ce que tu as toujours souhaité.

Juan retire ses bras. Le précipice est au-dessous de moi, un courant d'air furieux m'entraîne vers le bas. Le continent n'est plus qu'une tache sombre qui s'éloigne, je ne vois que la ligne bleue de l'horizon. Le ciel et l'océan se rejoignent.

Traduit de l'anglais par Aline Azoulay
Titre original : *Sangria*

Charlie Hall

La Caisse

La lumière me gêne, elle me brûle les yeux. Cet environnement sec est juste fait pour attendre et chercher ; attendre et se ronger les sangs. Je suis avec des vacanciers qui poussent des cris d'excitation, ils découvrent du « nouveau ». D'autres, épuisés par le vol, regardent tout autour d'eux comme si on les avait balancés dans cet endroit d'un autre temps. Ils traînent çà et là, perplexes.

J'aurais dû dire au revoir ou au moins laisser un mot. Je ne pense pas avoir commis un crime contre l'humanité mais... bon, j'aurais dû dire « Au revoir ». Mais alors il y aurait eu une scène, des récriminations. Je me serais mis en retard. Le chauffeur de taxi, un connard hargneux et impatient, était déjà assez insupportable comme ça. « Oui, ça me dérange que vous fumiez », ce genre de trucs, et qui râlait en poussant tout son bordel dans le coffre pour y charger mes caisses – comme s'il m'accordait vraiment une faveur immense en venant me chercher.

« C'est ton putain d'BOULOT, nom de nom ! » je me dis en arrivant à l'aéroport. Il ouvre le coffre de sa Datsun miteuse et me regarde droit dans les yeux. Je l'imagine : « J'les ai chargées, maintenant elles sont coincées, vous avez qu'à les sortir vous-même. » Et je me dis : « Mais bordel de merde, il aurait fallu que je conduise la bagnole, *tant qu'on y est* ! » Je vais chercher un chariot et le regarde se battre avec mes caisses de disques. Je demande un reçu alors il est obligé de s'engloutir à nouveau dans sa bagnole et je lui file le montant exact. Pour le pourboire, va te faire foutre.

J'aurais pu dire quelques mots gentils avant d'aller me coucher, mais l'angoisse du voyage commençait déjà à me travailler et la coke m'empêchait de dormir, alors je me suis roulé un spliff. Quand je suis allé me recoucher, elle s'est arquée tout contre moi, et je me suis senti comme du cristal prêt à se briser. Bon Dieu, je sortais juste de l'ambiance du Complex. Quelques heures avant, j'avais fumé des spliffs avec les mecs et quand ils étaient partis j'étais resté seul avec elle, alors je suis allé me coucher et étendu, je l'ai écoutée, en me demandant si elle était réveillée ; la tension planait dans l'atmosphère, y avait les mots sur le bout de mes lèvres. J'aurais au moins pu dire quelque chose. Ses jambes chaudes par-dessus les miennes, j'avais tellement la frousse que j'avais envie de la frapper mais le spliff m'a calmé. J'ai bien tenté de la serrer dans mes bras pour que les mots me viennent plus facilement. Et puis juste au moment où je basculai dans le sommeil, le réveil a sonné.

On a tous les yeux rivés sur les tableaux comme des écoliers bien obéissants. Le numéro du vol apparaît et on fait bientôt la course avec nos chariots. Je m'attends à voir arriver mes caisses, ouvertes et joyeusement déversées, en tête du peloton ! De l'autre côté du rideau en plastique, j'entends les manutentionnaires discuter entre eux tout en lançant les bagages par-dessus le tapis roulant comme si c'étaient des corps. Les voilà : les valises cabossées, les sacs à dos gaillards, les garde-robes roulantes et rutilantes des cadres.

Les gens se précipitent vers les bagages et puis soudain hésitent : « Non, attends une seconde. Dans la lumière je suis plus trop sûr. J'ai l'impression que la mienne était *plus* bleue... » Ils jettent des regards partout, tourmentés. Le dilemme. « Si jamais quelqu'un la prend c'est que c'est la sienne, mais si c'est la mienne et que j'hésite elle va repartir derrière le rideau en plastique et les manutentionnaires auront *carte blanche* pour l'ouvrir, faire gicler du dentifrice partout sur mes sous-vêtements, niquer mon... Oh merde, *c'est la mienne, c'est la mienne...* »

Et j'attends toujours, avec ce sentiment persistant qu'ils ont mis *mes* caisses ailleurs, dans un endroit *spécial,* et sans m'en parler. Je vais rester là comme un chien qui attend son maître jusqu'à ce que je finisse par comprendre et que je me précipite au comptoir, mort de peur et en sueur comme la dernière fois. Eux, ils auront des sourires gros comme ça : « Mais il fallait pas vous inquiéter, monsieur ! »

Je reprends contenance, tâche d'avoir un air détaché, je voudrais juste pouvoir tirer sur une clope. On serait en Italie, tout le monde serait en train de fumer comme c'est pas permis, accoudés au panneau « No smoking », qui est toujours accroché à côté d'un cendrier plein à craquer. Mais nous sommes en Suède et ici vous vous faites arrêter si vous fumez dans la *rue.*

Merde, j'aurais dû dire quelque chose. « Ah, je sais, appelle-la sur le portable ! Bon vieux GSM ! » Je me sens déjà mieux en essayant de l'attraper dans mon dos.

– Allô ! Salut c'est moi. Mmmm. Je suis en Suède. Est-ce que tu vas bien ? Je suis un connard, je sais. Quoi ? Non, c'est moi. Ouais. Non, excuse-moi, j'ai tout expédié d'Heathrow. Il fallait que je me recharge les *batteries,* fais-je en ricanant. Ecoute je voulais juste te dire un petit bonjour... O.K... bon, désolé... A dimanche soir alors... O.K, d'accord.

Je la connais à peine. Toujours le même scénario – j'avais débarqué dans une boîte ce soir-là, je ne sais plus laquelle (la semaine dernière ? Le mois dernier ?) et je l'avais revue. On s'était plus ou moins repérés, cherchés. Vous voyez ce que je veux dire, le coup de la drague sur une banquette d'arrière-salle ; à se raconter notre vie pendant que j'attendais que mon pote David finisse de se défouler sur la piste du Final Frontier ; la crise de rire dans les jardins du vieux Full Circle. On avait flashé l'un sur l'autre, en se disant qu'on avait l'impression de se connaître depuis des années. Je rentrais chez moi après avoir passé la nuit dehors, je m'allongeais sur le lit en attendant qu'elle arrive. Les drogues continuaient d'agir et me tenaient toujours en éveil, tirant sur les dernières synapses et moi j'avais envie de l'appeler. Mais je voulais pas passer pour le mec qui a juste envie de tirer un coup. Je voulais *assurer*.

Et la soirée qu'on avait réussi à passer ensemble avait super bien assuré. Au plus fort de l'été et Londres pour une fois qui mettait la fièvre. Vous sortiez d'une boîte et y avait plein de gens partout dans la rue. L'atmosphère était géniale et *tout le monde* était là. Il faisait bon d'être DJ à cette époque.

Quand j'étais punk, dans les années soixante-dix, je m'impliquais, mais je faisais partie d'un tout cohérent, animé d'une formidable énergie. Ceux qui faisaient marcher le mouvement – les artistes, les musiciens – étaient plus âgés. Moi je ne voulais pas m'y engager de façon trop personnelle. Tout ce que je voulais c'était consommer, soigner ma forme. On savait que les meneurs avaient besoin de nous et on se sentait tout fiers. Maintenant, quand je vois un floor pris par la fièvre je peux sentir toute cette énergie, j'arrive à la canaliser. Je crois qu'il n'y a plus à être nostalgique d'une certaine époque. Que quelque chose de vital et de mémorable est en train de se passer là, maintenant, comme une sorte de point de convergence et que nous avons tous un rôle à jouer.

J'avais du boulot comme DJ jusqu'au mois d'octobre et j'étais remonté à bloc. Je devais mixer ce soir-là pour un copain dans le sous-sol d'un kebab situé sur Edgware Road. L'ambiance était parfaite : underground et soft. Les mecs du restaurant étaient super cools et on pouvait même fumer si on faisait gaffe. J'avais amené avec moi des mecs super et on n'arrêtait pas de déconner et de se marrer, c'était l'été. L'entrée coûtait que dalle, mais Pete assurait une blanche de qualité et je sentais que la nuit allait être une longue fête pour nous tous.

Quand on est arrivés, ça chauffait déjà pas mal. Eren mixait des rythmes lourds et des a cappella de folie et tout le monde en redemandait. C'était comme des coups de fouet qu'il donnait en souriant derrière ses cheveux épais. Le floor était parfait.

J'éclusai quelques bières en discutant un peu autour de moi, tâchant de rester en forme. Si j'y allais trop fort avec la skunk ou la coke avant de monter aux platines, je ne sais pas ce que je serais capable de faire après. Le tout, c'est de bien coller à l'ambiance. La soirée idéale, c'est quand le premier mix le fait d'emblée. La foule sent arriver de nouvelles énergies, et c'est là qu'il faut assurer. Après, vous pouvez faire ce que vous voulez – même sous trip, ça m'est arrivé déjà plusieurs fois, une sorte d'exploit. J'ai même entendu plusieurs DJs dire qu'ils assuraient mieux sous trip. Moi aussi, mais c'est un trip *social*, tendu vers ce qui va venir, avec toujours un œil sur la montre.

Il y a des gens ici qui adorent ma musique. Je sens déjà qu'ils m'attendent. J'ai vraiment pas envie de les décevoir, mais dans une soirée comme celle-ci, de toute manière, ça n'a pas grande importance. Ici c'est cool. Ici c'est pas un public d'excités qui guettent votre « performance » comme ça arrive parfois. Avec des espèces d'arrivistes qui vous lorgnent tout le temps en attendant qu'une seule chose, c'est que vous vous plantiez. Pas ce soir.

C'était une de ces nuits dont on rêve, où tout se met parfaitement en place. J'avais tous les disques qu'il me fallait sous la main. Et puis, à mi-parcours, je vis sa meilleure copine en train de s'éclater. Donc *elle* était sûrement là aussi ! Mon cœur se mit à battre mais je me concentrai sur mon boulot. Les disques défilaient, la chaleur montait, les vinyles prenaient la buée à cause de la condensation dès que je les sortais de leur pochette.

La chaleur était suffocante. Je jetais les bouteilles de bière au fur et à mesure derrière moi. On devait aussi faire disparaître toute la neige avant qu'elle n'ait complètement fondu. Les gens en renversaient sur la piste mais continuaient quand même à danser. On était tous en osmose, c'était un moment de bonheur, de delirium total : *pure ecstasy*. Toute cette coke, toute cette bière, les tee-shirts qu'on enlève, la skunk à profusion dans l'air, et même quand les limites semblaient avoir été atteintes, la température continuait de monter, les corps glissaient les uns contre les autres sur la musique. C'était tellement chaud, tellement flippant, tout le monde en rigolait. Ils poussaient des cris, braillaient et sifflaient tandis que l'air commençait à manquer et qu'on pouvait à peine respirer.

Je passe de la house. La première fois que j'en ai entendu, j'en étais encore au reggae et au funk, et un pote des Etats-Unis s'était ramené ici avec une caisse de disques. On avait déjà formé un boy s club – en amenant Fred Wesley, Maceo, la deep dirty funk de la côte Est et le latin boogie de Los Angeles. Washington sortait des go-go beats de folie qui nous faisaient monter la fièvre et qui nous speedaient complètement. Et puis il y eut les soirées marijuana, la nuit qui tombait sur Melon Road, Peckham, avec Jah Shaka qui jouait du pumping acid. On passait la nuit dehors, à danser, en carburant à la ganja et à la Red Stripe.

Une fois on était allés à une soirée trop cool, quand notre pote Jacko se ramène avec sa « house music ». Putain ce truc était vraiment incroyable. Genre TROP speed et en même temps vide. Habitué aux gros sons de basse du funk et du reggae, cette musique c'était... enfin c'était pas de la musique, franchement ! Vire-moi cette saloperie de la platine et remets-nous du funk.

Voilà comment c'était hier. Avec quelques amphés

en plus et un peu d'ouverture, voilà comment c'est aujourd'hui.

Je passe de la house. Fat et funky. Je veux faire passer ces sons *happy sexy* à travers le funk, et aussi à travers les fréquences trippy un peu bizarres de la dub – c'est comme quand vous réalisez que vous avez dansé pendant plus de trois heures sur un seul rythme. Je veux que les gens sentent ce que je ressens. Je veux qu'ils sentent la pure joie de danser, d'évacuer la pression dans un petit espace avec des centaines d'autres personnes qui veulent toutes la même chose. Putain, *j'adore danser* !

Et ce soir c'est carrément le délire. Je crois que c'est la première fois depuis des années que je me retrouve torse nu avec la sueur qui me dégouline de partout. J'ai le temps de balancer un skeud sur la platine, je teste le beat, je le cale et hop ! c'est envoyé. Le nouveau son vient chauffer encore plus l'atmosphère. Je les mets tous à genoux en ajoutant des voix, je supprime la basse pour pas foutre en l'air la batterie, et hop ! je le fais tourner à l'envers. La stridence envoûtante du morceau les encourage à gueuler encore plus.

Donc elle est là et on se dit bonjour, explosant tout simplement de bonheur et on se serre très fort. Je pouvais sentir son corps se presser contre le mien dans la chaleur. Je l'embrasse sur la bouche, la sueur ruisselle sur mon visage, et elle aussi, et à ce moment précis je suis le roi, putain c'est VRAI.

On tient le coup jusqu'au mardi : on traîne au Full Circle, puis on passe chez quelqu'un, puis on va chez Strutt, puis on se casse pour aller dans la piaule de quelqu'un d'autre. On est hyper bien ensemble, c'est carrément l'AMOUR, on discute, défoncés aux ecstas, au spliff, et à la neige encore et encore...

Justement, en parlant de coke. Je devrais m'en débarrasser avant d'arriver à la douane. Si ça se trouve ils ont des chiens, comme à Naples. Je suis sûr que ce chien n'est pas un chien sniffeur, il grogne et se jette sur *tout le monde.* Il y a l'employé qui fait des petits bruits codés en tirant sur sa putain de laisse pour que le clébard aille vers moi (c'est la CAISSE). Pas de problème. Ils laissent tomber quand je plonge les yeux sur ma montre C. Klein. Alors que faire ? Aller les jeter maintenant au risque de voir mes caisses fouillées par les manutentionnaires, s'ils les voient repasser derrière les rideaux en plastique sans que personne les ait prises... ? Ou attendre et aller balancer tout ça dans les toilettes là-bas avec mon chariot et mes caisses... ?

VLAN !!! Ah, les voilà enfin mes caisses, en dernier comme d'habitude. Il y a deux petites Suédoises toutes mignonnes qui me dévisagent là, comme le vieux DJ carrément mystique. Elles ont l'air fuyantes, un peu intéressées quand même mais je vois bien que ce ne sont pas des raveuses, elles sont juste curieuses au sens anthropologique. Ma première caisse, une grosse en acier, a cogné une de ces imitations Samsonite bleues tristement anonymes en lui éclatant les coins, et il y a comme une sorte de liquide qui suinte à travers le plastique. Mes caisses sont à peine rayées (je suis toujours étonné de les voir mettre les bagages normaux et des caisses comme celles-ci ensemble, c'est de la violence délibérée !). La propriétaire de la valise, elle-même une sorte de vieux sac en dentelle, me regarde d'un air abattu comme si elle y était habituée et ma victoire s'en trouve diminuée de moitié.

Les toilettes sont géniales – hygiène typiquement scandinave. Ça brille, ça sent bon et on peut presque se voir dedans. Parfait. Je vérifie la marchandise et alors que mes yeux se promènent dans la cabine je remarque une sorte de truc en couleur qui brille derrière la cuvette. Je me penche, par curiosité. Je ramasse une enveloppe PLEINE. La poudre brille, peut-être un peu trop, mais elle a cette bonne consistance cristalline, et la surface prend bien la lumière en rayonnant du feu de Dieu. Je goûte. « OOH ! J'ha-llu-cine ! Yeesss ! »

Je commence par le reste de la mienne, qui me remet bien les idées en place, puis je trace une bonne grosse courbe dans l'autre truc. Je vérifie une dernière fois. C'est pas de la kétamine, du smack ou du speed et c'est gratis. Gros gourmand que je suis. « Si elle ne croyait pas que c'était moi au téléphone, alors qui croyait-elle que c'était ? » je repense tout à coup. Une grande vague de suspicion dans le ventre et c'est parti.

Je sors des toilettes et là, la lumière est plus violente que tout à l'heure. L'endroit a une sorte de propreté éclatante que je n'avais pas autant remarquée avant. C'est un peu confiné mais ça doit être dû en partie à la drogue. C'est bizarre, la musique de fond et les voix des gens se mêlent et puis s'entrechoquent légèrement.

Je me baisse pour vérifier mes bagages. Tous présents et en bon état et même putain comment j'assure : caisses brillantes en acier, outils de ma fabrication. *Je suis le putain de Ranger Solitaire qui débarque dans votre cité alors gare à vos fesses. Ouais je suis le cow-boy solitaire ! Je suis armé et mes balles de feu sont gonflées à la HOUSE MUSIK ! Allez, chaud devant !*

J'ai trop envie de jouer. Je carre mes épaules et avance à grands pas. Putain, ça c'est du business.

La pauvre vieille chancelle devant moi, le liquide suintant toujours de sa valise. Ça coule (extraordinairement limpide, un peu comme quand vous êtes au bord d'un étang profond et que vous pouvez voir le fond à travers la surface) sur le lino marron par terre. Ça fait comme un très joli cordon. Ses pieds pataugent dedans. On va passer la douane. Je suis cool, archiclean et frais comme un gardon. Et c'est là que la vieille dame remarque ce ruisseau de merde et se met à pousser des cris rauques. Je m'écarte, expert en maniement de chariots, mais l'incident est suffisant pour rameuter un uniforme. La première chose qu'il voit ce sont mes caisses.

– Pssst ! fait l'employé en hochant la tête en direction du guichet de la douane.

Je le suis. Son pantalon est impeccable et repassé et lui rentre aussi à moitié dans le cul. Ses cheveux sont coupés net, et lui arrivent au milieu de sa nuque toute rouge.

– Passeport !

Il tend la main. Je sors mon passeport et le lui tends de façon à ce qu'il doive avancer la main. Je le fixe droit dans les yeux. S'il veut jouer à ça avec moi, il a trouvé le bon partenaire. Il va pour le prendre. Je le lâche, de façon à ce qu'il ait à avancer son autre main et là il perd à moitié l'équilibre. Je suis clean, évidemment, alors je vais juste l'emmerder un peu. Ces mecs-là n'hésiteraient pas à vous frapper ou vous chercher des noises alors je vais pas me priver.

Il regarde la photo sur mon passeport puis me regarde moi. Je suis un criminel recherché, il fronce les yeux. Soit il est complètement dans le vent ou alors il est tellement idiot qu'il ne se doute même pas que je connais le scénario par cœur. Il enlève sa belle casquette et la pose sur le comptoir en acier puis passe doucement sa main rose dans ses cheveux blonds.

– Et quel est le motif de votre voyage en Suède, monsieur... S... m... ithhh ?

Il me refait un de ses regards de tueur. Eh bien, avec toutes ces caisses de disques, je me demande ce que je pourrais bien venir foutre ici...

– Je viens ici faire le DJ... monsieur... fais-je en cherchant son nom sur son badge, mais les lettres ont plutôt tendance à danser ensemble. Voilà... monsieur.

– Votre sac ?

– Oui, c'est le mien, je lui réponds.

Je ne vais quand même pas le lui foutre dans les bras. Il veut me faire la totale alors je vais peut-être voir jusqu'où il a envie d'aller avant d'en avoir marre. Il me regarde en biais. Là, il a enfin compris que la partie avait commencé.

– Vos bagages, s'il vous plaît. Là-dessus !

Il frappe sur le comptoir. Dans un mouvement d'une

rapidité et d'une fluidité extraordinaires, je pivote sur moi-même en position de taï-chi (grue pas contente après singe qui prend noisettes dans arbre) et ma caisse la plus lourde vient s'écraser sur son comptoir dans un bruit fracassant. Un fracas atténué par la présence de sa casquette qui était là pour amortir le choc. Il est tellement impressionné par la vitesse de ma rotation qu'il n'a même pas remarqué pour sa casquette.

– Ouvrez, s'il vous plaît.

Je tourne la caisse vers moi en écrabouillant sa casquette et dis en souriant :

– Voilà ! Tous mes disques ! Servez-vous !

Il a l'air un peu ahuri. Il doit y avoir au moins deux cents morceaux différents là-dedans. Est-ce qu'il va vouloir tout se taper ? Allez-y, faites-moi plaisir. S'il le fait il a gagné, parce qu'il n'est pas obligé de les remettre tous dans leurs pochettes. Et là il peut vraiment me foutre les boules.

Je suis entré dans le business de la house music qui est compréhension et harmonie. D'accord, on a aussi tous pris de la drogue et on a pas mal déconné, mais il y a toujours le revers de la médaille. Vue de l'extérieur, la mouvance house était vraiment étonnante, mais aujourd'hui les intérêts financiers ont pris le dessus : barons de la drogue, boîtes de merde, compils commerciales débiles. Il y a plus de gens qui vont en boîte maintenant, et avec le développement de ce marché la qualité de la drogue a chuté, alors il y en a beaucoup plus qui tombent malades donc la chasse aux sorcières recommence. Et qui paie les pots cassés ? Les membres les plus exposés du mouvement : ceux d'entre nous qui se font remarquer avec leurs grosses caisses métalliques. Comme si c'était écrit dessus : c'est *nous* les gros dealers.

Si je voulais faire passer de la drogue, je choisirais autre chose que des caisses de disques pour faire ça. Je parie que cette vieille femme cache cinq cents grammes de coke dans la doublure de sa valise. C'est un combat et je m'y suis habitué. C'est comme ça que se comportaient les douaniers lors des déplacements pour les matchs de foot. Un geste de travers et vous repartiez d'où vous veniez, alors il fallait bien fermer sa gueule même si on vous traitait comme de la vermine.

Il promène ses doigts sur les disques, par où commencer ? Je me contente de le regarder d'un air purement inoffensif, ce qui est encore pire pour lui. Il hésite. Je *sens* les rouages de son cerveau se mettre en branle. Putain, je le sens, c'est une sorte de tremblement convulsif comme font les chiens quand on les retient de faire quelque chose. Il relève les yeux sur moi, des yeux toujours chargés de haine.

« Vas-y, mon pote ! » Alors il prend mon sac de voyage, l'ouvre en grand, sort toutes mes fringues comme un enragé, balade ses gros doigts bien propres dans les coins, en insistant bien, mais ses gestes sont lents et il rate plein d'endroits. Il retourne à la grosse caisse et sort une trentaine de disques. Je vois la sueur perler sur son front. Il regarde bien à travers les disques, très bien même, bravo.

Il prend mon billet et mon passeport et s'éloigne dans la pièce de derrière. « Oooh », il m'a presque fait peur. J'inspire à fond pour me remplir les poumons, l'air envahit mes bronches, gonfle toutes les petites alvéoles, oxygène tous mes vaisseaux sanguins, me régénère. Je laisse le dioxyde de carbone chuinter à travers mes dents. Je ne devrais pas les accabler. Seigneur, ils sont tellement coincés...

Il réapparaît.

– Remettez vos bagages sur le chariot.

« Libre ! » Mais son visage propret et juvénile se chiffonne quand il remarque sa casquette tout abîmée. Il pointe son doigt ! Passez derrière, tout de suite !

– Suivez-moi !

L'Histoire sans Fin. C'est parti, deuxième round.

– Retirez vos vêtements, s'il vous plaît.

Je me déshabille en une poignée de secondes. Je sens

que mon corps est superbe, sculpté année après année par les plaisirs de la vie comme par ceux de la drogue. Je bande doucement mes muscles en le regardant bien en face, tandis qu'il me dévisage toujours de son regard de fou.

– Vous avez l'air d'être habitué à faire ça, il fait d'un air moqueur.

– C'est à cause de la Caisse, hein ? Que vous faites ça, je fais à mon tour.

– Ah mais, c'est mon travail vous savez. Vous savez très bien ce que je suis en train de chercher.

Ça y est, il bascule dans son délire. Toute l'histoire (vous pauvres malades avec vos acides et tous ces gamins qui meurent dans les boîtes de nuit).

Il laisse tomber. Je suis resté cool et je suis complètement clean, bien qu'un examen d'urine puisse à la limite prouver le contraire. Je récupère mon passeport et mon billet d'avion et fonce jusqu'au bar de l'autre côté de la douane. La bière glacée est délicieusement sucrée et j'ai carrément envie de bouffer le verre, alors j'en commande quatre autres et je laisse un énorme pourboire. En buvant la dernière, je surprends mon reflet dans le miroir du bar. J'ai le visage en sueur et de l'écume tout autour des lèvres, mes yeux sont injectés de sang. Mais qu'est-ce qu'il y avait dans cette putain d'enveloppe ? A mon avis c'était du PCP.

Mais la Suède m'inspire la paix. Les gros pontes ont intérêt à me payer une fortune pour jouer dans leur club – est-ce qu'ils n'ont pas de DJ en Suède ? Est-ce que tout ça fait partie du truc ? J'en serais presque à regretter la scène underground. Moi je veux juste passer de la house.

Traduit de l'anglais par Céline Cazals
Titre original : *The Box*

Ben Graham

Jours ouvrables

J'observe la mosquée scintillant dans le clair de lune pendant que Johnny pisse dans un coin. C'est le quartier St. John de Halifax, construit puis abandonné par des industriels victoriens et des marchands de coton, qui ne laissèrent derrière eux que leurs noms sur les plaques de rues, des terrasses en pierre sale et des ruelles jonchées de matelas. A l'ouest du centre-ville, derrière la colline, se trouvent les baraquements de l'armée et un terrain de rugby. C'est un lieu qui date, une multitude d'appartements entassés et de minuscules meublés sans fenêtres ont métamorphosé les avenues gothiques. L'horizon est composé d'une mosaïque de toits, de cheminées silencieuses et de girouettes rouillées.

Johnny revient en s'essuyant les mains sur son jean propre, un jean blanc. Sous sa coupe de cheveux dernier cri, se dessine un large sourire à mon intention.

– On y va, oui ou non ?

Nous remontons Gibbet Street, passons devant les moulins abandonnés et abordons les magasins. Il m'arrive de regretter de ne pas avoir de religion, n'importe laquelle ; je n'ai jamais cru en rien. Parfois j'aimerais mener une vie chaste, saine, consacrée à méditer sur l'esprit et sur l'éternité. Johnny a été élevé dans la religion catholique. Il a renoncé à l'orgueil, à l'avarice et à l'ambition, mais s'adonne occasionnellement à de nouveaux péchés pour se préserver d'une austérité excessive.

Bref, il fait nuit, et nous traversons St. John – un quartier défavorisé et dangereux – en discutant de notre foi en un supposé Dieu. Ici, les appartements sont régulièrement cambriolés ou incendiés, les voitures lapidées, et, après minuit, les pochtrons se font attaquer à coups de batte de base-ball ou de couteau Stanley. En guise de pubs, des troquets sordides offrent aux chômeurs quelques heures d'oubli bienheureux. Dans un coin de rue, un groupe de musiciens d'âge moyen interprète un blues pataud ; plus loin, une femme aux yeux cernés crie vainement à son mari de rentrer avant qu'il ne lui reste plus un sou pour remplir leurs assiettes. Des clichés, mais c'est parfois tout ce qui reste. Et en voici un autre : là où l'on trouve la pauvreté, la peur et le désespoir, on peut trouver de la drogue.

Nous arrivons chez Den Quigley, une étroite maison avec terrasse encaissée au bout d'une rue surpeuplée. Il y a un autocollant yin-yang à l'angle d'une des grandes fenêtres poussiéreuses. Dans la maison voisine, une vieille femme décharnée nous observe avec méfiance à travers ses rideaux impeccables. Nous entrons, la chambre de devant est vide, le sol et les murs sont totalement dépouillés ; il faut se rendre à l'arrière de la maison pour découvrir les premières traces du confort domestique habituel. Une série de visages blafards émergent d'un pouf affaissé et de fauteuils fatigués. Un grand canapé bas élimé, maculé de brûlures de cigarettes et bosselé aux endroits où les ressorts ont rendu l'âme, occupe la moitié de la pièce. L'air est lourd d'encens, de fumée de cigarette et de tout ce qui peut être brûlé, gratté, ou écrasé sur la table basse surchargée. De grosses enceintes cabossées, placées à chaque extrémité de la pièce, déversent – avec une balance douteuse – un mauvais enregistrement d'un morceau de techno grinçante absolument lugubre. Cette musique ne fait que renforcer l'impression d'être égaré dans quelque univers parallèle, isolé du monde extérieur.

Trapu, flottant dans un tee-shirt rayé orange et bleu et le crâne rasé, Den Quigley nous fixe de ses yeux mi-clos.

– Salut, les gars, fait-il mollement, comme si les mots étaient ralentis par une langue trop rugueuse. Comment ça va ?

Den Quigley, un électricien au chômage, s'est reconverti en prince de la truande. DJ, dealer, mystique et escroc de salles de billard, il est le roi de l'underground, le plus gros, le plus laid de tous les renards de la vie nocturne. A ses pieds, Amber, sa petite amie, quinze ans, enceinte, est dotée des plus grands, et des plus ronds yeux qu'il vous ait été donné de voir – aussi grands que ceux d'un personnage de manga. Ils sont tous deux étendus, immobiles, indifférents à l'étrange cour qui les entoure. Den tire une taffe sur un joint de trente centimètres, la fumée se faufile à travers les feuilles du gigantesque caoutchouc suspendu au-dessus de son crâne luisant.

On a cinq livres, et comme on est mercredi soir on aimerait s'éclater un peu.

– T'as un peu d'herbe, Den ?

Johnny sourit bêtement, à pleines joues, et entame les négociations. Den soupire.

– T'en veux combien ?

– En fait, voilà... répond Johnny en glissant la main dans sa poche à la recherche du billet froissé, j'ai un ticket de cinq et j'aimerais vraiment avoir de quoi en rouler une, qu'est-ce que t'en penses ?

Ses yeux clignotent et son rire est hésitant, nerveux, comme s'il voulait montrer qu'il plaisante, tout en espérant trouver un terrain d'entente. Perché sur l'accoudoir du canapé, à moitié caché par la fumée, je fuis le regard pénétrant de Den.

– Enfin, tu sais ce que c'est, Den, on va commencer par s'envoyer en l'air avec ce speed et après on va avoir envie d'un peu d'herbe, tu vois, histoire de s'éclater un peu plus. Si tu pouvais nous en filer juste un huitième,

Den, promis, je te rembourserais lundi matin à la première heure. Qu'est-ce que t'en dis ?

Den aspire une taffe, retient la fumée dans ses poumons un moment interminable, puis expire bruyamment. Il tend le cône à Amber, un sourire glacial passe sur son visage.

– T'es un putain d'enfoiré, Johnny. Tu débarques alors que je ne t'ai pas vu depuis des siècles, et tu me demandes ta saloperie de dope parce qu'on est mercredi et que tu veux t'envoyer en l'air...

Je bafouille un truc pour expliquer que nous n'aurions pas frappé à la porte si nous n'avions pas vu la lumière, mais il fait comme si je n'étais pas là.

– Je sais, Den, je sais que je suis un putain d'enfoiré, mais est-ce que je t'ai jamais laissé tomber, hein ?

Un coup de roulette russe. Il peut dire n'importe quoi, c'est la roue du hasard qui tranchera. Rien à voir avec la volonté d'Allah. La dope, l'argent, l'alcool, les filles, ça a à voir avec la vie, cette espèce de rêve étrange. Enfin, tout cela importe peu.

– Alors ne commence pas, soupire-t-il. Lundi matin. D'accord. Il attrape Johnny par le poignet, repousse l'argent vers lui et ajoute : Je suis sérieux, Johnny. Lundi matin, quinze billets. Tu ferais mieux de les avoir.

Je n'ai pas la moindre idée de la manière dont nous allons nous procurer quinze billets pour lundi prochain, mais je me tais et je regarde Johnny couper la poudre pour former quatre lignes, une pour moi, une pour lui, une pour Den et une pour Peppy. Peppy est le bras droit de Den, et son encaisseur numéro un. On le surnomme ainsi, parce qu'« il fume tellement de skunk que l'odeur le suit, comme Pépé le Putois ». Ses cheveux filasse couleur paille pendouillent, les touffes de poils éparses qu'il a au menton sont censées figurer un bouc. Il marmonne un mot de bienvenue du bout des lèvres. D'habitude, il est assis tout seul dans un coin de la pièce, ses yeux balaient l'espace en permanence, guettant les moindres mouvements, et il prend des notes mentales qui viennent s'ajouter à celles déjà empilées dans son cerveau pour former une immense pyramide. A l'occasion, il parle – qu'on l'écoute ou non – d'une voix à la fois douce et ferme qui vous hypnotise. Il énumère les différents types de radiations possibles, dénonce les germes que transmettent les ondes radio, les expériences sur le LSD réalisées dans le plus grand secret par le gouvernement, disserte sur les nouvelles sources d'énergie exploitables, sur Nostradamus ou sur le *Livre des morts* tibétain... Il est fascinant parfois, au début du moins, mais quand on regarde les flammes vacillantes des bougies et qu'on fait un mauvais trip, tout ça nous donne soudain l'impression d'avoir basculé dans un abîme où la réalité, l'imagination et la paranoïa sont amalgamées en une masse compacte impossible à maîtriser.

Peppy aligne le speed et, vu comme ça, on a l'impression qu'il y a très peu. Heureusement il nous sort un ecsta, l'écrase au pilon et le coupe en lignes égales. Hop ! un petit coup dans une narine, un petit coup dans l'autre. Vite fait bien fait. Une fois à l'est, une fois à l'ouest, on renifle bien fort des deux côtés, et le tour est joué.

– Nom de Dieu ! dis-je en grimaçant et en me pinçant la cloison nasale.

– Ça te nettoie les narines, hein ? ricane Johnny.

– Ça plaisante pas. Putain de merde.

Ce truc décape tout sur son passage. Je sens un picotement sec au fond de ma gorge, et dans mon crâne des milliers de cellules nerveuses explosent et s'évaporent. Je secoue la tête et renifle profondément pendant que les autres s'envoient leur médecine. A côté de moi, un type raconte qu'il a travaillé à la chaîne pour Rowntree Mack's. Il s'occupait de l'emballage des wine gums.

– Tu sais que tu peux te soûler avec des wine gums, assure-t-il. Il faut en manger une sacrée quantité et ça te donne envie de dégueuler, mais si tu te retiens tu peux vraiment décoller. Le vendredi soir on finissait plus tôt et sur le chemin du retour on en bouffait tellement qu'on était bourrés avant même d'arriver en ville.

Tout à coup, je remarque qu'il y a plein de jolies filles langoureusement étendues dans la pénombre de la pièce. Elles sont longilignes, mates, leurs jambes nues serpentent à travers le tapis ; ici, la courbe exquise et douloureuse d'une épaule, là, une poitrine insolente et sous une frange de longs cheveux bruns, des yeux de biche regardant dehors l'air absent. J'avais oublié à quel point je suis en manque de sexe, un manque si puissant que même la drogue ne peut l'annihiler ; elle le rend juste abstrait, presque détaché. Quelle importance puisque nos émotions et nos sensations ne sont que de simples réactions chimiques ? Pour le moment, j'évolue dans un monde de sensations, le désir me rend catatonique, je suis absolument incapable – je n'essaie même pas – de passer à l'acte.

A l'école, je n'ai jamais été très joueur, alors j'ai du mal à entrer dans la compétition sexuelle : séduire, faire illusion, être à la hauteur au lit. La drogue est moins compliquée. Tout se passe bien tant que la substance chimique remplit son office. Ce n'est qu'au moment où j'émerge douloureusement d'un sommeil saturé d'endorphines et que je me retrouve seul dans mon grand lit, que je me dis que j'aimerais avoir quelqu'un à serrer dans mes bras. Quelqu'un qui m'aime, à qui je donnerais moi-même, ma confiance et mon âme. Il m'arrive même en plein trip d'être hanté par la vacuité du lendemain, il m'obsède, me rappelle en permanence la futilité de toute chose, celle du numéro de téléphone de Death griffonné sous son message : « Rappelle-moi s'il te plaît », par exemple.

Je vais faire un tour dans la cuisine. Amber y est aussi, elle prépare une tournée de thé.

– Salut, dit-elle de sa voix aiguë, douce et enjouée.

Tu en veux ? (Elle me tend un paquet de muesli.) On pourrait nourrir cent personnes pendant plusieurs semaines avec ça. C'est vraiment très nourrissant.

J'en prends une poignée.

– Ça a l'air.

Elle semble toute petite et maigrelette avec ses pieds nus, sa jupe décorée de pompons et son haut flottant style hippie.

– On s'empoisonne avec toutes les saloperies qu'on mange, et en plus ça détruit l'environnement, poursuit-elle. L'autre jour j'ai écrit un poème sur la planète. C'est le seul poème que j'aie jamais écrit. Il est entièrement consacré à la Terre, notre mère, et à la manière dont nous sommes en train de la détruire.

Den entre et me tend un joint. Amber me lance un sourire embarrassé, prend le thé et sort de la cuisine.

– Elle est géniale, hein ? dit-il en s'approchant. Elle a changé ma vie. Elle était vierge lorsque je l'ai rencontrée, tu sais ? Elle n'avait été souillée par personne. Elle ne savait rien du monde des sensations. C'est moi qui lui ai ouvert les portes, tu vois ? Je lui ai montré le chemin de la lumière, je les ai défoncées à coups de pied les portes. Mais avant, j'ai pris des dispositions pour que ce soit vraiment unique. J'ai mis de la cocaïne tout autour de son petit con et je m'en suis mis une touche sur le gland, puis on a baisé toute la nuit. Il y avait du sang partout mais c'était merveilleux.

Il sourit en y repensant.

– Tu vois, je ne veux pas qu'elle aille à l'école. Elle voudrait passer son bac ou je ne sais quoi mais je lui ai dit : laisse tomber ces conneries. Ils veulent juste lui remplir le cerveau avec leurs saloperies, mec, ils ont essayé avec moi mais ça n'a pas marché. Je détestais l'école. Je connaissais déjà la vie, tu comprends ? J'ai tout appris ici. Ici, à deux ans tu sais déjà ce qui t'attend ; eux ils essaient seulement de te le faire oublier. Alors je lui ai dit : laisse tomber cette putain d'école. Je t'apprendrai tout ce que tu dois savoir. Je suis son chemin, sa lumière, tu vois ? On a pris de l'acide, et j'ai commencé à l'éclairer. Maintenant elle porte mon enfant. Et pas question qu'il aille à l'école lui non plus. Je vais l'élever comme il faut, ce gamin. Quand il sera né, on achètera un bus et on ira se faire voir ailleurs, juste nous trois, au pays de Galles ou dans un trou perdu, peu importe parce que la lumière elle est en toi, tu captes ? Le chemin et la lumière, tu vois ?

Parfois, je me dis que je devrais arrêter la drogue. Mais c'est un des seuls loisirs que je peux partager avec Johnny. Et puis j'aime être un peu fou, j'ai l'esprit d'aventure. Le taxi de trois heures du matin fait sa ronde dans les rues obscures. Il passe devant les garages ouverts toute la nuit, les salles de billard à l'arrière des pubs pleins de types louches – une demi-douzaine de personnes dans un espace grand comme un chiotte – ; il se retrouve dans une étrange ruelle tandis qu'un peu plus loin, la lune joue à se refléter dans la rivière boueuse. S'envoyer en l'air, c'est tout ce qui compte : sortir, un sourire béat sur les lèvres, et rester assis toute la nuit, écouter les Burrito Brothers, confesser les idées noires et le sentiment d'insécurité qui vous étreignent. Je sais que Johnny aussi aime l'idée qu'on est peut-être en train de vivre nos derniers jours, et que, puisque rien n'a plus d'importance, on peut continuer comme ça jusqu'à la fin.

En face de chez Den, il y a une église vide qui donne sur un cimetière abandonné entouré d'un mur. Je connais un passage dans le portail rouillé par lequel Johnny et moi nous faufilons certains après-midi ensoleillés, pour s'échanger un pétard à l'ombre de l'ange de la mort. Nous escaladons les pierres tombales et explorons les vieux caveaux recouverts de leur linceul d'herbes folles, après quoi, les sens stimulés par le danger, nous remontons la rue à pas de panthère, attentifs à tout ce qui habituellement nous échappe. Le bourdonnement des langues étrangères, les odeurs persistantes de cuisine exotique et d'épices, les entrepôts désaffectés transformés en repaires de junkies. Un punk à la tignasse écarlate, ébouriffée, portant une veste de combat, qui marche en se traînant. Un vieux musulman à la barbe grise croisant un retraité au visage sinueux et pâle qui marmonne, les mains enfouies dans les poches de son anorak. Des enfants à la peau brune, aux vêtements voyants, qui rient en jouant à cache-cache devant le jardin. Une mystérieuse femme voilée aux yeux magnifiques et au regard profond qui les observe furtivement. Nous achetons des sucreries à un magasin dont la devanture est placardée d'affiches publicitaires. Des posters célébrant la Nation de l'Islam sont collés sur des cheminées branlantes qui ont cessé de cracher leur fumée empoisonnée sur le monde.

Je ne peux plus rester en place, à cause du sulfate, j'ai envie de partir. Je vais chercher Johnny. Peppy l'accapare encore.

– Il peint, tu sais ? fait Peppy.

– Qui ça ? demande Johnny.

– Den, mec. C'est un putain de bon peintre.

– C'est lui qui a peint tout ça ?

Pour la première fois, je remarque les tableaux accrochés à tous les murs : des toiles recouvertes de formes dégoulinantes, ensanglantées ; du Francis Bacon mal dégrossi.

– Heu, non, ça c'est Amber, avoue Peppy. Mais Den peint des images dans l'esprit des gens, c'est ça son truc. Il en a certainement peint une dans les vôtres ce soir, tu crois pas ? Enfin bref, tu vois, dans une certaine mesure, c'est lui qui a fait ces tableaux : il les a mis dans l'esprit d'Amber et elle les a reproduits sur ces toiles, tu vois ? Avant elle faisait des merdes du genre de celles que tu vois sur les couvercles des boîtes de chocolats, des portraits de sa maman et tout. Mais Den lui a dit, il a dit : tu sais, c'est des conneries tout ça, brûle-les. Alors elle l'a fait, tu vois ? C'est grâce à lui qu'elle peint tous ces trucs maintenant.

Nous quittons St. John, en serpentant à travers le labyrinthe dans le sens inverse, chimiquement insensibles à la nuit. Nous coupons par le jardin public en prenant garde d'éviter les crottes de chiens et les capotes, et traversons le pont précaire – jadis beau – pour traverser l'étang asséché. Le cygne qui y nageait autrefois a été lapidé à mort depuis longtemps. Sur la vaste pelouse négligée nous croisons de misérables statues décapitées et une fontaine fissurée couverte d'inscriptions idiotes et obscènes. Tout à coup je suis en proie à une vague d'émotion, un sentiment de perte, ou de regret, que j'ai du mal à définir. Il se dissipe. De retour chez moi, nous nous installons devant la télé, déballons nos guitares, jouons et accumulons des tasses de thé noir à moitié vides jusqu'à ce que le soleil commence à percer à travers les épais rideaux poussiéreux. Bientôt les autres vont se lever pour aller travailler. De l'autre côté de la ville, Gibbet Street rêve encore. La vie, quoi.

Traduit de l'anglais par Aline Azoulay
Titre original : *Weekday Service*

Jeff Noon

ADJN

DJ Helix était *persona non grata* dans tous les clubs officiels de Manchester. Pour entrer au Shangri, ce soir-là, il avait dû passer dans un mix de dub. Ce qui n'était pas si compliqué si vous disposiez du bon matériel, et le petit malin en avait à foison. Le problème, c'était que les saint Pierre avaient leurs détecteurs toujours branchés. Un seul faux pas, mec, et les portes se referment. Aucune chance de salut. De nos jours, même un super Judas omnipotent pouvait se brûler les ailes.

Le disco qui tue.

Fig était avec Helix, et Fig était clean, vierge de tout péché, donc elle entrerait la première. Si Helix était pris en flagrant délit, au moins elle serait déjà rentrée à l'intérieur. Au moins elle pourrait danser. Helix savait très bien ce qui se passait quand elle n'arrivait pas à danser.

Le cold sex qui tue, doucement. Horrible.

Une file compacte encerclait le bâtiment. Fig et Helix attendaient, derrière une douzaine de personnes, de se faire contrôler à leur tour par les saint Pierre. Les gardiens officiels du Seigneur Tout-Puissant, très élégants dans leurs smokings noirs, avec des ailes argentées cousues dans le dos, qui s'actionnaient vigoureusement grâce à un grossier mécanisme. Et c'est vrai que ces mecs-là étaient grossiers. Des anges du Rideau de Sion, qui contrôlaient chaque mortelle identité. Securibores[1].

1. Securibores : Mot-valise inventé par Jeff Noon, composé de

– T'as la pêche pour danser, Helix ? Toute la nuit ?

Fig s'efforçait de rester cool, alors que ça faisait déjà une heure qu'ils attendaient là, aux portes du Paradis. Helix voyait la peur perler au fond de ses yeux. Tous les samedis soir, c'était le même scénario.

– Pas de problème, mon cœur. Si ça se trouve, ils passeront celle que t'adores.

– Ça m'étonnerait.

Elle tourna la tête et ses yeux se plissèrent pour regarder les nuages.

Autrefois, Fig dansait seule. Vous avez déjà dû voir ça, jadis, dans une quelconque boîte de province : la fille toute seule avec qui tout le monde voulait sortir, la fille *canon* qui ne sortait jamais avec personne. Elle s'habillait au gré de son humeur, en se fichant de la mode, et on l'appelait toujours par un nom étrange, très court : Joolz, Doon ou encore Suze ou Kat ou, comme aujourd'hui, Fig. Toujours la première à aller sur la piste. Devançant les jeunes Anglais pétrifiés et les petites nanas moins délurées, elle y allait elle, et se déchaînait comme une folle sans se poser de questions, dansant n'importe comment. Personne ne l'approchait. Ça, c'était la règle : la Danseuse Solitaire se mettait à l'écart au moment où tout le monde envahissait la piste pour s'éclater sur les airs de l'époque.

Son vrai nom, c'était Sue Newton ; mais elle était aussi sauvage qu'une gamine et ses copains de classe l'appelaient Fig. Sa chanson préférée c'était quelque chose comme *Forever Breath*, un assemblage de paroles débiles sur un rythme déchaîné. Personne ne pouvait danser là-dessus, sauf la Fig. Mais tout ça, c'était avant que les nouvelles lois ne passent, et avant que le Seigneur ne descende sur la piste. Danser seul était devenu un acte diabolique, punissable par le feu. Et

« security » et « boring » en référence aux gardiens (security) et à leur attitude hostile. *(N.d.T.)*

comme Fig avait toujours besoin de danser, elle dut se soumettre à la loi, à son plus grand regret. C'est alors qu'elle rencontra Helix, et que les choses commencèrent à mal tourner.

Au-dessus des deux frères « la menace », tandis que la queue rampait vers les portes, on pouvait lire sur les enseignes lumineuses CLUB SHANGRI-LA, écrit par-dessus les nuages. RÉSERVÉ AUX PURS. SALES JUDAS DEHORS. Maintenant les vigiles procédaient aux entrées. JÉSUS BOOM, VOUS FERA FAIRE BOOM chantaient les nuages sur un air enjoué, avant de se mettre à pleuvoir. DANSEZ AVEC LE SEIGNEUR. DEVENEZ LA DANSE ! Seules quatre personnes s'apprêtaient à rentrer, merci le monte-charge, parce que eux, ils allaient se faire arroser là, une fois que le signal serait allumé...

Mais, oh merde ! Le grand jugement.

SALE PÉCHEUR ! crachèrent les nuages, rendant leur verdict.

Au début, tout était calme et paisible. Puis le Seigneur notre Dieu dit : que la danse soit. Et la danse fut, et Adam et Eve s'éclatèrent. Et Dieu vit que ça secouait pas mal. Du coucher au lever du soleil, chaque samedi.

Des alarmes se déclenchèrent dans tous les sens et pendant un sale instant Helix crut qu'il s'était déjà fait repérer, mais les vigiles se mirent alors à courser une pauvre petite pécheresse, qui tenta de s'enfuir, de s'échapper du Paradis, mais qui fut facilement rattrapée. Trop facilement.

Helix ne la reconnut pas.

Il restait environ cinq cents pécheurs vivants à Manchester. Helix en connaissait à peu près la moitié, mais la plupart préféraient rester bien entre eux. Les caractéristiques du Sale Judas ? Solitaire, secret, désespéré. Helix pouvait remercier les dieux païens du funk d'avoir sa petite Fig à lui tout seul. La plupart des âmes pures évitaient à tout prix de s'unir de la sorte, parce qu'elles ne souhaitaient danser qu'avec le Seigneur. On était à Manchester, après tout. La cité du rythme éternel, où Jésus lui-même dansait sous la pluie.

– J'ai peur, Lixie, chuchota Fig, en l'appelant par son diminutif affectueux tandis qu'ils se faisaient pousser vers l'avant. Allez, viens on se casse !

– Pas question.

La Judas-girl se fit traîner de force jusque dans les bureaux du sous-sol de la boîte. De là on appellerait les gardiens de la danse. La mécréante passerait la nuit dans une cellule. Demain matin, elle comparaîtrait en justice. Douze heures plus tard elle serait jetée en prison pour un an et demi. La peine encourue pour souillure de l'âme. Beaucoup d'entre eux se suicidaient avant de l'avoir purgée. Alors faut se calmer avec ces histoires de longues peines.

– Rentrons chez nous, Helix ! dit Fig, l'appelant cette fois par son prénom. S'il te plaît !

– Tout va bien. C'est ici chez nous.

Mais il suait comme un taré, il se mentait à lui-même comme un taré, et il savait que l'humidité lui détraquait complètement ses défenses immunitaires. C'était une sorte de guerre disco, avec tous les attraits de la boîte d'un côté, et sa propre santé de l'autre. « Eclate-toi », entendirent-ils chuchoter en entrant à l'intérieur, Fig d'abord, puis Helix juste derrière elle. Il avançait en la poussant, comme un bouclier humain.

Enfin presque.

Fig n'eut évidemment aucun mal à faire son chemin jusqu'au Paradis, laissant le biscuit fondre doucement dans le vin en marchant jusqu'au dancing. Le club Jésus Boom. Ceci est mon corps, puisses-tu danser grâce à lui, ceci est mon sang, puisses-tu aimer grâce à lui.

– Merci, je suis si heureuse, fit Fig, sentant la musique pénétrer dans tout son corps, comme du sang neuf.

– C'est normal, répondit la serveuse de l'amour. Bienvenue au Shangri-La.

Helix fut brusquement poussé dans le détecteur, et

son corps fut bientôt lacéré de faisceaux lumineux, d'éclairs, qui cherchaient, cherchaient...

DJ Helix hurla de toutes ses forces.

Parce que Helix était l'un des derniers DJs-nés de la ville. Et que le DJ était désormais du côté des Sales Judas, tous ces pauvres enfants qui souffraient d'une musique pécheresse. Des pirates du vinyle. Des criminels. Ceux qui avaient le beat accéléré dans leur âme.

Mais le Seigneur vit la danse dégénérer. Eve avait succombé au charme du serpent, au rythme sexy, aux beats répétitifs et enivrants. Elle dansait comme une femme publique. Entraînant Adam dans sa débauche. Et le Seigneur Tout-Puissant dit : Qu'il n'y ait plus de danse, sauf celle qui célébrera mon Amour.

Que la danse soit pure.

Et Helix criait, lui, de toutes ses forces en passant dans le détecteur, mais en lui-même, tandis que le détecteur jouait des litanies avec son âme. Ouvertement il chantait des louanges, avec le sourire. Mais son sourire était faux, béatifié, c'était le sourire niais de celui qui disait au monde combien il voulait danser, danser, danser ! Danser pour le Seigneur !

Un sourire gai et hypocrite, accueillant le mix de dub...

Acceptation.

Il avança dans l'antichambre, où une serveuse le força à engloutir l'hostie et le vin.

– Ceci est mon corps, puisses-tu danser, psalmodiait-elle. Ceci est mon sang, puisses-tu aimer pour l'éternité.

– Merci. Je suis si heureux.

Très cool. Super sympa.

– Bienvenue au Paradis, mon fils.

Sur la piste de danse, se mouvant comme un spectre.

L'hostie et le vin ne signifiaient rien pour Helix. Il était immunisé. Le vers de Judas rentrait dans son

A.D.N., faisant de lui un DJ bâtard, un ennemi de l'Etat. Une ombre parmi les ombres dansantes.

Alors une Loi fut prononcée contre le double serpent du beat. N'entraient dans la danse que ceux qui partageaient ma chair et mon sang. Ainsi parla le Seigneur, et ainsi soit-il.

Mais en fut-il vraiment ainsi ?

Pendant deux heures, Helix erra parmi la foule dans l'entrepôt réaménagé. Les miettes de l'hostie toujours coincées entre les gencives, le vin au creux de l'estomac, le purgeant à fond. Ses défenses immunitaires avaient tenu bon contre les saints portiers grâce au mix de dub, mais il était maintenant pris dans un bain de silence. Serrés les uns contre les autres tout autour de lui, les danseurs célébraient l'avènement du beat. Faisaient l'amour à Jésus Boom, tandis que le Messie œuvrait aux saintes platines. La nuit était chaude et fruitée, mais Helix ne pouvait souffrir une telle musique, même si son corps était imperméable au son.

Le DJ était seul.

Ainsi le Seigneur en avait décidé, plus de danses sauvages, et l'Angleterre avait obéi, *en masse* comme d'habitude. Le gouvernement avait rapidement rallié cette nouvelle religion, afin d'annihiler le gène de la danse.

– Nous ne pouvons tolérer un tel libertinage, se plaisait à dire depuis quelque temps le Premier ministre. Nous devons sauver nos enfants des griffes du Diable.

Si efficace et si redoutable, « so British » évidemment, ce slogan ne tarda pas à envahir tous les écrans de télé, tous les murs de la ville : « RETROUVONS NOS ENFANTS ! SAUVONS NOS ENFANTS ! » Ainsi la Loi de la Pop Douce passa-t-elle, les portiers de saint Pierre furent formés, les clubs forcés de s'adapter. A travers tout le pays, Jésus Boom imposait ses mixes, œuvrait aux platines et haranguait les foules, donnant naissance à la « nice'n'easy dance ». Interactive et ressuscitée, inondant chaque piste de pur vinyle. L'hostie et le vin furent imposés et déclarés drogues sacrées ; seuls moyens par lesquels les danseurs pouvaient écouter le Shangri-La.

Biscuit disco et sang du Christ.

Les gens faisaient la queue dans la joie pour graver le nouveau rythme dans leur A.D.N. Le collectif digestif. Et pour ceux qui voulaient encore danser la danse du Diable ? Eh bien, ces pécheurs de bpm relevaient de la loi du Sale Judas, la dernière loi naturelle. Les autorités appelaient cela l'A.D.J.N., l'acide discojockeynucléique. Facilement repérable, à moins que vous ne soyez muni d'un dispositif de camouflage adapté.

Comme DJ Helix, par exemple, qui en avait plein ses armoires. Le DJ solitaire. Aux yeux du portier, qui n'y voyait que dalle, il partait en quête d'un amour perdu.

Fig l'entendait. Un peu, qu'elle l'entendait ! Elle s'était plongée dans la musique, tandis que le vin pénétrait dans chaque recoin de son corps, comme une pluie disco. Et entraînée par l'hostie, sorte de biscuit sucré dégueulasse qui la tirait vers le fond. Vers le rythme collectif, tellement, tellement pur, propre et dénué de perversité.

Communion sacrée.

La voix de l'amour. Pas du sirop de serpent, mais de la saveur. Non, juste l'haleine du Seigneur priant pardessus son épaule, douce, enivrante. Des griffes pleines de douceur.

Puis le Seigneur fit descendre son Fils sur la piste de danse, afin qu'il enseigne le bon rythme aux gens. Le Fils fit don de son sang et de son corps, afin que les danseurs se partagent entre eux son sang et son corps. Le vin et le biscuit. Et les gens dansèrent bien, et succombèrent. Ne faisant plus qu'un avec le Seigneur.

Donne-moi du biscuit, verse-moi encore du vin...

Helix tamponnait les autres danseurs, en faisant semblant de danser, de travailler son rythme. En pensant que Jésus Boom n'était qu'un mythe, créé par le gouvernement. Qu'il n'avait pas d'existence. Jusqu'à ce qu'il aperçoive Fig, quelque part par là, ici ou là, en train de danser avec un de ces connards irréprochables et clean, un de ces Jésus fuckers. Jésus fucker ! Il fendit alors la foule et lança un regard vicieux au danseur, qui suffit à l'éloigner. Et puis soudain, il s'y mit, Helix se mit à danser avec Fig. Face à face et les yeux dans les yeux, au creux de cette spirale infernale. Helix copiant les mouvements de Fig, remuant les bras, joignant son rythme à elle, unissant son âme à la sienne. Pour sauver sa peau.

Et le Seigneur remixa bientôt toute la Terre, réduisant le Diable à zéro bpm.

Et cet hors-la-loi du battement-par-minute dansait au rythme ralenti de celle qu'il aimait. Pour lui faire plaisir, alors que même les moniteurs jouaient à son corps défendant. Anges bétonnés, guettant une faiblesse. Mais Helix ne leur fit pas cette joie. Il dansait sur cette musique froide qui lui gelait le cerveau, étreignant Fig à bras-le-corps. Mais la Fig protestait, déplorait son manque de rythme pur.

– Pourquoi tant de fièvre ? reprocha-t-elle.

– Je suis comme ça, moi. Est-ce que ça pose un problème ?

– Ça devrait t'en poser un, à toi.

– Quand je pense comment tu pouvais te déchaîner à l'époque, fit remarquer Helix ; et t'avais besoin de personne. Mais qu'est-ce qui s'est passé, Fig ? C'est fini tout ça, pour toi ?

– Ouais, mais c'est surtout pour toi que c'est fini.

Ça le rendait fou, Helix. Qu'est-ce qu'il avait bien pu faire, pourquoi avait-il choisi une nana pareille dans sa vie ?

– Attends, excuse-moi une minute. Il faut que j'aille pisser.

– Bien sûr, le toisa Fig. Te presse pas.

– Pas de problème.

Helix n'alla pas jusqu'aux toilettes. Au lieu de ça, il grimpa tout en haut de l'escalier pour rejoindre la cabine de contrôle. Un gang de saint Pierre montait la garde devant la porte.

– Qu'est-ce que tu cherches ici ? fit l'un d'eux.

– J'ai une prière à faire à Jésus Boom.

– Jésus s'occupe pas des prières.

– C'est pour ma petite amie. Sa chanson préférée c'est *Forever Breath*. Comme on s'est un peu disputés, je me suis dit que...

– Jésus s'occupe pas de ce genre de trucs. (La réponse automatique.) Surtout pas de ce genre de musique.

– Mais pourtant, elle est tout amour...

– Eh bah non. Casse-toi maintenant, s'te plaît.

– O.K., pas de problème.

Helix s'éloigna et alla jusqu'au balcon. Il se pencha pour regarder la foule tout en bas, chercha Fig des yeux. Elle n'était nulle part, jusqu'à ce que...

Jusqu'à ce qu'il la voie, là, en train de danser presque joue contre joue avec un de ces Jésus fuckers.

Helix quitta la boîte, rentra chez lui, il en avait assez vu comme ça pour cette nuit. C'était qui ce mec qui dansait avec elle, d'abord ? C'était qui ce mec ?

Pas de réponse. La nuit passa, il dormit tout seul. Fig ne rentra jamais.

Et dimanche pareil. Pas de Fig à sucer.

Bye-bye, adieu l'amour, et tant d'heures à vagabonder.

Le samedi suivant, Helix alla faire une session au Mirage, un club illégal situé dans un coin paumé du nord de Manchester. Sons pirates. Helix n'était peut-être pas très fort en amour, mais pour ce qui était d'arroser le monde de sons pirates, il n'avait pas d'égal. Scratchant d'enfer le dernier douze pouces et mixant comme un maniaque aux platines. La foule adorait les gestes qu'il faisait, toute son attitude « hors la loi ». Parce que certains croyants avaient du mal à garder leur foi, malgré le Seigneur, et grâce à Lui.

– Faites entrer le beat ! psalmodiait-il par-dessus le mix. Beatez pas en retraite !

Il regardait tout le temps dans la foule, espérant voir soudain Fig danser comme une hérétique sur la piste. Il passa sa version dub de *Forever Breath* plus de sept fois. Au risque de perdre son auditoire. La chanson préférée de Fig, oui, sans doute...

Mais tout ça en vain, finalement.

Fig ne venait jamais à ses sessions de toute façon, elle disait que c'était beaucoup trop dangereux. Comme si ce n'était pas dangereux d'aller voir Jésus Boom, et que c'était seulement par amour...

Et putain de bordel de merde.

Mais soudain il remarqua quelque chose. Est-ce que ce n'était pas... ? Helix confia les platines à son partenaire, DJ Plasma, et descendit de la cabine. Elle, si belle, au milieu de cette danse perverse. Elle était là. Pas Fig, non ; l'autre fille, la Judas-girl qu'il avait vue se faire traîner par les saints portiers.

– Salut. J'suis DJ Helix.

Un regard vide en guise de réponse.

– Je t'ai vue samedi dernier, poursuivit-il. Au Shangri-La. Tu t'es fait choper. T'es une Judas, non ? C'est quoi ton nom de code ?

Toujours le même regard vide. Le néant. Puis, après une éternité :

– Simone.

– Je te croyais en prison maintenant.

Pas de réponse.

– Tu veux venir avec moi en cabine, DJ-girl ? Simone ? Tu pourrais passer un ou deux morceaux...

La fille hocha la tête comme un zombie, alors Helix la fit monter avec lui et l'installa à la place de DJ Plasma. Plasma protesta, mais se laissa bientôt attendrir. Le problème c'était que les mains de la fille étaient toutes glissantes, et qu'elle foirait complètement ses mixes. Les danseurs commençaient déjà à râler, et Plasma gueulait après Helix, par-dessus tout le boucan.

– Qu'est-ce que c'est que ce bordel ? C'est une de tes petites groupies ou quoi ?

– Non. Elle est DJ. Je te jure que c'est vrai.

– Alors aide-la un peu. Avant qu'on perde tout le monde, là.

Mais le son empira de plus en plus, et les gens commencèrent à bouger, alors Plasma dut reprendre sa place et éjecter ses mains sales des platines.

– Est-ce que ça t'ennuierait de te pousser un peu, s'te plaît ?

Helix fit sortir la fille de la cabine. Il croisa enfin son regard : ses yeux étaient si éteints, il pouvait presque voir la mort au fond d'eux. Cette fille était morte. Morte debout.

– Bon Dieu ! Mais qu'est-ce qui t'est arrivé ? demanda-t-il. Qu'est-ce qu'ils t'ont fait au Paradis ?

Mais la fille se sauva en courant, toujours fuyante, descendit les marches et disparut à travers la foule. Helix n'osa pas la suivre. Il se pencha en avant pour regarder les fêtards qui, eux, osaient s'amuser. Et bon. Plasma faisait tout ce qu'il pouvait pour rattraper le coup, et remettre de la puissance dans le mix. Parce que DJ Helix éprouvait une telle tristesse qu'il n'était plus capable d'assurer ce soir-là.

Plus capable.

Juste à ce moment-là, quelqu'un lui secoua l'épaule.

– Putain, mais lâche-moi ! râla-t-il, en tournant la tête. On fait pas les disques à la demande !

– C'est moi, Lixie. Je t'ai entendu passer le morceau.

– Oh. (Helix se retourna complètement, un grand sourire aux lèvres.) Je croyais que tu m'avais quitté.

– C'est ce que j'ai fait. Mais j'ai réfléchi depuis. J'ai compris que c'était une erreur.

– Comment ça ?

– Jésus, ça ne me suffit pas.

– Oh. Attention, revoilà la Danseuse Solitaire.

– Je veux t'aimer.

– Holà, princesse ! T'es sérieuse ?

– Très sérieuse.
– Moi, je suis pas sûr.
– Moi non plus.
– Tu t'es enfuie, Fig.
– Non, je suis juste allée danser.
– Avec qui ?
– Avec le Seigneur, bien sûr.
– Pas quelqu'un de réel ?
– Personne.
– Merde.

Alors Helix finit par prendre la Fig dans ses bras, et ils s'embrassèrent, s'embrassèrent, encore et encore. Et le baiser rendit la musique encore plus dingue, parce que l'instant d'après DJ Plasma se jeta sur Helix, et l'arracha à son amour.

– Qu'est-ce qui se passe ? s'écria Helix.
– Les soldats du Christ sont là. Ils vont nous arrêter !
– Bon Dieu !
– Tu l'as dit.

L'instant d'après, Plasma avait disparu. Et les Jésus Boom investissaient tout le house-system. C'EST LE SEIGNEUR QUI VOUS PARLE ! VOUS ÊTES PRIÉS D'ARRÊTER DE DANSER. LES DJS, LEVEZ VOS MAINS DES PLATINES. PERSONNE NE SORTIRA D'ICI VIVANT.

Helix entraîna Fig vers une voie sans issue.

– Cassons-nous d'ici !

Mais il n'arrêtait pas de chercher des yeux la Judasgirl, Simone, Simone... il voulait sauver son âme.

En vain, car le Seigneur, lui, était descendu...

Au début, tout était calme et paisible. Et le Seigneur Dieu dit : Qu'il en soit ainsi pour l'éternité. Du coucher au lever du soleil chaque samedi.

Et plus tard cette nuit-là, DJ Helix était allongé sur son lit, étreignant Fig, le seul fruit de son bonheur.

– Jusqu'où iras-tu, Lixie ? demanda-t-elle trois heures plus tard.
– Jusqu'au bout, mon amour.

– Très bien. Emmène-moi. Emmène-moi danser. Emmène-moi n'importe où.

Puis vint le matin, et Helix apprit dans les journaux qu'une certaine DJ Simone avait été retrouvée dans une baignoire de fortune, blanche, pâle et morte, les veines des deux poignets grandes ouvertes. Ils appelèrent ça un suicide.

Et le Seigneur remixa bientôt toute la Terre, réduisant le Diable à zéro bpm.

Deux jours plus tard, DJ Plasma était trouvé mort d'une overdose dans son appartement. Helix passa toute la semaine à faire le ménage chez lui, en pensant à ce qui avait été perdu, ce qui avait été retrouvé. Plasma parti, Simone partie, et la Fig revenue. Mais pour combien de temps ? Combien de temps pour quoi ? Et tout jusqu'à Jésus Boom.

Puis, le samedi suivant...

Fig était avec Helix, et Fig était clean, elle avait passé tous ses tests, donc elle entrerait la première. Si Helix était pris en flagrant délit, au moins elle serait déjà rentrée à l'intérieur. Au moins elle pourrait danser. Helix savait très bien ce qui se passait quand...

Solitude. Brûlante solitude.

– J'espère que t'as la pêche pour danser, Lixie ? Toute la nuit ?

Fig tâchait de rester cool, tous les samedis soir c'était le même scénario. Mais ce soir-là, Helix avait chargé à mort sa dub-head. Presque toutes ses économies étaient passées dans un nouvel équipement. Aucune chance pour que les anges le coincent. Il ferait n'importe quoi pour récupérer son amour perdu. Vraiment n'importe quoi...

– O.K., gardons le sourire.

Helix suivit Fig le long des moniteurs.

Cette fois ils prirent ensemble l'hostie et le vin, ils dansèrent ensemble, et restèrent ensemble toute la nuit. Helix s'en assura. Jusqu'à ce qu'il ait envie d'aller aux toilettes.

– Excuse-moi un instant, cria-t-il à l'oreille de Fig, par-dessus la musique. Il faut que j'aille pisser.

– O.K., dit-elle. Dépêche-toi.

– Pas de problème.

Pas vraiment d'amour, en fait. Ou alors beaucoup trop. Parce que Helix grimpa encore l'escalier pour se retrouver devant la cabine de contrôle. Le même gang de saint Pierre montait la garde devant la porte.

– Qu'est-ce tu cherches, mec ? demanda l'un d'eux ; puis un autre d'ajouter : On se connaîtrait pas par hasard ?

– J'ai une prière à faire à Jésus, fit calmement Helix.

– Jésus s'occupe pas des prières. Maintenant casse-toi, vite fait.

– *Forever Breath*. C'est pour DJ Plasma et DJ Simone.

– Putain mais...

– Ainsi que pour tous les autres DJs que vous avez pu éclater ! hurla Helix avant de foncer à l'intérieur de la cabine.

Les deux anges n'en revenaient carrément pas. Helix s'enfonça dans les portes battantes, plongea en avant, se prit une gamelle...

Oh merde !

La cabine était vide. Les double-platines tournaient toutes seules, et les vinyles pouvaient bien être rayés. Des mains invisibles s'occupaient de la musique, ici.

– O.K., mon garçon.

Helix se retourna pour faire face aux deux videurs.

– Qu'est-ce qui se passe ? Où est Jésus Boom ?

– Allez, ça suffit maintenant.

– Est-ce que c'est un putain de robot ?

– Allez calme-toi, et tout ira bien.

– Bon Dieu !

– Tu l'as dit.

Le diamant qui fait tourner la boîte, et DJ Helix qui entend l'appel de la musique, qui l'entraîne vers le bas, hurlant, hurlant cette fois-ci comme jamais.

Sans défense.

A deux heures du matin, Fig attendait toujours que Helix revienne, elle n'en revenait pas. En colère, elle quitta la boîte et rentra toute seule chez elle, sous la pluie froide, éclairée par les enseignes lumineuses.

Helix l'attendait là-bas, assis dans le noir à la table de la cuisine.

– Mais qu'est-ce que t'as foutu ? explosa Fig. Est-ce que ça t'amuse de me laisser tomber chaque fois comme ça ?

Helix murmura quelque chose. Quelque chose de faible et d'étouffé.

– Heureusement que je me suis bien éclatée, en tout cas.

Ses protestations doucement sexy n'appelèrent que le même murmure de réponse.

– Mmmm...

– Lixie, mon amour, est-ce que ça va ?

– Mmmm...

– T'es malade ?

– Mmmm...

Fig alluma la lumière. Helix ne chercha même pas à plisser les yeux. Il ne s'agissait pas d'une mauvaise cuite. Fig pouvait à présent s'en rendre compte. Elle s'approcha de lui, regarda attentivement. Elle ne voyait rien. Rien d'autre que des yeux abîmés.

– Helix ?

Fig était maintenant pétrie d'angoisse.

– Mais qu'est-ce qu'ils t'ont fait ?

Helix se leva lentement de sa chaise, et se traîna jusqu'à la porte du fond dans un faible murmure.

– Helix ? Attends !

Déjà parti. Bye-bye, adieu l'amour. Le diamant qui fait tourner la boîte, qui est bien émoussé maintenant. La police trouva son corps le lundi suivant. Le DJ pirate avait fait une réservation à l'hôtel Organza tôt le dimanche matin. Il avait demandé une chambre double, alors qu'il était seul. La femme de chambre était passée, elle avait vu le panneau « Ne pas déranger » accroché sur la porte, et n'avait pas insisté. A trois heures, dans l'obligation de libérer la chambre pour de nouveaux clients, le service de sécurité avait ouvert la porte à l'aide d'un passe. DJ Helix était là, étendu sur le lit non encore défait, et son visage rendu pur et livide par la mort souriait encore.

Rapport d'autopsie. L'individu avait avalé trente-sept hosties disco qu'il avait fait passer avec l'équivalent de six bouteilles de vin de danse. Les autorités ne pouvaient expliquer comment il avait pu se procurer autant de ces substances, normalement rationnées.

Il n'avait pas laissé de mot, juste un disque vinyle qui reposait sur sa poitrine. Il s'agissait de *Forever Breath*, qui était cassé en trente-sept morceaux exactement.

Ils conclurent au suicide. Overdose de disco.

Et voilà.

Fig mit six mois pour s'en remettre, de cette brutale trahison. Et quand elle remit les pieds dans une boîte de nuit, bourrée de remords, la mode avait déjà fait changer plus de cinq fois le style de la musique, et elle se sentit complètement hors du coup. Complètement seule sur la piste, sous le feu des projecteurs comme dans sa tête. Complètement vieille. L'hostie et le vin avaient beau faire, comme toujours, il manquait quelque chose. Elle déclina six propositions de Jésus fuckers, descendit quelques bières, discuta avec quelques filles bien plus jeunes qu'elle, et si promptes à danser avec le Seigneur. Pour elle, ça ne marchait plus, alors elle s'éclipsa.

Boom ! La musique est un tourbillon qui se promène partout sur la piste, à la fois puissante et impalpable. *Shackalacka !* Si vous avez ce qu'il faut, le vin et le biscuit. *Boom !* La musique est là. *Shackalacka !* La basse fait boom et la voix shackalacka. *Boom shacka-*

lacka ! Boom shackalacka ! La musique est une force, un déchaînement d'informations, une explosion collective, nourrie par tous les DJs, vivants ou morts. *Boom !* DJ Plasma était aux platines, DJ Simone aussi. Tous les DJs arrêtés. Leurs corps sont morts pour libérer leur ombre. *Shackalacka !* Leur talent pour scratcher, mixer et séquencer les bpm, s'en emparer pour les faire flotter dans le sound-system, ajouté au *Boom shackalacka* ! DJ Helix œuvrait aux platines. Helix était la musique, une partie d'un tout, désincarné.

Jésus Boom shackalacka ! Il avait sa petite botte secrète.

Fig était prête à partir quand les premiers accords de *Forever Breath* inondèrent l'assistance. Qu'est-ce que c'était ? Jésus Boom n'avait encore jamais passé ce morceau, c'était bien trop dur, bien trop répétitif. Trop romantique.

Certains amours creusent les sillons les plus profonds
Une plume qui caresse le vinyle
Qui fait flotter la musique comme un rêve
Donnant à mon amour un souffle éternel.

Fig retourna sur la piste de danse. La plupart des danseurs avaient déjà déserté, fuyant cet air blasphématoire. Mais Fig, elle, dansa. Dansa par amour. Comme si demain était la fin du monde, ou alors son début. Dans un souffle éternel, elle dansa trois heures d'affilée, alors que tout s'emballait autour d'elle, qu'on essayait de calmer ce rythme déchaîné. Les vigiles ailés tentèrent bien de fermer son âme, mais se virent repoussés par la musique. Jésus Boom tenta de fermer son âme. En vain. Comme si la musique avait un pouvoir, jusqu'à ce que le sound-system finisse par exploser et que toutes les lumières s'éteignent. La musique défendue força la cabine de contrôle, rugissante, provoquant une étincelle qui s'enflamma. Des alarmes se déclenchèrent de partout, provoquant une ruée sauvage de la foule vers la sortie.

Au début, tout était calme et paisible. Puis le Seigneur notre Dieu dit : Que la danse soit. Et la danse fut, et Adam et Eve s'éclatèrent. Et le Seigneur fut bien emmerdé, car il ne pouvait rien y faire.

Les danseurs fuyaient le feu. Les videurs fuyaient. Jésus Boom fondit, réduit en plastique, en vulgaire plastique. Seul un filet de musique parvint à se glisser à travers les portes de l'Enfer.

Et flotter.

Traduit de l'anglais par Céline Cazals
Titre original : *DJNA*

Douglas Rushkoff

La Poudreuse qui tua Manuel Jarrow

– Je me sens tout drôle. Je crois que je n'ai plus mal, dit-il. Ça va aller maintenant.

– Vraiment, t'en es sûr ?

– Ouais. Je vais rester là et attendre tranquillement le tunnel de lumière. Au fait, désolé pour la pisse, je n'ai pas pu me retenir. Ça doit puer.

– Oublie, O.K. ?

Allongé sur le dos au bord de la piste de danse, il leva les yeux vers les gyrophares : « C'est les secours ? » Presque tous les autres gamins étaient retournés s'amuser – il n'était pas le premier à se taper un mauvais trip, ils n'avaient aucune envie d'assister au spectacle. Ou alors, préféraient-ils l'ignorer parce que ça les mettait mal à l'aise ? L'ecsta provoque parfois le contraire de l'empathie : moins on se mêle des affaires des autres, mieux on se porte.

– Enfoirés, dit-il, un sourire amer aux lèvres. Ils n'attendent même pas qu'on emporte mon corps.

– Arrête.

– Ce ne sont que des mots, Bess. Ça m'aide à rester éveillé. D'accord, j'arrête.

– Non, tu as raison, il vaut mieux rester éveillé. J'ai entendu dire ça quelque part. Parle, dis tout ce que tu veux. Même si c'est méchant.

– Je ne suis pas en train de faire une commotion, tu sais. Ce n'est pas le coma que je risque. Rien à voir. Je suis tout bonnement en train de crever sur place.

– Ne parle pas comme ça. Quelqu'un va t'apporter

de l'eau. Tu vas t'en sortir, ne te décourage pas. Détends-toi et concentre-toi sur ce mot : vie.

– Tu as lu ça sur un flyer pour une rave ? Ou sur un truc à L.A. ? Ou bien, c'est le slogan d'une pub contre l'avortement ? Ce que tu peux être débile parfois.

– Et toi cruel, Manuel.

Indifférents à son calvaire, les autres gamins dansaient. C'est une baraque de dingues, se dit-il. Au début, dans les années quatre-vingt-dix – peut-être même avant –, on donnait des soirées de tout premier choix dans ce lieu. Aujourd'hui, il était aux mains de gros pleins de fric qui saignaient à blanc et rectifiaient les karmas de tous ces gosses, histoire de faire tourner leur sale business. De l'énergie pure convertie en pur marketing.

Pour Manuel Jarrow, ce night-club new-yorkais qui prétendait organiser des raves-parties était emblématique du phénomène. Quelle heure était-il ? Deux ? trois heures ? Ça importait aussi peu que le nombre de gamins fluorescents serrés les uns contre les autres. La scène empestait le business, la crasse, l'artiste foireux. D'ailleurs, il fallait être fou pour venir faire la fête à New York, s'y rendre est un véritable cauchemar, d'où qu'on vienne. En Grande-Bretagne, les raves ne sont jamais qu'à un coup de volant et à San Francisco – elles ont lieu sur la plage –, on y va en stop. Mais à NYC, rave rime toujours avec métro (deux changements minimum). Après un petit parcours à travers des couloirs qui puent la pisse, infestés de rats, de tordus, de flics, on débouche sur un quai glacé ; et là, il faut attendre qu'un gros type équipé d'un talkie-walkie décide que vous êtes assez cool, ou riche, pour vous laisser entrer.

Bess s'éloigna à nouveau, pour essayer de trouver un peu d'eau et guetter l'ambulance. Manuel se demandait ce qui rendait la scène si limpide, son esprit ou l'éclairage. Il aurait voulu avoir son caméscope pour filmer la soirée sur son déclin. Il y avait tant de choses qu'il ne filmerait pas, tant de choses qu'il n'avait pas filmées alors qu'il aurait pu. Dommage.

La déshydratation ne le dérangeait plus. Il avait eu vraiment soif un peu plus tôt. Il s'était rendu aux toilettes pour constater que l'arrivée d'eau des lavabos avait été coupée. Maintenant, il aurait été incapable de boire. Il se sentait faible. Prêt.

– La fille du Smart Bar m'a donné ça, dit Bess, revenant avec une tasse en plastique remplie d'un liquide orange. Elle a dit que ça te ferait du bien.

Manuel la repoussa, mais Bess s'agenouilla près de lui, prit sa tête sur ses genoux et approcha la tasse de ses lèvres.

– Tu dois te forcer.

Il avala une gorgée ou deux, lui sourit, puis renversa la tasse sur sa jambe.

– Désolé, Bess, je t'avais prévenue...

– Je voudrais tellement que nous ne soyons jamais venus ici. Les raves de San Francisco sont complètement différentes. Nous n'aurions jamais dû venir à New York.

– C'était ta putain d'idée.

– Tu es injuste, toi aussi tu voulais venir. Tu pensais pouvoir faire des reportages pour la télé, tu as oublié ?

– C'est toi qui as toujours adoré New York. Cette grande ville avec ses gens formidables. Tellement proche de l'Europe, de l'histoire.

– Plus maintenant. Qu'est-ce qu'on a fait pour mériter ça ?

– Pris de la coke, répliqua Manuel. Je n'aurais jamais dû claquer ce dernier billet de dix en dope. On avait tellement soif. Ça m'aurait fait mal de lâcher trois dollars cinquante pour la moindre goutte d'eau alors qu'on n'avait pas pris de coke depuis longtemps. L'ecsta aussi était pure, ils n'avaient rien mis pour la booster un peu ; je suis tombé comme une masse. Je n'ai pas eu le temps de comprendre. Ça me servira sans doute de leçon.

– Tu n'as pas mérité ça.

– De mourir ?

– Ce n'est pas ce que je veux dire. Tu vas t'en sortir. Tout va bien se passer.

– Ouais. Continue à te le répéter.

– C'est toi qui dois te le répéter. Moi je suis trop larguée.

Soudain, il revit les collines de Santa Cruz, juste derrière l'université ; la nuit où, dans ce coin qu'ils avaient baptisé le domaine des Elfes, assis sur un rocher, Manuel et une poignée d'étudiants un peu plus âgés que lui avaient joué du tambour dans la nuit.

Les champignons – cette drogue si singulière, si naturelle – leur donnaient le sentiment de faire corps avec la flore terrestre, de renaître d'elle, en elle, comme une créature surgissant des marais. Les tambours s'étaient mis au diapason des bruissements de la forêt, et, comme s'ils désiraient participer à cette célébration tribale, les criquets les avaient accompagnés de leurs grésillements syncopés.

Il aurait aimé filmer les yeux des garçons rivés sur leurs mains, s'élevant et retombant sur les peaux tendues, avec de temps en temps un gros plan sur les pattes des criquets. Si seulement il pouvait y retourner, les retrouver tous, armé de son caméscope et de quelques torches électriques – bleues et jaunes pour exalter les couleurs de la forêt.

L'idée leur vint après avoir pris une dose au dortoir. Ils ne connaissaient rien aux tambours, mais une force étrange les incitait à imiter les battements qui résonnaient déjà dans leurs têtes. L'un d'eux attrapa un tambour pour aller jouer dehors et, jugeant l'idée heureuse, les autres suivirent. Ils errèrent des heures avant de trouver le bon emplacement, mus par le pressentiment – et par les champignons, dont l'effet s'intensifiait – qu'ils étaient, tous les cinq, destinés à partager un instant unique.

Les premiers sons furent chaotiques, mais la musique s'éleva bientôt ; des roulements militaires très virils pour commencer, puis des rythmes tribaux plus affectés, variés d'ornementations zepplinesques. Question, réponse. Day-o, Day-o, comme des touristes en croisière, se dit Manuel. Plus ils s'appliquaient, plus ça sonnait faux et prétentieux.

Lorsqu'ils s'oublièrent et cessèrent de s'écouter attentivement pour insérer leur contrepoint au bon moment, quelque chose se produisit. La forme se désagrégea en de petits jaillissements indifférents au tempo, et des vagues ondoyantes, déconnectées les unes des autres, s'élevèrent pour former un même tout. L'un d'eux battait un rythme, et, se laissant porter par lui, les autres brodaient autour. Personne ne dirigeait, personne n'imposait son tempo. Les ombres de toutes ces mains voletant puis retombant sur les peaux tendues des tam-tams, se profilaient contre les arbres. Inlassable perfection. Infinie, et pourtant contrôlée. Le son absolu, si parfait qu'on l'eût cru surgi d'un tube de dentifrice – une autre image qu'il ne filmerait pas.

Environ six mois plus tard, il avait reçu un e-mail lui annonçant la mort de l'un des garçons. Un soir de pleine lune, alors qu'il rentrait d'une rave donnée sur une plage de Santa Cruz, sa camionnette avait basculé du mauvais côté de la colline. Les flics avaient mis des heures à l'extraire précautionneusement du véhicule, en prenant soin de lui maintenir le cou, mais il était mort de blessures internes au moment où ils y parvenaient enfin.

– Nous ne sommes pas allés à l'enterrement de ce type, hein ? demanda-t-il à la fille agenouillée près de lui, sur le sol de ce club perdu au fin fond du West Side de Manhattan.

– On n'a trouvé personne pour nous y emmener, tu ne te souviens pas ?

– Je devrais ?

– On n'a jamais réussi à trouver une voiture pour

nous conduire hors de San Francisco. C'est une des raisons pour lesquelles on est venus à New York.

– Très juste. Et aussi pour souffrir ensemble et mourir.

– Arrête. Tu ne vas pas mourir, O.K. ? Et même si ça arrivait, pourquoi tuer tout le reste ?

– Ah ouais ? Parce que je suis en train de tuer quelque chose ? Tu dois sûrement le savoir mieux que moi.

– Arrête ça, O.K. ? Tu es vraiment un enfoiré.

– Désolé, je suis un brin effrayé. (Son potentiel décès s'avérait commode.) Ne fais pas attention à ce que je dis. Tu sais bien que je t'ai toujours aimée... (Il hésitait à vider son sac avant de partir.) Je ne dirai plus de choses qui fâchent, O.K. ?

– Tu es tellement gentil quand tu veux.

– Pure simulation. J'ai toujours su y faire.

– Salaud. Pourquoi fais-tu ça ?

– Je n'ai pas envie de me voiler la face. Je veux être prêt à affronter ce qui va m'arriver. Ça ne sert à rien de jouer les autruches.

Manuel rouvrit les yeux, il pensait s'être assoupi pendant plusieurs minutes, mais n'avait sombré que quelques secondes. Toujours aucun signe de l'ambulance et, agglutinés à l'autre bout de la piste, les gamins continuaient à danser. Penché au-dessus de lui Pete-E – le garçon qui leur avait vendu la dope – essayait de lui faire boire un peu d'eau de sa gourde.

– Bess est retournée appeler l'ambulance, dit-il, tu devrais vraiment te forcer à boire. Tu es déshydraté, c'est tout. Il faut juste que tu boives un peu d'eau.

– Ces enculés d'organisateurs de clubs nous pompent jusqu'à la moelle, s'emporta Manuel. Ça ne leur suffit pas de nous faire payer quinze dollars l'entrée, comme on ne veut pas de leur saloperie d'alcool, ils coupent l'eau des lavabos et nous font raquer pour leur eau minérale de merde.

– C'est dégueu, je sais, approuva Pete-E. On a lancé

une pétition. Mais pour le moment il faut que tu boives quelque chose, sinon ils vont te coller une intraveineuse. T'as pas envie de ça, hein ?

Pete se tortillait, l'air gêné, devant son client cadavérique.

– On peut éviter toute la quincaillerie, Manuel, on n'a pas besoin de ça, tu crois pas ?

Allons bon. Il aurait dû s'en douter, la compassion masquait toujours un motif foireux.

– Ben, je ferais mieux d'y aller, je te laisse l'eau. Tu ne leur parleras pas de moi, hein ?

– Ne crains rien. Va-t'en.

Manuel pensait à Bess. Elle avait des défauts, il le savait déjà lorsqu'il l'avait rencontrée, mais sa fortune semblait l'immuniser contre le virus de l'avidité. Aujourd'hui, les gens ne pensaient plus qu'à se faire du fric sur le dos des novices, vendre du frisson, faire des flyers plus aguichants que ceux de la concurrence, proposer le Smart Bar le mieux garni. Dire qu'il y avait déjà dix sortes d'herbe à l'ecstasy sur le marché, n'ayant pour seule différence notable que l'emballage. Sans oublier ces formidables boissons en poudre, toutes produites par cette saloperie de compagnie californienne du Sud. Il ne restait aux organisateurs de clubs qu'à imprimer des étiquettes personnalisées avec leur Mac, et à faire passer cette vieille daube pour un produit unique.

Bess se foutait de l'argent. Elle avait ses rentes. La seule chose qu'elle semblait désirer, c'était qu'on la bouscule. Qu'on la brusque. Elle ne se sentait vivre que dans le conflit ; raison pour laquelle elle restait avec Manuel, bien qu'il ne soit qu'un de ces squatters de Mission District. Il mordait la vie à pleines dents, elle savait l'apprécier.

De son côté, Manuel appréciait son indifférence au statut social des gens. Et puis, elle pouvait rentrer dans tous les clubs de la ville, sans faire la queue. Qu'elle lui ait offert un caméscope Sony Hi-8 ne l'avait pas tellement dérangé non plus.

Etait-il amoureux d'elle ? Qui sait ? Tant qu'il ne se posait pas trop la question, tout allait pour le mieux. Elle était jolie et bien faite. Autre avantage, elle avait vingt-six ans – quelques années de plus que lui –, alors les frimeurs de bacs à sable ne l'impressionnaient plus. Enfin, presque plus, heureusement pour Manuel.

Il n'aurait jamais dû se rendre à cette conférence sur les films amateurs à Berlin ; mais il s'était distingué par un film montrant des sans-abri de Panhandle se bastonner avec la police, et on lui avait offert un voyage tous frais payés en Europe – son premier voyage à l'étranger. Comment refuser ? Dès lors, les choses commencèrent à aller mal. Le charme fut rompu. Il avait tenté d'expliquer à Bess à quel point il souhaitait communiquer, échanger des idées avec d'autres artistes – enfin, il y voyait surtout une promesse de célébrité –, en vain. Bien entendu, elle ne l'empêchait pas de partir, ce n'était pas la question. Elle se demandait seulement combien de temps il s'accrocherait à ce rêve.

Et puis, elle était enceinte de sept semaines. Un bébé, la dernière chose au monde dont il avait besoin – même s'il ne voulait pas avoir à décider de la vie ou de la mort du fœtus ; c'était le rôle de la fille.

Il se rendit donc à Berlin pour crapahuter avec le fin du fin et squatter des immeubles bombardés pendant la Seconde Guerre mondiale, laissant à Bess le soin de résoudre ce dilemme. Attitude un peu irresponsable, et alors ? Il était le plus jeune des deux, après tout ; en outre, un artiste n'a de comptes à rendre qu'à son travail.

Certes, son aventure avec une adolescente rencontrée dans un pub de l'ex-Berlin-Est n'avait guère arrangé les choses. Une histoire purement esthétique, rien à voir avec l'amour ; il l'avait expliqué à Bess. La princesse aryenne dans toute sa splendeur : quinze ans, blonde aux yeux bleus, un mètre soixante-dix ; bref, le genre de fille qu'on tartine de maquillage et qu'on colle en couverture de *Vogue.* Aucun artiste n'a le droit de se refuser une telle expérience mystique.

Si seulement il s'était abstenu de prendre de l'ecsta et d'appeler Bess à quatre heures du matin pour lui cracher le morceau. A son retour à San Francisco, deux semaines plus tard, elle avait avorté et organisé son départ pour New York.

Ils se réconcilièrent finalement, décidant que leurs faux pas respectifs se compensaient. Bess n'imposa qu'une seule condition : elle s'occuperait du loyer de New York, tant qu'il s'arrangerait pour éviter les ennuis – pas d'ordre légal ou artistique, s'entend –, mais ceux du genre qu'elle désapprouvait.

Il eut une nouvelle vision : la grande maison d'Oakland dans laquelle ils passaient parfois le week-end à prendre du L.S.D. et faire la fête. Rien à voir avec des raves. Ces fêtes-là correspondaient plus à l'idée qu'il se faisait des soirées que donnait Timothy Leary dans sa propriété de Millbrook, dans les années soixante. Chaque pièce de cette demeure victorienne de quatre étages était consacrée à un thème différent. Et il y en avait plusieurs réservées aux « ambiants », comme cette chambre recouverte de velours côtelé du sol au plafond – en passant par les coussins – où l'on pouvait entendre Brian Eno en fond sonore. A chacun son trip, à chacun sa pièce.

Il se souvint des trois jolies filles dessinant avec des crayons de couleur, au grenier. L'endroit ressemblait à un ridicule parc pour enfants. Il l'avait détaillé un instant, et lorsque ses yeux s'étaient posés à nouveau sur les filles – une illusion d'optique sans doute –, il n'y avait plus que des bambins de trois ans jouant dans un vrai jardin d'enfants. Là encore, il n'avait pas son caméscope. Il s'était promis d'y retourner un jour, pour filmer une de ces soirées.

Une autre fois, déchiré comme jamais, pris de vertige, il se retenait à la rampe du long escalier ; quand sou-

dain, un chien énorme, genre chien de chasse, apparut en haut des marches et les déboula, fonçant droit sur lui. Il rebondissait sur chaque marche, comme dans un ralenti, et chaque fois qu'il voyait ses pattes pédaler dans le vide, Manuel craignait pour sa vie. Les pattes antérieures tendues, l'animal shoota dans une pile de cassettes V.H.S., avant de venir s'écraser la gueule contre le parquet, à ses pieds. Ils se dévisagèrent un instant. Le chien ne semblait pas le moins du monde embarrassé par sa maladresse. Manuel aurait juré que c'était une réincarnation de Bouddha, à cause des vidéocassettes ; leur chute ne pouvait être le fruit du hasard. L'animal voulait attirer l'attention de Manuel sur son moi profond, le révéler à lui-même. Trop bête qu'il n'ait pas eu sa caméra. C'était si rare d'être à la bonne place, au bon moment. Il n'y retournerait plus, l'image serait perdue à jamais.

Et le jour où ce type, avec son drôle de nom de famille, Sekula, ou un truc dans le genre, s'était enfermé dans les toilettes du bas avec une feuille entière de buvard. Quelqu'un allait régulièrement frapper à la porte pour lui demander si tout allait bien, mais il répondait invariablement qu'il ne voulait pas être dérangé, que le monde ne tenait qu'à un fil, que la moindre erreur de sa part risquait de le dévier de son orbite, de le faire basculer dans un espace temporel infini. Irrévocablement. Vers quatre heures du matin, un des gars qui vivaient dans la maison avait ouvert la porte avec une pince à levier et nous pûmes tous contempler le spectacle de Sekula, nu, assis sur la cuvette, le regard pétrifié de terreur, stoppant net une séance de masturbation laborieuse.

– Tu te sens un peu mieux ? demanda-t-elle. Tu as bu un peu d'eau ?

Il la voyait mais n'arrivait plus à se souvenir de son nom. Cette fille s'inquiétait pour lui. Il l'aurait juré, ce n'était pas un effet de l'ecsta. Derrière le sentiment de malaise qu'elle éprouvait à l'idée de vivre avec un petit squatter, perçait un réel attachement. Il avait sous-estimé le lien qui les unissait.

– Je ne ressens absolument rien, dit-il. Je n'ai plus envie de ressentir quoi que ce soit. Et je ne veux pas d'eau.

– Tu devrais boire, mon cœur, vraiment.

– Je suis en train de mourir, mon ange. Il n'y a plus de « tu devrais » qui tienne.

– Tout va bien se passer, dit-elle d'une voix qui se voulait ferme et réconfortante.

– Qui que tu sois, tu es une fille formidable. Ne fais plus attention à ce que je dis.

Il regarda sa poitrine, à la dérobée, et se remémora les cassettes qu'il avait faites d'elle, un jour où elle s'était mise à danser nue, dans tout l'appartement. Il avait même pensé les faire circuler, à l'occasion. Un courant d'air frais lui parcourut les pieds. Une sensation étrange. Comme si la mort luttait contre les rayonnements de chaleur provoqués par l'ecsta. Ça le sortit méchamment de son état second.

– Tu saurais te servir de ma caméra ?

– Non. Tu n'as jamais voulu que j'y touche.

– Dommage.

Il aurait tellement aimé faire de vrais films, également. Des films commerciaux à petit budget qu'il aurait produits grâce à des fonds collectés auprès de ses amis. Pourquoi n'avait-il jamais tenté sa chance ? Il avait pourtant fini d'écrire le scénario d'un film d'horreur : Le Poignard. *Le titre renvoyait à l'arme avec laquelle Mike, le caissier attardé mental de la quincaillerie, tuait ses victimes.*

Dans une scène, la fille du patron de la quincaillerie a rendez-vous avec un des mecs en vue de l'école. Mike les suit en cachette, s'assoit derrière eux au cinéma, et au moment où le public pousse un cri de terreur à la vue d'une image effrayante à l'écran, Mike poignarde son rival dans le dos, à travers le fauteuil.

La fille court se réfugier chez sa grand-mère, mais Mike la suit et sonne à la porte. Avant d'ouvrir, la petite femme maigrelette prend un tabouret pour regarder dans l'œilleton ; Mike donne un grand coup de poignard dans la lentille, la lame traverse l'œil et se plante au fond du crâne de la vieille. Agonisante, elle glisse du tabouret et se retrouve pendue par l'orbite à la porte, les jambes battant le vide.

Bess avait qualifié le script de « répugnant », ajoutant qu'il ne présentait aucun intérêt social. Manuel pensait que son intérêt résidait précisément dans sa crudité, mais il comprenait son point de vue. Un tel film ne pouvait avoir aucun effet vibratoire positif.

De toute façon, il allait juste allonger la liste de tous les films qu'il ne réaliserait jamais.

L'espace d'un instant, Manuel se dit qu'elle avait peut-être raison, qu'il finirait par s'en sortir, que c'était juste un mauvais trip amplifié par la panique. D'ailleurs, l'étau glacé qui lui broyait l'abdomen s'était relâché depuis un bon moment. La mort devait avoir poursuivi sa route sans s'arrêter. Non. Ça semblait peu vraisemblable. Elle ne le laisserait pas tranquille. Elle se reposait un instant, ou pire, il s'était habitué à elle. Son cœur s'emballa, il s'affaiblissait.

– Essaie encore de boire, le pria Bess. Ils arrivent.

– Laisse-moi me reposer une minute.

Maintenant, il était à l'âge du lycée. Son ami Henry et lui recevaient le kit de singes de mer qu'ils avaient commandé à un magazine de B.D. qui en faisait la pub. Ils savaient qu'il ne pouvait s'agir que d'une arnaque, ils n'étaient pas demeurés, mais l'envie de découvrir quelle sorte de singe serait assez petit pour rentrer dans la boîte aux lettres l'avait emporté. Ils vidèrent les paquets – pas plus gros que des sachets de sucre en poudre – de singes lyophilisés dans l'eau, ne s'attendant nullement à voir apparaître le moindre être vivant. Pourtant, quelques jours plus tard, de petites créatures translucides commencèrent à remuer dans la boîte en Plexiglas. Sur les côtés, deux petites bosses faisant office de loupes leur permirent de distinguer un peu plus clairement des crevettes grises quasi microscopiques.

Le week-end suivant, après avoir été refoulés par le videur d'une grande rave du club South of Market, les deux garçons décidèrent d'organiser leur propre soirée, avec leurs singes de mer. Henry installa une enceinte de chaque côté de leur demeure en plastique et brancha la musique. L'eau se mit à trembler furieusement – à l'époque, ils n'avaient que de la techno et un peu de garage. C'était l'âge d'or des raves sans embrouilles, organisées dans le pur style européen par des gamins, pour d'autres gamins. Quand Manuel fut assez grand pour se rendre à de vraies soirées dans des clubs, les choses avaient déjà commencé à changer.

Les singes de mer semblaient bouger au rythme de la musique – ou peut-être était-ce les vaguelettes produites par les vibrations qui les faisaient onduler ainsi. Quelle importance ? Après tout, une vague est une vague. Que les singes tanguent passivement ou qu'ils se meuvent intentionnellement en remuant leurs petites pattes, ils obéissaient au principe aérodynamique de leur anatomie ; cette façon d'évoluer leur était dictée par des générations de crevettes grises depuis les origines. Et, même s'ils n'exprimaient aucune volonté consciente, ne pouvait-on considérer cela comme une participation active ?

A la fin du deuxième morceau, Manuel et Henry constatèrent que leurs singes étaient en transe, ils faisaient corps avec la musique ; les petits fêtards semblaient fin prêts à ingérer un peu de drogue. Ils sortirent de leur maigre réserve secrète une dose d'ecsta pour la mettre au service de la communion entre crevettes. Henry ouvrit la capsule, la vida dans l'eau ; puis ils secouèrent la boîte pour aider la poudre à se dissoudre avant de la replacer entre les enceintes. Les singes se contorsionnèrent avec une frénésie décuplée – des contorsions qu'on aurait facilement pu observer à la lentille macroscopique, mais Manuel n'avait pas de caméra à l'époque. Il ne pourrait jamais capturer cette image.

Un mois plus tard, Henry fabriqua un bong avec des Lego et un tube en caoutchouc. Il fonctionnait de telle sorte que lorsqu'on en remplissait le réservoir de fumée de shit, et qu'on ouvrait une minuscule manette, une grande bouffée d'oxyde de nitrate se ruait dans les poumons de l'utilisateur. Au regard fuyant de Manuel, Henry comprit qu'il s'y collerait le premier ; Manuel avait toujours été un peu trouillard. Et lorsqu'ils échangèrent un regard anxieux en attendant que le nitrate envahisse les poumons d'Henry, ils savaient parfaitement lequel des deux était l'aventurier.

– Manuel ? Tu m'entends, s'inquiéta-t-elle.

– Hmm, gémit-il, incapable de prononcer un mot.

Le poids glacé lui pesait à nouveau sur la poitrine. Il lui semblait voir les lumières de l'ambulance approcher de l'entrée du club.

– Tu t'es assoupi. J'ai eu peur.

Il avait besoin d'air, il se sentait prisonnier d'un vide glacial. Ils avaient coupé la musique ? Il n'entendait plus rien. Les lumières continuaient à tourner, mais de moins en moins vite. La musique. Pourquoi avaient-ils coupé la musique ? Il essaya de demander qu'on soulève la plaque de béton qui l'écrasait, aucun mot ne sortit. La douleur le fit loucher, puis, d'un seul coup, la pression se relâcha.

Lorsqu'il rouvrit les yeux, les gamins du club s'étaient rassemblés autour de lui. Ils souriaient, ne semblaient pas impressionnés le moins du monde par son corps, étendu sur le sol. Des garçons en tee-shirts Space Tribe s'agenouillèrent et le ramassèrent. Ils traversèrent la salle baignée d'une douce lumière bleue.

– Désolés, on n'avait pas vraiment compris ce qui se passait, Manuel, s'excusa l'un d'eux.

Ils le guidèrent en douceur vers une table sur laquelle ils avaient disposé un broc d'eau et quelques verres. C'étaient des membres du personnel du club ; comme les organisateurs étaient tous partis, ils pouvaient distribuer de l'eau à volonté.

Ils assirent Manuel. Il allait mieux. Il se sentait enfin capable de boire. Le problème venait de la poudre, elle lui avait provoqué une petite crise d'angoisse, rien de grave. Pourquoi prendre de la poudreuse quand on a de l'ecsta ? La coke est une drogue de solitaire par excellence. Elle enveloppe tout d'un orgueil de merde. C'est tellement... New York City.

– Tu nous as causé un peu d'inquiétude, dit Pete-E en lui tendant un verre. Mais tu as l'air d'aller mieux.

Il but l'eau d'une traite.

– Ne bois pas trop vite, le prévint-il en lui reprenant gentiment le verre pour le remplir à nouveau.

Le DJ mit de l'ambiant, et quelques gamins s'éloignèrent pour danser. Seulement, cette fois, ils ne fuyaient pas Manuel. Leurs corps se laissaient gentiment aller au gré des sons lénifiants. Tout cela semblait absolument naturel.

Ils ne l'abandonnaient pas, ils ne s'absentaient qu'un instant. Il se sentit fusionner avec la masse murmurante qui l'entourait tout en restant conscient d'être lui-même un observateur extérieur. Un reste d'ecsta, sans doute. Il repensa à un vieux documentaire montrant des moines tibétains, chantant et dansant sur un sommet enneigé de Chine, au rythme de gongs et d'instruments curieux qui émettaient de petits clicky-clacky chaque fois qu'ils les balançaient d'avant en arrière. Et Manuel sut où il allait.

Bess observait le corps de Manuel depuis un certain temps. Il n'était encore qu'un enfant, songeait-elle. La moue boudeuse de sa lèvre inférieure évoquait celle d'un bébé bouledogue grognant sa désapprobation. Mais le grognement qui résonnait à ses oreilles était glacial.

Les ambulanciers se frayèrent un chemin à travers les derniers clients et trouvèrent Manuel étendu sur le sol, Bess agenouillée à son côté. Ils le posèrent sur la civière, l'un d'eux tâta son pouls, et secoua la tête. Bess fit semblant de ne pas comprendre.

– Monsieur, demanda-t-elle à l'homme en blanc. Excusez-moi, monsieur, est-ce qu'il va bien ?

Les deux hommes baissèrent les yeux et continuèrent de sangler le corps inerte sur le drap impeccable.

– Manuel ! Je t'en prie, hurla-t-elle en les voyant emporter la civière.

Le DJ eut la présence d'esprit d'arrêter la musique le temps qu'ils fassent sortir le client défunt du club. Le cœur de Bess n'en résonna que plus fort.

Traduit de l'anglais par Aline Azoulay
Titre original : *The Snow that killed Manuel Jarrow*

Dean Cavanagh

Jungle altitude

La carte American Express Gold de Clément se révéla être une fausse. Il s'en était servi sous le nom de James Spader histoire d'impressionner ses clients. Mais il n'arrivait décidément pas à croire que sa licence d'alcool ait pu tomber à cause de ça. Ce que je peux personnellement comprendre, étant donné que j'ai moi-même fraudé pas mal de magasins dans le passé avec des fausses cartes de crédit.

J'ai payé mon billet pour Alicante et l'aller simple de Clément en lui disant qu'il devrait me rembourser. Il me remercia mais ajouta qu'il aurait pu comprendre si encore ça avait été sa putain de carte à lui. Je me demandais combien de temps ça allait lui prendre pour arrêter d'en parler. Il fallait faire quelque chose, et vite. Je le saisis par l'épaule et l'entraînai vers les chiottes de l'aéroport.

Il prit son petit air étonné en me voyant m'appuyer contre une porte dégueulasse. Que les choses soient claires. Pas d'embrouilles entre nous. Je voulais qu'il sache que si jamais il avait l'intention pour une raison X ou Y de me taper pendant tout le voyage, il ferait mieux de réfléchir avant de partir parce que pour moi c'était hors de question. Je lui rappelai qu'il m'avait donné la putain de carte de crédit. Ce qui était normal et équitable. Mais soit il venait avec moi jusqu'à Benidorm et je lui payais la bouffe, soit il restait ici et se démerdait avec les flics et tout le bordel... C'était à lui de décider. J'avais presque envie de lui braquer la bombe lacrymo devant la gueule pour lui montrer qui des deux menait la danse, mais ma conscience prit le dessus et je lâchai l'affaire. Il savait de toute façon que je ne plaisantais pas alors il avait intérêt à arrêter de me soûler avec ses conneries.

On avait deux heures à tuer avant d'embarquer alors on est allés au bar. Il était rempli de jeunes femelles qui sirotaient leurs brandies et leurs Babychams avant d'embarquer pour leur quinzaine de baise annuelle au soleil. On a stoppé net devant deux gonzesses de Staines. Je présentai Clément comme étant James Spader et moi-même son manager. Je commençai à me dire que Clément aurait mieux fait d'être le putain de sosie de Tom Cruise parce que aucune d'entre elles n'avait entendu parler de James Spader. J'offris une tournée à tout le monde et calmai le jeu en disant qu'on n'était pas vraiment James Spader et son manager – mais deux mannequins qui partaient en Espagne pour faire des photos. Ce qui fit exploser de rire ces deux salopes. La plus conne des deux me demanda si je posais pour des chaussettes, avant de s'en prendre à Clément ; à lui elle demanda s'il posait pour des machines de traitement en chimiothérapie, la grosse connasse. Ce qui ne fit pas réagir suffisamment Clément à mon goût, alors je l'attirai vers moi pour lui dire que je l'aurais lacérée au couteau si elle avait osé me comparer avec la victime d'un lanceur du Bengale. Ce pauvre imbécile n'avait apparemment pas entendu ce que je lui disais et continuait de rire avec ces deux grosses salopes.

J'en avais marre de toutes leurs blagues à la con alors je me levai pour aller m'installer au bar, et entreprendre de me déchirer la gueule dans les règles avec le meilleur gin qu'ils pourraient m'offrir. Y avait une sorte de dragueur avec un tee-shirt Man United et je ne pus faire autrement que de me foutre un peu de sa gueule. Il ne s'emballa même pas et une fois que j'en ai eu fini on s'est mis à discuter.

Le gin commençait à me sucer le cerveau et me faire

confondre un peu les verres. Le fan des Man U dut s'arracher pour attraper son vol pour Ibiza. Clément avait l'air d'accrocher sérieusement avec l'une des deux pétasses de Staines alors je décidai d'intervenir pour calmer leur jeu. Je veux dire, c'est moi qui menais les réjouissances jusqu'ici, et il était hors de question que je le laisse conclure le premier.

Je rejoignis en chancelant la table et entrepris de chambrer sa pétasse. Clément me dit de me calmer. La pétasse remit ça avec ses conneries sur l'esclavage. J'en ai eu assez, alors je lui proposai de sortir avec moi dehors. J'étais hyper-sérieux mais cette salope continuait à rire. Elle commençait carrément à me chauffer. C'était sûrement la combinaison du gin, du manque de sommeil et d'un sérieux déficit calorique, et sûrement aussi dû au fait que je n'avais pas fait une baise décente depuis des lustres, quoi qu'il en soit je sortis ma bombe lacrymo et lui aspergeai les yeux ; et à cause de ça ou du fait que j'avais pas vérifié avant et en plus je savais d'expérience que les armes chimiques se révélaient plutôt aléatoires au niveau du service rendu.

Elle hurlait comme une truie qu'on égorge. En tout cas je ne m'étais pas fait arnaquer. Clément recommençait à s'agiter alors je le traînai de force jusqu'à la sortie et cavalai comme un taré avec lui jusqu'au terminal. Par chance, il ne leur avait pas dit où on allait, comme ça les flics de l'aéroport pourraient bien se branler pour nous retrouver. Bon vieux Clément. Pour une fois il avait réussi à fermer sa gueule.

On a passé les contrôles sans qu'aucun connard nous fasse chier, mais je dois bien reconnaître qu'ils reluquaient Clément quelque chose de sympa. Cela dit il était une cible toute trouvée, avec son crâne d'œuf qui se remettait à saigner, rien de bien méchant mais suffisant pour se faire remarquer auprès des éblouissantes hôtesses de l'air, qui demandèrent si elles ne pouvaient pas faire quelque chose pour masquer ses coupures qui pourraient peut-être affoler les autres passagers. Elles installèrent Clément à l'avant de l'appareil, le salaud ! et soignèrent son crâne.

On a bouclé nos ceintures et on s'est enfoncés au fond de nos sièges. Mon attention était désormais tournée vers le chariot des boissons détaxées. Je remarquai qu'une bande de vieux blacks déballaient des genres de câbles et créaient une sorte de chantier à l'avant de l'appareil. Je priai pour que le vol ne prenne pas de retard. Sinon ces putains de Staines auraient une chance de nous serrer et je ne raffolais pas de l'idée de me faire coffrer pour attaque au gaz lacrymo.

Le timbre velouté et apaisant du commandant de bord jaillit des haut-parleurs et tout devint très cool. « Bienvenue sur le vol 10 h 20 de British Airways en partance pour Alicante... Au nom de mon copilote, de moi-même et de toute mon équipe je vous souhaite un agréable voyage. Nous atterrirons, si le temps le permet, à Alicante à approximativement 1 h 30 du matin, heure espagnole. La température à Alicante est d'environ 40 degrés... Nous volerons à environ 30 000 pieds. Nous survolerons la Manche et traverserons la France en passant par les Pyrénées... Puis nous descendrons directement sur l'Espagne et la Costa Blanca... Nos charmantes hôtesses seront à votre service pour vous proposer des rafraîchissements et des marchandises hors taxes : il y a Nicky, Jade, Belinda et Claire. Elles sont là pour vous assurer un vol agréable et n'hésitez pas à demander leur assistance en cas de besoin... Je vous rappelle qu'il est interdit de fumer durant le décollage et l'atterrissage... Nicky va à présent procéder pour vous à une simulation d'évacuation et de sauvetage... Et, ah oui... Vous avez peut-être remarqué que nous avons la chance d'avoir parmi nous les maîtres junglistes Kenny Ken, Fabio et Mickey Finn, qui sont en route pour le premier Festival Jungle en Espagne... En guise de faveur particulière je leur ai demandé s'ils accepteraient de nous donner une petite leçon de leur science... Nous nous sommes débrouillés pour installer leur équipement, mais nous ne sommes pas très sûrs que le système PA standard de la cabine sera tout à fait à la hauteur... Alors je vous demande une certaine indulgence envers la qualité sonore s'il s'agit de votre première expérience en matière de jungle... Pour ceux d'entre vous qui ne souhaitent pas partager les excursions drum'n'bass de Kenny, Fabio et Mickey, je vous suggère de passer les casques d'écoute prévus à cet effet... Mais, entre nous, je peux vous assurer que vous raterez une putain d'expérience si vous choisissez de vous brancher sur la musique d'ambiance... Je vous souhaite encore une fois de passer un vol agréable en notre compagnie et un très bon voyage en Espagne. Salut à tous. »

Il y avait beaucoup de grattements de tête et de murmures parmi les voyageurs. Les hôtesses de l'air étaient très demandées, en charge d'expliquer aux vieux croûtons ce que le capitaine avait bien pu vouloir dire. Les passagers plus jeunes étaient absolument ravis que le divertissement du vol soit assuré par des DJs junglistes. La jungle et le hardcore n'ont jamais été mes tasses de thé en matière de musique, mais je devais bien applaudir le commandant pour son esprit d'initiative.

Dès que nous atteignîmes une altitude de croisière, les DJs mirent la sauce. Kenny Ken s'empara de platines et commença à brasser les beats. Ils envoyèrent de sérieux breakbeats de subbasse. Clément était plutôt inculte en matière de jungle alors je dus le briefer brièvement. Mais il n'eut pas l'air plus éclairé après mon explication sommaire ; alors je lui dis d'aller se rasseoir et de profiter de la musique.

Les têtes des passagers les plus âgés étaient vraiment à prendre en photo. La plupart d'entre eux tiraient tellement la gueule que leurs mentons s'appuyaient presque contre les poils de leur poitrine. Je sentis qu'on ne tarderait pas à voir ces vieux croûtons aigris monter sur leurs grands chevaux. Les mecs et les nanas à l'avant rentraient, eux, carrément dans le trip. Ce jeune

Black Scally se leva et se mit à jouer les MC pour Kenny Ken et sa magie technique : « Kenny Ken aux Commandes et Un, et Deux... Super Massive Junglist Donne le Ton... S'coue la Drum'n'Bass, Kenny Ken !... Et Houp ! Allez !... Et Rewind Tout Ça, C'est Ça Que Vous Voulez, Qu'il Rewind Tout Ça ?... Alors Rewind Tout Ça Kenny Ken... »

Les hôtesses de l'air étaient déportées vers la gauche, la droite et le centre. Il y avait énormément de foyers de mécontentement dans cet avion. Les hôtesses faisaient de leur mieux. Elles se montraient très diplomates avec ceux qui se plaignaient le plus mais leur disaient que c'était le commandant qui avait eu l'idée de les faire « DJer » ici et qu'elles ne pouvaient pas y faire grand-chose hélas. Un couple de vieilles grues accusait sérieusement le coup. L'une des deux tomba dans les pommes et sa copine se mit à geindre. Un pleurnichard frisant la cinquantaine demanda à voir le commandant, deux jeunes nanas lui dirent de se casser de l'avion si ça lui plaisait pas... Ça devenait de plus en plus chaud, et putain j'adorais ça.

On entra dans une zone de turbulences et Kenny Ken perdit un peu l'équilibre. Le pleurnichard de la cinquantaine devenait complètement cinglé : « Maintenant est-ce qu'on pourrait avoir un peu de calme... Ces niaiseries irresponsables énervent les gens. Vous êtes complètement fous vous m'entendez ? Fous ! Nous exigeons de voir le commandant ! »

Kenny Ken remit le tempo et balança un pavé de breakbeat reggae-fused, disons, déterminant. Je n'étais pas sûr qu'il s'agissait d'un mix séminal « Israelites » de Desmond Dekker mais ça m'en avait tout l'air, je reconnus dans le refrain : « Pour que toutes les bouches soient bien nourries. »

Un gang de passagers contrariés se força un passage parmi les junglistes pour aller jusqu'au cockpit. Les hôtesses tentèrent bien de les arrêter mais c'était évidemment impossible... Quelques minutes plus tard ils regagnaient leurs sièges avec des expressions de terreur gravées sur leurs sales tronches. Le putain de commandant les avait raccompagnés en brandissant un cube de crack dans une main et une pipe dans l'autre. C'était vraisemblablement un accroc au crack et il ne laissait planer aucun doute sur son intention de laisser les DJs faire ce qu'ils voulaient. Il n'avait vraiment pas l'air frais et faisait même un petit peu peur. Aucun doute ne planait non plus dans l'esprit de chacun d'entre nous qu'il pourrait bien faire exploser la tête du prochain qui oserait encore se plaindre du divertissement de vol.

Même Fabio et Mickey Finn paraissaient un petit peu inquiets. Kenny Ken, lui, était trop occupé à débiter les galettes de dub pour remarquer quoi que ce soit. Le commandant arracha le micro des mains du MC de Liverpool : « Maintenant ouvrez grandes vos oreilles, sales connards ingrats. Moi je me suis bien pris la tête pour organiser ce show et tout. Les DJs ont accepté de le faire par pure gentillesse. Je crois que le minimum pour vous serait de donner une chance à la musique. O.K., je sais bien que la plupart d'entre vous ne s'attendaient pas à entendre de la vraie jungle sur ce vol, mais puis-je vous suggérer de saisir justement cette occasion pour goûter aux délices de cette nouvelle zique purement électrifiante... Alors ouvrez un peu vos esprits, putain de bordel de merde ! »

Après cette intervention plutôt éloquente, il rendit le micro au MC, alluma son Zippo et tira une bonne bouffée sur sa pipe... Inutile de dire qu'il n'y eut plus la moindre contestation par la suite. Kenny Ken conclut sa session par une version jungle décapante de *Ganja Smuggling* de Eek-A-Mouse, après quoi il jeta l'éponge et laissa les platines à Fabio qui balança de l'« Inna Ruff Tuff Drum'n'Bass Stylee ».

J'entendis une des hôtesses dire au couple mortifié assis derrière moi que le commandant avait eu pas mal de problèmes ces derniers temps, et qu'il avait envisagé de rendre sa licence de pilotage pour ouvrir un club de jungle à Stoke Newington.

Personnellement, je lui souhaitais bonne chance. Moi j'admire vraiment les gens qui savent exactement ce qu'ils veulent faire dans la vie. Les seules personnes à peu près fréquentables dans cette vie sont bien celles qui se foutent des conventions. Prendre des risques, créer, détruire, déranger les idées des gens – voilà l'esprit. Je me sentais en sécurité de savoir que le commandant était un fumeur de crack et un jungliste d'envergure. Vous savez à quoi vous en tenir au moins avec ce genre de personnes.

Clément et moi étions dans un état pas possible, à force de catalyser toutes ces vibrations. Je fis quelques tentatives de séduction auprès des hôtesses afin qu'elles nous initient au légendaire « Club du 7e ciel », mais elles ne se montrèrent pas très réceptives. La baise ne devait pas faire partie de leurs priorités du moment avec tous ces emmerdeurs qui dégueulaient en tremblant comme des chiens qui ont la merde au cul, et qui faisaient flipper tout le monde en s'administrant les derniers sacrements.

Le commandant fit une nouvelle apparition. Je savais qu'il ne me décevrait pas. Cette fois il avait retiré sa chemise, relevé sa casquette en arrière et transpirait comme un porc vietnamien complètement shooté. Fabio faisait tourner les platines et le commandant partait pour se la jouer totale défonce. Il jonglait avec son cube de crack ; délirait en faisant hi-han et beuglait dans tous les coins comme un cow-boy surexcité d'avoir cavalé toute une nuit au clair de lune. Les gars, la peur flottait dans l'atmosphère. C'est vraiment dommage que les zincs ne soient pas équipés en cas d'évacuation intestinale d'urgence – sinon on aurait pu se débrouiller comme ça.

Mickey Finn était le dernier à œuvrer sur les « rouages d'acier » (comme disaient certains DJs, connus pour avoir surnommé ainsi leurs platines Technics). Le commandant était tellement dans le vent qu'il forçait maintenant les passagers qui osaient encore se plaindre à tirer sur sa pipe de crack en collant ses doigts sur leurs tempes à la manière d'un revolver. Je n'avais jamais expérimenté de trop grosses défonces au crack mais j'estimai préférable de le supplier, dans son état, de garder une certaine distance entre nous deux.

Les junglistes, en tout cas, avaient l'air extrêmement nerveux. Je crois qu'ils ne se sentaient pas très bien de devoir servir la soupe au « one-man cabaret » du commandant, mais ils étaient embarqués dans la même galère que nous ; un seul geste inconsidéré et le capitaine de mutinerie nous faisait tous sombrer dans l'oubli.

Après avoir réussi à séduire deux vieilles mémés aux cheveux violacés sur les airs entraînants de Chinese Rocks, il prit le micro des mains de ce MC Master of Ill Communication : « Bon, Mesdames et Messieurs, nous allons amorcer notre descente sur Alicante dans approximativement (il mit près d'un quart d'heure pour voir l'heure qu'il était sur sa montre)... Oh ! Est-ce que c'est l... bon en tout cas on va pas tarder à atterrir. Heu... Je suis sûr que vous avez bien apprécié ce vol en notre compagnie... Nous espérons vous revoir prochainement de retour... J'aimerais qu'on assure maintenant la big ovation pour heu... Kenny Ken, Fabio et Mickey Finn. Allez, envoie la purée Alicante posse ! » Les passagers n'avaient pas vraiment le choix alors ils assurèrent la big ovation pour les DJs avec le commandant qui s'agitait comme un fou, son cube de crack à la main : « Et, au fait ! Un dernier truc... Vous êtes priés d'éteindre vos cigarettes pendant toute la durée de l'atterrissage. » Après cette ultime requête il disparut pour rejoindre son copilote aussi stressé que lui dans le cockpit.

A peine avions-nous mis pied à terre que nous étions accueillis par la police espagnole surarmée. J'espérai que le commandant viendrait foutre un peu sa merde, et se faire un ou deux pingouins avant de retourner l'arme contre lui pour accomplir enfin son baroud d'honneur. Mais il n'en fut rien. Il finit par me décevoir. Il se rendit lui-même aux autorités comme un gamin qui se fait prendre pour la première fois pour vol à l'étalage... Le pauvre mec méritait la chaise pour m'avoir bercé de l'illusion qu'il pouvait être un homme d'honneur.

Traduit de l'anglais par Céline Gazals
Titre original : *Mile High Meltdown*

Two Fingers

Souffle

Il faisait vraiment chaud à Londres – aussi chaud qu'à la pointe nord de l'Afrique – une chaleur qui plongeait la métropole dans une torpeur moite. Les classes laborieuses circulaient dans la ville en short, les manches de leurs chemises relevées, ravies de prendre le soleil, le mercure grimpant à 36, 37, voire 38 degrés. Les ambulances de St. John étaient en état d'alerte spéciale pour tous ceux qui venaient de banlieue, guettés par la déshydratation. Le métro londonien avait mis davantage de rames en service pendant les heures de pointe et loué des climatiseurs pour rafraîchir l'atmosphère sur les quais. Les gens tombaient de tous côtés comme des mouches. Déshydratations. Coups de soleil.

Puis le soleil s'éclipsait à l'horizon. La nuit tombait lentement, l'obscurité rafraîchissait l'atmosphère, soulageant de l'éclat aveuglant du soleil. Il existe une certaine quiétude dans la nuit. La chaleur est retenue prisonnière dans les recoins sinueux de la ville, mais l'air nocturne est doux et agréable, de tièdes brises caressent la peau, promesses de récompenses sexuelles.

Joe n'avait pas soufflé de toute la nuit. En fait, il avait passé toute sa vie sans souffler. Enfin, peut-être pas toute sa vie, mais sûrement une bonne partie. Il s'arrête un moment pour attendre Rush. Rush s'agite en marchant, gueulant après les bâtiments de bureaux vides qui longent la route.

– Allez tous vous faire foutre. Vous m'entendez, ouais, allez tous vous faire foutre...

Il se met à tourner dans un cercle étroit, bras tendus, la tête renversée en arrière, puis de plus en plus vite – son oreille interne le trompe, ses jambes ratent un pas, il trébuche en heurtant le mur qui s'incurve avant de revenir droit.

Il respire l'air de la nuit – c'est si facile ! Il se sent plus léger à chaque inspiration, maintenant qu'il s'est sorti de l'épaisseur humide qui régnait dans ce lieu. La forte odeur de l'herbe avait envahi l'atmosphère tandis qu'ils étaient tous les cinq assis à fumer des joints les uns après les autres, les yeux rougis et embrumés, tout en s'efforçant de tenir la discussion, jusqu'à ce qu'ils s'écroulent ensemble dans une tempête de fous rires. A cause de quoi, ils étaient incapables de se rappeler. Ils s'étaient fait mettre à la porte pour des conneries, peut-être. Maintenant, il n'était plus tout à fait sûr. Il avait de l'argent en poche et marchait comme s'il savait où il allait, mais va savoir ? Il saute en décollant du sol, déplie ses jambes fines comme des cannes. Il perd un peu l'équilibre, pas très sûr de lui, puis sur un ton de conspirateur :

– Qu'est-ce qu'on fait ?

Sa gorge est sèche.

– Trouver à manger, dit Joe.

– Pour quoi faire ?

– J'ai les crocs.

– Vraiment ?

– Ouais.

– Moi aussi.

Ils avancent plus loin. Joe a planté une cigarette dans sa bouche avant même d'y avoir pensé, fait claquer son index contre la pierre à briquet, la flamme illumine son visage. Il se penche doucement, comme dans un ralenti.

– Regarde encore celle-là, Jimmy.

Il se penche encore plus lentement, la flamme

épouse les contours de son visage comme si, avant qu'elle l'éclaire, il n'en avait pas, juste un masque plat, dépourvu de traits ou de la moindre expression. Il se penche lentement, un Polaroïd saisit le menton légèrement fendu et le regard orageux : traits profonds et ourlés, paupières baissées. Un battement cardiaque court sur sa tempe tandis que ses lèvres mordent doucement le filtre. Il ferme les yeux et laisse la fumée envahir ses poumons. Il y a deux manières d'inhaler la fumée : prendre une longue latte bien profonde ou bien tirer dessus et souffler.

En moyenne il faut sept minutes et demie pour fumer une cigarette. « Sept minutes et demie », songe-t-il. C'est suffisant, juste assez. Il tire une autre latte et suit Rush, l'épouvantail du *Magicien d'Oz*. En marchant, il se penche en arrière et fait des ronds de fumée, la bouche en forme de « O » tandis qu'ils flottent dans un ciel obscur. Il regarde ses ronds se disperser devant les étoiles. La Grande Ourse, la Petite Ourse, Sirius. C'est à peu près tout ce qu'il connaît, mais il ressent toujours une vague d'excitation quand il les repère la nuit dans le ciel. Il est arrivé au filtre, alors il le jette, puis accélère le pas pour rejoindre Rush qui s'est arrêté au bord de la route pour regarder les feux changer de couleur.

– Tu sais qu'ils font passer des messages subliminaux dans les feux de signalisation ? fait Rush.

– Depuis quand ?

– Depuis toujours. Ils les mettent pour nous faire avancer quand ils veulent et s'arrêter quand ils veulent. C'est Big Brother. Ils savent où t'es né, où t'habites, ce que t'aimes bouffer, combien tu gagnes. Ils peuvent te retrouver n'importe où.

– Qui ça ?

– Eux. Ils sont capables de tout...

– Mais c'est juste des feux à la con. Allez, viens.

Rush courbe les épaules quand Joe l'entraîne pour traverser la rue. Le bitume colle un peu en refroidissant après l'assaut du soleil. Joe renverse sa tête en arrière et hurle, en se rappelant le temps où il était loup-garou. Rush ne fait même pas attention à lui.

Le long des grandes avenues bordées d'immeubles on peut entendre un bruit sourd. Comme un lutin à la périphérie de votre champ de vision. Vous tournez la tête d'un côté ou de l'autre et il disparaît. Alors vous vous demandez si vous l'avez vraiment vu. Mais quand vous oubliez de regarder, il réapparaît. Un ange au-dessus de votre épaule, qui murmure des directions. Rush tourne la tête, puis s'immobilise complètement.

– T'entends ?

– Ouais !

– C'est d'la jungle ! Doit y avoir une boîte que'que part.

Il regarde Joe, un sourire sournois se dessine sur ses lèvres, gonfle ses joues, fait ressortir ses fossettes. Son imagination cavale à cent à l'heure.

– Allons-y ! dit-il.

– Chercher de la bouffe.

– Y en a à l'intérieur.

– T'as un peu de thunes sur toi ?

– M'emmerde pas !

– Alors moi je rentre pas là-bas.

– Allez. (Rush déteste supplier les gens.) Sois naturel, naturel... (Sa tête fait mine d'embrasser le monde entier.) Un peu de volonté. La bouffe peut attendre.

– Je rentre pas là-dedans si j'ai pas de thunes. Merde, j'ai horreur de voir tout le monde flamber autour de moi quand moi j'ai queud', fait Joe.

– On peut pécho à l'intérieur.

– Avec quoi ?

Rush sort une liasse de billets de la poche de son short.

– J'ai dit non.

– Ecoute, soit tu viens avec moi, ou alors je te défonce la tête, là, tout de suite.

– Tu veux me défoncer la tête ? C'est ça qu'tu veux ?

– Ouais j'vais t'défoncer le crâne, mais pour qui est-ce que tu t'prends, bordel ? J'vais t'défoncer le crâne tout d'suite. Petite gonzesse, tempête Rush.

– C'est qui que t'appelles gonzesse toi, mon petit trou préféré ?

– Je t'emmerde, râteau.

– M'appelle pas comme ça.

– Comment ? Râteau ?!

– Ecoute, moi je vais nulle part sans un rond.

Les mains de Rush s'agrippent aux poignets de Joe et il essaie de le tirer vers lui. Joe tente de se dégager, mais Rush est le plus fort. Il a toujours été le plus fort. La course dans les rues, le souffle jusqu'aux oreilles, incroyablement athlétiques pour des mecs qui passent le plus clair de leur temps à inhaler de la fumée. Les Air-Max aux pieds qui frappent le bitume pendant la course. Ils dérapent sur le capot d'une voiture garée, à la « Starsky et Hutch », la musique du générique dans les oreilles. Un saut dans le temps et ils cavalent le long des rues en veste de cuir cintrée, cravate en peau et pantalon à pattes d'éléphant, les dents blanches éclatantes. Ils s'arrêtent et font le Tire-boom, la Pomme de terre écrasée, la Mouche. Puis le Train fantôme passe entre eux et ils se tortillent, trépignent, les gens autour d'eux viennent les encourager encore plus.

– Tu viens, poulette !

– Tu l'auras cherché, p'tit gars !

– Ça va chauffer c'te nuit !

– Ooooooohhhhhhhhouuiiiiiiiiiiiiii !

Le temps refait un saut en avant et ils sont toujours en cavale à travers Londres, seulement ils vont plus lentement. La fumée les a harponnés. La musique est plus forte, comme des chevaux au galop en train d'escalader un canyon. Rush s'arrête et s'agenouille par terre, pose sa tête contre le bitume.

– J'ai toujours eu envie de faire ça, rigole-t-il.

Il pointe son doigt.

– C'est par là.
– T'es complètement cinglé.

C'est tout ce que Joe peut lâcher entre ses dents grinçantes, tout en tâchant de respirer et de rester debout en même temps. Ils se remettent en marche, reprennent un souffle normal. La sueur rafraîchit leur peau et rend leurs tee-shirts humides. Là, la musique se rapproche. Ils peuvent distinguer les tonalités de la ligne de basse. Même saisir des paroles en écho.

Tandis que Rush continue à avancer, Joe sort une cigarette, l'allume et tire une bouffée. « Inhale », pense-t-il. Probablement le plus beau mot du monde après « mouiller ». Inhaler. S'imbiber. Les mots tournent dans sa tête comme une danse de la pluie. Prononcés en rythme, il ferme les yeux et se les imagine. Il les forme avec ses lèvres tout en marchant, portant la cigarette à ses lèvres pour inhaler encore. Il les étire, jusqu'à réduire les mots en son pur. Il les invoque comme un magicien lors d'une incantation secrète. Il exhale la fumée une dernière fois avant d'ouvrir les yeux.

Ça s'appelle Incarnation. En tout cas, c'est ce que le videur avait dit. Mais faut-il croire les videurs ? Ils sont tellement prêts à vous foutre dehors qu'ils vous laissent entrer. Des corps de taille supérieure à la normale dans des vêtements trop étroits. Joe déteste les videurs – moins que de se retrouver dans une boîte sans une thune, mais presque autant. Il les déteste pour cette façon qu'ils ont de vous regarder vous et la nana qui vous accompagne, parce qu'à ce moment-là ils ont le pouvoir de vie ou de mort. Ils peuvent ou non vous laisser entrer. Quand votre vie est bâtie en fonction des week-ends, quand sortir représente tout pour vous, alors le videur c'est Dieu. Mais ça ne veut pas dire que vous devez l'aimer. Joe ne les a jamais aimés.

A l'intérieur il fait une chaleur d'enfer, même dans la salle de « détente ». La fraîcheur de la nuit laisse place à une arène fumante, saturée de condensation, de corps enchevêtrés et entassés dans un espace minuscule. Les spots vous éblouissent une fois sur deux, alors vous cherchez la pleine obscurité pour vous y réfugier. Joe vérifie l'argent dans sa poche tout en se dirigeant vers le bar. Un coup d'épaule par ici. Un coup de poitrine par là. La petite caresse d'un dos. Il parvient tant bien que mal à se glisser dans les minuscules interstices entre les corps. Il ne prend pas la peine de se retourner pour chercher Rush. Il sait qu'il le retrouvera plus tard.

L'air est alourdi par l'odeur de la sueur et celle du parfum aspergé à l'excès pour tenter de la dissimuler. Mais plus forte que toutes les autres, l'odeur de l'herbe. Joe ferme les yeux et laisse venir à lui les différents arômes. Son odorat peut distinguer au moins trois types d'herbe différents. C'est l'agonie d'être ici sans savoir où s'en procurer. Il pose la tête entre ses mains au-dessus du bar, et sent l'alcool lui coller aux coudes et imprégner les poils de ses bras.

Levant la tête, il cherche des yeux la lueur rougeâtre, la façon particulière d'inhaler la fumée. Ses yeux observent chaque groupe de personnes, les apathiques en pleine descente, ceux qui fument juste des cigarettes. *Là.* La petite chérie un peu écorchée dans le lycra blanc, qui rigole dans l'oreille de son amie. Sa copine est dans l'ombre, mais sa robe écarlate la rend bien visible. Elle tire longtemps, puis retient bien la fumée. Ses yeux décollent de ses lèvres plissées et ses joues se creusent tandis qu'elle inhale à nouveau, puis scanne l'espace autour d'elle.

Un groupe de blacks vient s'appuyer contre le mur, leurs têtes s'agitent, planquées dans des capuches accrochées à leurs vestes bouffantes. La lueur du spliff illumine une infime partie de leurs visages tandis qu'ils en font passer deux à la fois, tandis qu'un autre encore gratouille dans le creux de sa paume. Pendant ce temps, un Blanc et sa copine s'appuient contre le bar, bien partis pour en finir, tirent de longues bouffées, en étroite conversation. Leurs pupilles sont dilatées comme c'est pas permis et la montée commence à le faire, grâce aux médocs qu'ils ont pris – et ils s'en prennent plein la gueule en rab avec l'herbe.

Une bière atterrit dans la main de Joe, la bouteille rafraîchit sa paume. Il l'écluse rapidement. Il sait qu'il ne peut pas rester là. Trop d'herbe. Il cherche Rush des yeux et le voit penché sur une petite nana : recouvrant sa poitrine tout entière, ses hanches et son cul, le tout ramassé dans un haut échancré et un pantalon épais. Il taxe une clope comme un pauvre mec, la plante dans sa bouche, l'allume, inhale une bouffée puis se fraie un chemin pour s'éloigner du bar.

Il traverse la grande salle, recueille des bribes de conversation, hume l'air chargé de haschisch, le goûte sur sa langue. Il regarde les gens danser et s'agiter, par petits groupes. Les femmes qui restent entre elles en attendant qu'on vienne les aborder. Les mâles, les yeux pleins d'appétit, qui passent la langue sur leurs lèvres sèches en souriant. Les mèches qu'on dégage des yeux. Les articulations qu'on fait jouer doucement sur la courbure d'un bras. Une paume qui s'agrippe à une fesse. Il regarde tout cela avec des yeux fiévreux, les pupilles cerclées de rouge.

Une salle à côté envoie des signaux avec des lasers stroboscopiques, la chair brûlante, la techno à fond et les mains qui se lèvent en génuflexion. Il se glisse à l'intérieur, se faufile, tente d'exprimer quelque chose au milieu de cette parade de lumière aveuglante. Les pupilles élargies et dilatées qui se renversent, les sourires fendus de rose, les visages fatigués, les corps arrosés par des fontaines de liquide. Il n'a pas envie de rester, mais il ne peut s'empêcher d'être en extase. Il reste pour se faire arroser totalement, mais c'est purement artificiel, feint, chimique. Les sons sont caverneux, sonnent faux. Il est incapable d'accrocher sur la musique. Le pesant THUD THUD THUD THUD

THUD THUD THUD THUD le fait se sentir sale. Il va pour s'en aller.

– Tu te casses déjà ?

Joe regarde le visage animé et les yeux tout gonflés, gonflés d'avidité. Il s'écarte de lui, comme s'il allait le brûler.

– C'est génial, non ?

Le visage se détourne, les mains repoussent les gens sur leur passage. Joe reste immobile pendant une fraction de seconde avant d'avancer lentement.

Joe marche d'un pas chancelant dans l'obscurité de la grande salle. Ses yeux commencent à s'habituer à la différence de lumière mais le volume assourdit ses oreilles. Le MC s'excite dans le micro, balance son patois par-dessus les beats sans tenir compte du rythme. Un acrobate du son qui fait sans arrêt des sauts dans le temps. Sa voix, son ego, assurent la communion entre le DJ et le floor, tandis que la foule manifeste sa joie à travers lui. Il est le lien vital entre ceux qui dansent et écoutent et ceux qui créent et passent la musique.

Les yeux de Joe scannent les gens – les blacks. Il sent son cœur se soulever quand la musique monte. Les pics des accords résonnent dans son crâne. Sa tête se met à ballotter. Il s'enfonce de plus en plus dans la foule, se sent enveloppé par l'énergie et l'excitation. Il est conscient de toute l'herbe autour de lui, mais la musique prend le pas sur son désir.

D'immenses spirales sonores se déploient sur une basse subliminale. Il se retrouve devant un speaker gargantuesque (d'au moins deux mètres de haut) et sent la basse lui cogner le dos comme le ferait un poing. Son rythme cardiaque est maintenant réglé sur celui qui sort de l'ordinateur placé derrière lui. Il ferme les yeux et laisse les flashes de lumière se balader devant ses paupières baissées, des éclairs orange, ambrés, rouges, jaunes se promènent devant ses pupilles comme des pluies d'orage, des tornades, des bataillons de nuages. Il courbe les épaules, laisse glisser ses pieds, fait pareil dans l'autre sens. Il a le tempo. La ligne de basse assure la cohésion de l'ensemble.

Le MC semble prêt à exploser. « *Attends ! J'en peux plus, là ! Ça va trop vite ! Hey ! hey ! hey ! ! O mon Dieu, mon Dieu mon Dieu !!! Merde ! Oh ça le fait là, nous on sait que ça le fait, c'est clair. On speede trop la cadence.* »

Un roulement d'intro méchamment suivi par la basse. Les mains se lèvent, paumes ouvertes, des sifflets fendent l'air, puis viennent les cornes de brume.

« *Où est le Massive Eclair !* »

La seconde d'après, le floor est une masse grouillante de flammes, qui tremblent, vacillent, puis qui reprennent vigueur, tandis que les pouces viennent ponctuer la cadence. Joe observe cela tout en gardant le rythme et ressent un lien collectif, une « unité », même si des gens rebondissent contre lui, lui donnent des coups dans le dos, se couchent sous lui en essayant de passer de l'autre côté.

Devant le DJ, la malveillance lâche une bordée de chercheurs d'embrouilles. Ils ont envie de foutre le bordel, provoquent quelqu'un pour qu'on vienne se mesurer à eux. La basse les ramène au temps des tribus, à l'état sauvage. L'histoire de leur race les fait démarrer au quart de tour et ils deviennent vite incontrôlables.

Il regarde les filles : grandes, minces, petites, grosses. Elles dansent, le cul en l'air, les hanches qui ondulent, déchaînées et libres comme elles ne peuvent jamais l'être ailleurs. Vous pouvez regarder, mais pas touche. La fierté de leur regard, mêlée à la fierté de leur plaisir. Montrent leurs dents blanches.

Il voit un homme, nu, le corps luisant, lui faire signe de la main. Le haut-parleur sous ses pieds est solide, bien fixé, mais il tremble sous les impulsions de sa danse frénétique. Joe cligne des yeux, regarde derrière lui et le mec est toujours là. Toujours nu, toujours en train de lui faire signe. Il regarde ailleurs et baisse la tête, ferme les yeux et se concentre sur la musique.

Il suit la basse – régulière, rythmique. Il ressent toute sa force, et s'abandonne en elle, profondément. Au-dessus, les grosses percussions de staccato changent constamment de tempo, tissant des structures à l'intérieur de l'esprit. Le tout devient plus que la somme des parties. L'intro est un avant-goût fait pour vous exciter. Bien balancée sur ses hauts talons se profile la grosse caisse, méchamment intense et pleine de puissance. Et ce qui rassemble tout, c'est la ligne de basse – longue et fluide, ou alors hachée et brutale.

Balance des coups de batterie sur le rythme. Frappe de ses pieds nus, durs et calleux. Les corps déroulés en spirale, le teint sombre, la peau cuivrée, durcie par des siècles d'exposition au soleil. Les gorges sont à vif à force de cris d'exultation. Tout savoir est banni, ne demeurent que des sensations. Une conscience de la masse pesante qui vous submerge. L'âme est une dérive dans les racines de la mémoire.

Devant Joe *il* se tient. Son corps, luisant de sueur. La poitrine gonflée par l'afflux d'oxygène. Sa main se tend vers Joe. Les doigts longs et flexibles, leurs jointures capables de tourner dans tous les sens. L'homme sourit. Desserre le poing et dans sa paume il y a quelque chose de long et de blanc. La bouche de Joe est déjà sèche rien qu'en le voyant. Est-ce qu'il est en train de rêver ? Est-ce un mirage ? Il l'arrache brusquement de sa main et dans un halo de lumière l'homme et son sourire disparaissent, laissant juste le spliff dans la main de Joe. Il l'examine pour voir s'il est vrai. Renifle. Odeur puissante, enivrante. Il sent ses paupières s'alourdir, rien qu'avec l'odeur. *Rien qu'avec l'odeur*. Il sent une dilatation au-dessus de son crâne et un frisson lui secoue soudain la tête, puis descend dans le cou et dans les épaules. D'une violence qui lui coupe les jambes. Il sent un blocage dans sa gorge et un irrésistible besoin de sortir prendre l'air.

Joe est sorti de la salle, il essuie la sueur devant ses yeux, cherche Rush. Se dégageant du mur, il doit forcer sur ses jambes pour mettre un pied devant l'autre. A présent la musique ne le transporte plus vers d'autres plans d'existence. Son cerveau dilaté se contracte lentement. Il est frustré de ne pas arriver à se souvenir de ce qui s'est passé. Le long spliff dans sa main en est la seule relique.

Soudain, Rush est là, dressé devant lui comme un macchabée.

– Où t'étais passé ? demande-t-il.

– Où *toi* t'étais passé ? fait Joe.

– Je discutais avec Maxine. Tu te souviens, elle était dans la même école que Michael ?

– Elle a grandi depuis.

– Tu m'étonnes.

– Il faut qu'on y aille.

– Ça commence à peine. C'est seulement...

Il regarde à son poignet mais il n'y a plus de montre ; il hausse les épaules. Eh ben.

– Ils vont nous attendre.

– J'm'en fous, amuse-toi bien.

– T'as pécho un peu ?

– J'ai pas cherché, j'me suis défoncé sur la musique.

Joe tend sa paume ouverte sur le mystérieux spliff pour l'inspection de Rush.

– Depuis quand t'as appris à rouler tes joints, toi ?

Rush se marre.

La pensée traverse l'esprit de Joe : le dire ou ne pas le dire ? Il serait tellement plus simple de ne pas en parler, et il a déjà oublié ce qu'il aurait voulu dire, un souvenir embrumé comme ceux de l'enfance.

– Alors tu l'allumes ou quoi ?

La main de Joe se referme sur le spliff. Il cherche une cigarette dans sa poche, la fait sauter dans sa bouche et allume celle-ci à la place.

– Nan, j'vais attendre un peu.

Traduit de l'anglais par Céline Cazals
Titre original : *Puff*

Alex Garland

Regarde des deux côtés

Il y a à peu près vingt secondes, j'ai cligné des paupières, vu une fenêtre et derrière cette fenêtre, mon petit voisin d'à côté, Sammy. Sammy venait d'avoir cinq ans. Il se tenait de l'autre côté de la route et essayait de traverser. Je savais qu'il n'y avait pas de voitures qui passaient, sans avoir à regarder, parce que même à travers la vitre je les aurais entendues. J'ai grandi dans cette rue alors j'ai pris l'habitude de ce genre de choses. Mais Sammy, qui ne vit ici que depuis cinq ans, est beaucoup moins sûr de lui. Il regarda attentivement de chaque côté de la route, plutôt deux fois qu'une, et là seulement s'engagea pour traverser. Il avançait à pas mesurés, parce que petit comme ça, il risquait de perdre son équilibre, mais selon moi, il avait plutôt l'air d'un expert en explosifs miniature qui s'éloignait calmement d'une mèche allumée au lieu de courir.

Cinq ans. Et plein de bon sens. Encore huit ou neuf ans et le bon sens commencera à le déserter. Encore une douzaine d'années et ce sera la méchante chute libre, s'il devient un peu comme moi, ce qui est loin d'être impossible. A cinq ans, j'étais sûrement le genre de gamin à regarder des deux côtés avant de traverser.

Voilà comment ça s'est passé.

C'était une belle journée ensoleillée. Rien d'étonnant à ça. C'était sur une plage, alors s'il n'y avait pas eu de soleil on ne serait jamais venus ici. Donc, une journée ensoleillée, sur une plage, et j'étais assis avec d'autres gens dans un cercle. Au milieu se tenait le gourou de la plage, assis lui aussi.

Le gourou de la plage.

Approchant la quarantaine, ou la quarantaine bien entamée, vous ne pouviez qu'essayer de deviner parce que, ne fréquentant que la jeunesse, il n'osait pas trop aborder la question de son âge. Savoir encyclopédique des substances. Tempes dégarnies, champion pour ce qui était de les dissimuler, la version nineties du coup de peigne. Un certain talent pour deviner avec qui il pourrait coucher. Ou bien, en tant que gourou de plage, drap, étendu sur le sable.

A dix-sept ans et en pleine chute libre, je n'ai pas su prendre cet homme pour ce qu'il était. Alors j'ai écouté ses récits de voyages stupides. Je n'ai pas bronché en l'entendant dire : « Eh, respect » ou « Cool ». Je ne lui ai même pas foutu une claque quand il m'a dit : « Ne dis rien, regarde plutôt le coucher du soleil-man. Laisse-le te purifier. Lui il était là avant toi. »

En tout cas il avait fait vraiment beau ce jour-là, et on ne se lassait pas de contempler la nuit. La lune allait être pleine dans quarante-huit heures, ce qui voulait dire grosse teuf en perspective, et gros fêtards qui viendraient d'un peu partout pour en profiter. De milliers de kilomètres à la ronde. Point de départ : Goa ou Koh Phangan.

Ça voulait dire beaucoup de trucs à organiser, vous pouviez pas laisser tomber tous ces gens. Point nodal du centre du cercle de cette organisation, le gourou de la plage. Lui il aimait bien s'investir. Il avait besoin d'être le point de mire de toutes ces têtes blondes, qu'ils le regardent s'allonger sur le sable, qu'ils demandent : Où est-ce qu'on peut trouver ça ? Comment est-ce qu'on va faire ceci ou cela ? Le sound-system est pourri. Qu'est-ce qu'on va faire ?

Neuf fois sur dix, tout ce qu'il fallait faire c'était rester cool. Cool les mecs. Le générateur va marcher.

J'ai Phuoy qui s'en occupe. Le temps tiendra le coup. J'ai brûlé une offrande ce matin au Dieu de la mousson. Neuf fois sur dix, un éclair traverse ses yeux opiacés, il claque des doigts comme Tony Bennett, et il fait : « O.K., on va s'occuper de cet enculé. »

Substances, manque de. L'arrestation avait eu lieu la semaine dernière, une horde de mecs en uniforme vert, qui viennent éventrer les huttes sur toute la plage, soulever les sacs de couchage. Personne n'avait été surpris en train de dormir, parce que tout le monde savait qu'ils allaient se pointer. Le propriétaire du Zoom-Zoom Café nous avait prévenus une demi-heure avant. Une demi-heure, durant laquelle la nouvelle avait circulé. Pendant les quinze dernières minutes une panique collective, bizarrement euphorique, s'était emparée de certains qui s'étaient mis à courir partout, à balancer différents trucs dans la mer ou dans les bois, ou dans des fossés.

Après l'assaut, l'étendue des dégâts ne laissait personne indifférent. Les trucs dans les bois avaient été retrouvés. Les trucs jetés dans la mer avaient été perdus. Les trucs dans les trous étaient sains et secs, sauf que la plupart des gens étaient incapables de se rappeler où ils avaient creusé les trous. Du sable c'est du sable, mouillé par la rosée, séché par le soleil, balayé par le vent, foulé par différents pieds. Ce qui n'était pas vraiment pratique pour s'y retrouver.

Les jours suivants, la plage ressemblait à un vaste terrain de taupes. Et tous les idéaux hippies de partage n'avaient plus aucun sens. Ceux qui avaient fait des stocks, et ceux qui n'en avaient pas fait erraient tous comme des chacals affamés espérant trouver des restes du lion. Pire, on ne pouvait même pas se permettre d'en racheter. Comme les uniformes verts n'avaient rien trouvé et n'avaient pu procéder à la moindre arrestation, ils étaient carrément dégoûtés. Ce qui voulait dire que les dealers locaux préféraient se tenir tranquilles et les omelettes aux champignons hallucinogènes ne figuraient plus au menu du café. Même le chimiste islandais était devenu nerveux et préférait nous éviter. Il fallait pisser le sang pour avoir des médicaments pour le rhume, ou tomber dans le coma pour qu'il vous file du speed. La seule chose qu'il voulait bien nous donner, c'était du rohypmol. Ce qui n'était pas si mal, mais c'était ça ou rien d'autre.

Donc, c'était lui *cet enculé dont il fallait s'occuper*, et on était tous extrêmement inquiets à cause de ça. Notre fête de la pleine lune, ça allait être BYOE [1].

– Salut, fit le gourou de la plage, j'ai un contact.

Il laissa la bonne nouvelle flotter dans l'air avant de passer à la mauvaise.

– Ne vous en servez pas trop souvent. Hum, hum. Seulement quand vous ne pouvez pas faire autrement. Hum, hum.

Il s'accroupit et passa une main sur sa joue puis sur une grande partie fort lisse de son cuir chevelu.

– Je vais le contacter, là. Ce contact, je vais m'en servir tout de suite... avec... quelqu'un, là... Faut que je prenne quelqu'un avec moi... Sais pas qui ça va être... Je te tiens, tu me tiens...

On s'est tous regardés. Il faisait ça assez souvent. Une sorte de pouvoir qu'il avait, et qui nous foutait plus ou moins les boules. Qui d'entre nous allait être l'heureux ou l'heureuse gagnant(e) pour accompagner le gourou dans sa mission ?

– Qui ça va être ? Ça va être... Ça sera...

Eney meeny miny mo, catch a fella by his toe, if he hollers let him go, eney meeny miny...

Mo. C'était moi.

– O.K., murmura le gourou de la plage. Ce sera toi, mo.

– O.K., fis-je aussitôt. Qu'est-ce que je dois faire ?

1. BYOE : Bring Your Own E(cstasy). Apportez votre propre ecsta (habituellement BYO, pour parler d'une bouteille). *(N.d.T.)*

Il ne répondit pas à ma question. Son expression avait soudain changé, en quelque chose qui ressemblait à du dégoût ou de la colère.

« Merde, je me dis. Qu'est-ce que j'ai fait de mal ? »

– Euh, fit le gourou de la plage, je viens d'avaler une mouche.

Le contact était en ville, à environ une heure de route en camion de notre plage. Je devais payer pour le trajet en stop, naturellement, puisque le gourou détestait l'argent, à part celui des autres. Sur la route, bringuebalés à l'arrière de la camionnette, j'en appris un peu plus sur ce qui nous attendait.

– A chaque grande rafle, je me sers de ce contact. Tu veux savoir pourquoi ?

Je hochai la tête.

– Parce que après une arrestation, c'est le seul mec qu'a toujours de la came.

Je réfléchis un instant à ce qu'il venait de dire.

– Il est de la police ?

– Chef de.

Je haussai les sourcils.

– On va pécho chez le chef de la police ?

– Hum, hum.

Je ne savais pas quoi dire. Evidemment, maintenant je sais ce que j'aurais dû faire. J'aurais dû frapper à la vitre du conducteur et lui demander de s'arrêter. Je serais sorti de la camionnette et rentré chez moi. L'idée m'avait bien traversé l'esprit, mais en même temps j'imaginais trop les réactions des autres en rentrant là-bas. Alors je fermai ma gueule. Je regardais le paysage qui défilait dehors, les palmiers et les huttes orientales.

Arrivés en ville, on a quitté la camionnette pour continuer à pied à travers les rues. Ça, au moins, c'était cool. Moi je pensais qu'on irait directement au poste de police, ce qui, en dehors des sages convictions du gourou, aurait vraiment été bien au-delà de ma volonté.

J'étais mené, ne tardai-je pas à comprendre, vers le quartier des dockers. Pas là où les ferries arrivaient, mais là où les bateaux de pêche débarquaient leur marchandise. Et ça me semblait plutôt pas mal, ça aussi, car, naïf et innocent comme j'étais, je pensais que les docks étaient tout à fait le genre d'endroit pour réaliser ce genre de deal. Avec toute cette puanteur et cette confusion, tous ces gens partout qui criaient et qui circulaient à droite à gauche avec leurs cageots, c'était plutôt facile de passer inaperçu.

Donc, en arrivant enfin au bout du quai, j'étais relativement détendu. La garde baissée, trop occupé à jurer après le soleil, pas d'alarmes qui se déclenchent.

– Le fric, fit le gourou.

– Il est là.

– Sors-le.

Je sortis les billets de ma poche, pensant : Un autre point positif. Même si on se faisait choper, c'est lui qu'aurait le plus d'emmerdes.

Le gourou plia l'argent et le planqua sous la ceinture de son short.

– O.K. Maintenant, tu vois le mec là-bas ?

Il pointa son doigt vers un homme en train de lire un journal, assis un peu plus loin de l'autre côté de la route sur laquelle on se trouvait.

– Ouais. Vu.

– C'est le mec à qui tu veux parler.

– Oh... je fronçai les sourcils. C'est pas toi qu'étais censé parler avec lui ? Je veux dire, comme t'as l'air de déjà le connaître.

– Non. C'est toi qui vas aller lui parler.

– Vraiment ?

– Hum, hum.

– Bon... qu'est-ce que je dis ?

Je reçus une tape dans le dos.

– Bonne question. Tu t'approches de lui et tu lui dis : Je voudrais acheter de la drogue. Et c'est tout.

– De la drogue ?

– Ouais. Sois pas plus précis.

J'hésitai. Je n'arrivais pas à comprendre pourquoi je ne pouvais pas être plus précis, mais me contentai de lui faire confiance.

– Drogue. O.K. Et puis quoi ?

– Rien. Comme tu vois les marées monter et descendre, la Terre tourner, les choses se feront d'elles-mêmes.

– ... O.K.

Et on a traversé la route.

Je ne regardai ni à gauche ni à droite.

Si je l'avais fait, j'aurais sûrement remarqué les uniformes verts. Ils traînaient autour des dockers torses nus et de leurs caisses de maquereaux luisants. J'aurais dû les voir. Ils étaient si nombreux. Ils sont si vite arrivés.

– Je voudrais acheter de la drogue, dis-je, et tout ce que je sais c'est que l'instant d'après je baignais à plat ventre dans ma pisse, et dans une mare d'eau salée et de sang de poisson sur le front de mer.

Un souvenir aussi amer que le goût qu'il laissa dans ma bouche. De l'eau salée et du sang de poisson, il faut en faire l'expérience pour voir à quel point c'est dégueulasse. Et, de façon incroyable, c'est de s'en souvenir après qui est encore plus horrible.

Traîné de force, tentant de crier et de me débattre, jeté au fond d'une cale où je n'arrivais presque plus à respirer. Le chef de la police et le gourou, en super conversation tous les deux. La liasse de billets dans la main du gourou. Vu ça dans un tourbillon de visages, entrant et sortant de mon champ de vision, tournant sans arrêt. L'image qui se figeait sur le chef de la police qui glissait l'argent dans la poche arrière de son pantalon.

Tout le monde content, on peut bien le dire, sauf moi.

Police contente parce qu'elle a eu son arrestation.

Dealers contents parce que la police les laisse tranquilles.

Routards contents parce qu'ils ont leur fête de la pleine lune.

Gourou de la plage content parce que c'est un enculé sans conscience.

Sammy, Sammy. Il avait deux ans quand j'ai quitté l'Angleterre. Maintenant il en a cinq, et il est de l'autre côté du monde.

Mais je garde toujours un œil sur lui. J'observe chacun de ses gestes. Je le vois se lever le matin et se coucher le soir. Je le regarde grandir, et je vois ses progrès en lecture et en écriture. Il va entrer à l'école primaire très bientôt, où je sais qu'il se débrouillera très bien.

L'année dernière, je lui ai envoyé une carte pour Noël.

Amicale, la carte de Noël classique. Avec un arbre et des flocons de neige.

« Salut, comment vas-tu, j'espère que t'as eu des chouettes cadeaux. Des voitures, des vaisseaux spatiaux, plein de trucs. Et dis, est-ce que tu regardes des deux côtés avant de traverser la rue ? Comment va ton bon sens ? Fais-y bien attention, Sam ! Il commencera à te fuir quand t'auras treize ans ! Et à dix-sept ans ce sera la chute libre.

Je t'aime, etc. »

Vous pouviez pas savoir l'enfer que c'était pour trouver une carte de Noël dans un pays bouddhiste, puis de l'écrire tout seul au fond d'un bar. Et tout ça pour rien. Franchement, je ne pense pas que la carte soit jamais arrivée jusqu'à lui. Jusqu'à ses parents, ça c'est certain. La carte me fut retournée avec une note jointe par son père. Polie, mais suffisamment ferme.

« N'écrivez plus, s'il vous plaît. On s'en occupe très bien sans votre aide. »

(Ce qui voulait dire à mon avis qu'ils avaient aussi intercepté les autres lettres.)

Traduit de l'anglais par Céline Cazals
Titre original : *Blink and you miss it*

Matthew de Abaitua

Entre-deux

– T'arrête pas, fait Si.

Je suis projeté dans des lambeaux de cuir et de latex, et j'embrasse les entrailles en mousse sèche du siège. On penche tous à droite à gauche avec la conduite « Bullitt » de Job, la force centrifuge du virage me contracte les muscles, comme si on me plantait un pied entre les côtes – je peux voir les néons tournoyer devant mes yeux, ou le vent pousser un caddie à travers un parking, ou mon visage s'écraser dans le siège pour suffoquer dans ses molles entrailles.

– Il y a un autre croisement quelque part par ici, dit Job, une autre route – sors-nous de la ville, je pense en moi-même – vous savez c'est comme ce que j'ai dit à El avec elle blah blah blah, je lui ai dit je ne veux plus autre chose. Je veux que du sexe mais tu continues à me proposer d'autres trucs, t'vois c'que j'veux dire ?

Job se marre.

La caisse accélère vers l'endroit où les routes se croisent. A côté de moi, Si arrive enfin à ouvrir son paquet de Marlboro lights. J'en demande une, et il décide d'en allumer deux en même temps. Fixant le point entre les deux cigarettes plantées dans la bouche de Si – alors que je suis toujours perturbé par mon irrépressible consommation de cette salope de El dans le parking du club –, je vois ma bouche s'aplatir sur et entre ses jambes fines, blanches comme du lait. Une flamme de Zippo ondule. La voiture tourne brusquement et je me retrouve plaqué contre la vitre fermée.

– Tu sais quoi, je crois qu'ils ont foutu tous les panneaux en l'air, fait Job.

Un coup de volant sur la droite et la voiture s'élance à fond dans un mini-rond-point. J'arbore un de ces airs impassibles dont j'ai le secret et fais taire cette peur qui hurle dans ma tête. Quand c'est Job qui conduit, j'ai toujours plusieurs visages impassibles en réserve. Il n'a jamais été très doué pour la patience, ou pour ce qui était de prendre son temps. Job conduisait à cent quatre-vingts depuis le début, et j'avais beau lui faire fumer des oinj les uns après les autres – normalement chaque joint devait réduire sa vitesse de dix kilomètres/heure – aujourd'hui il n'y avait pas moyen de le calmer. De l'arrêter.

– Non mais combien de putains de routes y peut y avoir – encore une putain de sortie...

– Si, se plaint Nelson, on tourne en rond, s'il est malade il faut qu'il sorte.

– ... encore une autre route, qu'est-ce qu'y a d'écrit sur ces putains de panneaux ? Si, est-ce que t'arrives à lire, dis-moi ce qu'y a. Si ? Si ? Nelson ?

Nous tournons autour d'un parking de supermarché, et offrons aux caméras de sécurité des vues imprenables sur notre voiture. Genre, sous tous les angles. Un deuxième caddie se sépare des autres, puis un troisième qui traîne sa chaîne derrière lui comme une queue, puis encore un quatrième.

– Sacré vent, fais-je, plaqué contre la vitre.

Si montre du doigt les caddies qui s'enfuient – je vois des gosses qui s'entraident pour avancer, avec des airs méchamment concentrés – puis il murmure :

– Doucement, toutes les cages se font la malle.

Il se penche de l'autre côté, satisfait de son observation. Je n'arrive pas à descendre la vitre.

Le levier de vitesse anticipe les gestes de Job. Nos pieds battent la mesure derrière, y a rien à faire. Job parle quand il conduit, parle quand il s'arrête, conduit tout en parlant. *Push-start-go.* Il ponctue son discours de toute une série de risques. On dirait qu'il accélère sans arrêt depuis vingt minutes, et qu'il freine seulement quand il a envie de faire une sale embardée près des voitures qui sont garées, ou quand il voit des caddies se renverser sur la chaussée. La voiture rebondit dans une allée et passe entre deux bornes. On débouche en trombe dans une autre rue et là, on se prend un coup dans le rétro et c'est bien mérité. Job passe les vitesses comme on passe la main dans ses cheveux.

Je prends une cigarette de la bouche de Si, et c'est comme si on se partageait El à tous les deux. Une jambe chacun, comme on avait fait. Il a un problème de vue, il voit un peu flou. La façon dont il n'arrive pas à fixer son regard me fait penser à un bébé bêtement allongé dans son landau et incapable de voir plus loin que ses deux mains. Bien sûr, depuis ma naissance ma vue n'a jamais cessé de s'améliorer. Si seulement j'arrivais à descendre la vitre, je pourrais voir à des kilomètres.

Job poursuit une de ses observations, dont j'ai raté le début (et probablement aussi le milieu) :

– Certain, c'est les éclairages. Quand j'habitais à la campagne, j'avais eu un mal fou à m'habituer aux... éclairages de rues, tu vois, dès quatre heures de l'après-midi ça y est, t'as cette espèce de, heu, de lumière orangée, orange sale tu vois, t'as un éclairage ambré à la con qui recouvre tout, y compris la peau qui devient toute pâle, verte tu vois. Tu vois c'que j'veux dire ? La pâleur c'est une maladie, je crois que là je viens de mettre le doigt sur quelque chose, les mecs, un truc intéressant, qui change de votre blah blah blah habituel en tout cas. Vous voyez, à la campagne il se met à faire nuit très lentement, et vous pouvez voir la lumière du jour décliner, le jour qui tombe progressivement, alors qu'ici vous avez la même lumière du jour à partir de quatre heures de l'après-midi, et ça, ça vous fout en l'air.

J'arrive à récupérer ma place derrière le siège de

Job. Si est assis à ma gauche. Sur son visage une expression de surprise naît au milieu de l'angoisse. Je passe ma main sur la sienne, et ravive le bout incandescent de sa cigarette. Je te la rends, on se la passe de l'un à l'autre, ça ne me dérange plus maintenant.

Avec une seule bouffée, Si est dans un autre état, rentre son angoisse et ses idées tordues au fond de lui-même. Délibérément, par un mouvement méthodique de bifurcation du pouce et de l'index, Si hausse ses sourcils.

– Moi je suis d'accord avec Job. Là, je pensais aux oiseaux. Y a ces éclairages sur les docks qui sont tellement forts et les oiseaux chantent nuit et jour jusqu'à ce qu'ils crèvent d'une putain de névrose heu, orni heu, des oiseaux. C'est le manque de crépuscule, quoi. Ils mélangent le jour et la nuit, en fait.

Le crucifix de Job danse sous le lobe de son oreille au rythme des trous, des cassis et des dos-d'âne sur le macadam. Le temps passe et la route est toujours la même. Une même ligne continue, et je finis par oublier où on va, et même d'où on est partis.

– Où est-ce qu'on va ? fait Job. Est-ce que quelqu'un sait où on va ? C'est pas parce qu'y en a pas un d'entre vous qu'est capable de lire les panneaux que je vais pouvoir me repérer grâce aux étoiles. Putain, un cerveau pour trois là, si vous voyez c'que j'veux dire, Nelson ?

– Ouais, et toi tu cicatrises les blessures avec de l'encens, aussi... dis-je, histoire de le remettre à sa place après une allusion aussi peu délicate.

Lui, quand il commence avec ses allusions à la con, il faut tout de suite le calmer. Rien ne l'énerve plus au monde que les gens qui font plus attention au pourquoi du comment de son discours qu'au discours lui-même. Quand on lui coupait la parole, c'était que personne ne s'intéressait à ses prophéties, et une telle indifférence l'incitait à délirer encore plus. Personne n'arrivait à le calmer, on pouvait juste arriver à baisser le volume.

– T'arrête pas.

Si desserre le poing et crispe sa main comme s'il allait le griffer à la *Freddy IV*, et il ne se rend même pas compte que sa cigarette est en train de glisser entre ses doigts.

– Qu'est-ce qu'il a dit ?

– De pas t'arrêter. Je crois que ça lui fout les foies quand on s'arrête.

– Les quoi ?

– Les foies, les boules. Ça lui fout les boules, quoi. Il stresse.

– Dis à Si que je comprends ce qu'il peut ressentir et dis-lui que je comprends pourquoi mais qu'il doit aussi comprendre ce que je ressens.

– T'arrête pas.

– Il dit de pas t'arrêter.

– Tu te souviens des indications de El ? J'avais dit, j'avais dit de les noter et je t'avais dit à toi Nelson de les noter, alors où sont-elles ? Ou est-ce que je ne dois compter sur personne pendant tout ce trajet ? C'est ça, je devrais investir dans personne en fait, je paierais en plusieurs versements et peut-être qu'un jour j'en serais propriétaire, si j'arrive à payer toutes les traites, et qu'il sera à moi, personne, gros tas de merde, ça serait un concentré d'art contemporain, de couilles digitales avec une machine à branler noire très mate qu'arriverait jamais à me finir, tout ça dans une valise à main rouge, est-ce que c'est sur ça que je dois compter pour trouver mon chemin, ou est-ce que vous croyez qu'on devrait retomber dans le vieux cliché du plan ?

– J'avais dessiné le plan. Je l'avais mis dans la poche de ma veste. J'ai proposé à El d'aller dans le parking, où y avait plus de lumière, pour qu'elle nous dessine un plan du chemin. Et elle m'a dit : « Est-ce que t'as quelque chose pour s'appuyer ? » Je me suis agenouillé et je lui ai offert mon crâne rasé. « Nelson, toujours aussi gentleman », elle a dit, avant de prendre appui sur ma tête pour griffonner sur un bout de papier.

– Et, putain ? Et...

– Et j'ai laissé ma veste... là-bas. On devrait essayer d'aller la retrouver. Je l'ai laissée dans le club. Je voulais pas la dégueulasser. Elle m'a coûté mille balles c'te veste en cuir. Peut-être que je devrais y retourner pour essayer de la récupérer. El a tiré le col de ma veste pour me remonter un peu la tête, en m'étranglant la gorge avec les coutures. Elle était assez lourde, et elle avait du mal à prendre prise sur le cuir qu'arrêtait pas de glisser comme ça. Alors j'ai retiré le cuir, et redoublé mes efforts.

– Ah ouais, très intelligent, Nelson. Alors retournons dans ce putain de club, allons-y en disant heu, excusez-nous, mais on a oublié de prendre nos vestes tout à l'heure, on voudrait juste les récupérer. Ça prendra deux secondes. D'ailleurs est-ce que vous connaissez le chemin pour y aller ? J'veux dire, est-ce que vous avez un putain de plan ?

– Non.

Job est près de péter les plombs. Je réalise que quand il est pris dans l'émotion de la conduite, il est incapable de sentir le moment où ça le prend vraiment. Et il se réveille toujours en plein dedans. Je crois que si ça avait été lui qui s'était penché au-dessus de ma tête à la place de sa petite amie, qui m'avait tenu la veste, il ne s'en rappellerait même pas. C'est sa jalousie qui finirait par le réveiller d'un seul coup. En ce moment, il a tendance à oublier le pourquoi de certaines choses.

– T'arrête pas.

– Putain mais tu vas lui dire qu'il est pas question qu'on s'arrête de toute façon. Y a plein de trucs, là, auxquels je pense en ce moment, et m'arrêter en fait pas du tout partie.

Je me penche très près de Si, impressionné par la longueur de son visage. Un visage fait pour les lamentations. Un visage seulement capable des longues émotions.

– Comment vas-tu, Si ?

– Il va s'arrêter ?

– Non, il continue là.

– Très bien. Je vais très bien. Et toi ?

– Un peu le vertige, dis-je en crochetant mes bras autour de mes genoux. C'est sa façon de conduire qui me fout un peu les boules.

– C'est très important pour lui, de conduire comme ça.

– Qu'est-ce que vous racontez tous les deux ?

– Tu comprends, Job aime bien discuter tout en conduisant.

– Je crois que j'en ai ma claque des discussions.

– Tu veux que je m'arrête ?

– Je voudrais juste pisser, prendre un peu d'air frais.

M'enfuir avant que Job oublie de s'arrêter.

– Attends.

Job met ses clignotants, éteint ses codes, rallume ses codes, ses feux de croisement – tout ça avant de trouver enfin la fonction qui met en marche les essuie-glaces. Les gouttes de pluie sont méthodiquement balayées sur le pare-brise, la voiture éponge la sueur sur son front. Tandis que Job retire sa main de la branche en question, je m'aperçois qu'il tremble. La voiture prend un autre virage et ma tête vient mordre dans le bouillon de culture des cuisses de Si. Je mords l'intérieur de mes joues par protection, me servant des incisives pour saisir une portion de chair, puis mords dedans avec les molaires.

Une fois, dans un état d'esprit très proche de celui-ci, j'avais besoin de m'assurer de mon invulnérabilité, alors j'avais pris une aiguille à tricoter et l'avais enfoncée dans mon palais. Si m'avait arrêté avant que je n'atteigne la gorge. Au club, la mortalité n'était pas vraiment une préoccupation, surtout quand elle faisait obstacle au plaisir. Mais les plaisirs hâtifs, comme les préservatifs d'ailleurs, vous donnent parfois des regrets. Se poser là, dans le giron de Si, est d'un certain confort. Pour moi, en tout cas.

– En fait, je crois qu'on est déjà venus par ici, dit Job.

– Quand ?

Je tourne la tête pour faire un tour de manège des marchands de kebabs, des buvettes turques, des épiceries indiennes et des garages ouverts toute la nuit. C'est partout pareil. La moindre tentative de circuler était contrariée par la retraite aux flambeaux qui envahissait toutes les rues.

– On devrait aller à gauche, toujours à gauche. Comme les criminels.

– Dois-je prendre cela comme une direction officielle, Si ? Parce que, bien que j'aie l'air du mec au plan, je reçois des petits messages des ondes de l'éther qui me disent qu'on va vers nulle part, en fait. En tout cas, pas du tout vers chez El.

Je panique légèrement, puis rétorque :

– On ne va pas chez El. On va chez Danny pour se laver.

– Depuis quand est-ce qu'on va chez Danny maintenant ? demande Job, oubliant le sang dans ses cheveux et le sperme sur son tee-shirt.

– Je croyais qu'on allait dans les landes. (Mélancolique, Si avait des envies d'idylles pastorales, il avait une passion pour l'herbe et pour les grands espaces, mais n'arrivait jamais à réaliser son rêve.) Je croyais qu'on allait fuir la ville, fendre l'air comme une flèche.

Déjà une croûte se formait sur le front de Job, ses cheveux s'entrelaçaient dans sa blessure, masquant ses éraflures.

– Je veux dire, t'arrête pas.

– Mais on va nulle part là, enfin j'veux dire – est-ce que vous voulez que je roule comme ça jusqu'à ce que la voiture tombe en miettes, ou en panne, ou que Nelson dégueule, avec toujours la même cassette de techno qui passe en boucle, les mêmes routes ?... Doux Jésus est-ce que vous allez vous décider à me lire ce qu'il y a d'écrit sur les panneaux ? Vous savez bien que je les vois tout flous pendant que je conduis. Ça, c'était un sens unique ? Ça y est, je l'ai loupé. En tout cas est-ce qu'on va tourner en rond comme ça jusqu'à la mort, ou l'un d'entre vous va enfin se décider à faire marcher son cerveau, au lieu de rester assis comme ça comme des branleurs, à comater là comme d'habitude ? C'est comme c'que j'disais à El, vous votre conversation c'est comme la techno, toujours la même chose répétée dix milliards de fois avec juste un coup de speed de temps en temps et je comprendrais jamais le but de votre délire. Hein, est-ce que vous m'entendez ? Pasque là c'est pas vos potins habituels, vos blah blah blah, là hein... Là on parle pas pour ne rien dire.

– On passe toute sa vie à parler pour ne rien dire.

Je vois bien la technique « je tourne autour du pot » et attends que Job passe en zone rurale pour le voir se détendre un peu. Mais il la traverse à fond la caisse, dérapant dans le dernier virage. Il accélère encore arrivé au sommet de la côte. Alors que je me disais qu'il avait déjà poussé la caisse à fond.

Job fait moitié ma taille, ses bras me font penser à des os d'ailes d'oiseaux. Il plonge la tête dans l'autoradio pour trafiquer les boutons, en maintenant le volant avec ses genoux. Une fois que la cassette est finie, on peut entendre les gémissements de la suspension, les douleurs du moteur. Il a l'air d'avoir oublié ses mains, qu'il laisse pendre entre le volant et l'autoradio. Il souffre de tremblements nerveux. Je n'ai pas vu de tels tremblements depuis Stanley le Comptable et son célèbre delirium tremens. Quand je travaillais comme barman, Stanley avait un certain talent pour mettre le montant exact de son double scotch dans le creux de ma main. Il tenait cette précision d'une longue carrière dans la finance. Mais comme il avait vraiment le delirium tremens, il avait l'habitude de me déchirer la paume. J'ai envie de leur raconter cette histoire mais je n'arrive pas à rassembler mes pensées.

Un nouveau phare vient scanner l'intérieur de la voiture, dévoilant toute notre vie privée. Grâce au flot de lumière, je vois que Job ne transpire pas : il se liquéfie. Je veux l'essuyer, faire quelque chose pour lui avant tout ce que je m'apprête à lui prendre.

– Job ?

Son prénom est tout ce que je suis capable de dire.

– Si tu parles encore d'arrêter la voiture, Nelson, je jure que je te fais passer à travers la vitrine d'une boutique.

Le sperme a séché sur son tee-shirt. Il quitte la route des yeux pour le gratter, d'abord stupéfait. Le souvenir de ce qu'il a fait nous revient par bribes en mémoire, la mienne comme la sienne. Je ne veux pas que ce souvenir vienne le troubler pendant qu'il conduit à cent quatre-vingts à l'heure à travers la ville.

– Est-ce qu'on ne pourrait pas au moins tourner un peu ? Comme ça tu pourrais te reposer.

– Non. Aucun d'entre vous n'est en état de conduire, et si on doit arriver à aller quelque part ce sera grâce à moi, grâce à mon système personnel. C'est comme Blake, tu connais Blake : « Je dois créer mon propre système ou bien être l'esclave de celui d'un autre », et comme le code et les feux de circulation et toutes ces interdictions qui jalonnent la route c'est leur putain de système à eux, alors je dois avoir mon propre antisystème de conduite et crois-moi je préfère me foutre en l'air que de me soumettre au leur – j'veux dire c'est complètement pernicieux, ce code de la route, c'est du conformisme subliminal. La seule voie souhaitable pour nous est de créer notre propre antisystème. Commence par lire la théorie du chaos, Nelson, et après tu reviendras me dire si t'es pas d'accord avec ma façon de conduire.

Je me rabats au fond de la banquette et ronge mes cuticules tandis que les night-clubs se découvrent, scènes de masses qui font comme des taches, l'image d'un chauffeur de taxi qui agite son poing et l'écho lancinant des klaxons en furie. Si a baissé la vitre et passé sa tête dehors.

– Tu prends l'air frais ? je lui demande, réalisant que c'est mon tour de manifester de l'inquiétude.

Je n'entends pas sa réponse. Elle est emportée par le vent. Puis je réalise que ce n'était pas une réponse, mais une bribe de dialogue. Si parle à quelqu'un par la fenêtre. Une douzaine de scénarios catastrophe me passent par la tête. J'ai dû avoir une absence, je n'ai pas vu qu'on s'était arrêtés. Si se penche encore plus par la fenêtre, hoche la tête à une remarque. On a l'air de le questionner.

– Quand s'est-on arrêtés ? je fais, l'air ahuri.

Cette remarque entraîne une certaine panique à l'avant, Job se met à s'agiter nerveusement comme un oiseau en cage. Il fout un coup de poing dans son tableau de bord. Un bruit sourd, la paroi cède sous son coup sans émettre un son. Si hoche la tête à l'adresse de son interlocuteur. Il passe sa main par la fenêtre pour s'aider dans ses explications.

– Est-ce que j'ai manqué quelque chose ? Quand est-ce qu'on s'est arrêtés ?

Avec une prudence extrême, Si repasse à l'intérieur de la voiture, tourne la tête vers moi et dit :

– T'arrête pas, pas maintenant.

Puis, après s'être excusé auprès de celui à qui il parlait dehors, il résume sa conversation. Mais je n'arrive pas à entendre un mot de tout ce qu'il dit.

Job se transforme en un banc glissant de vitriol et de questions improbables.

– Mais vous êtes dingues ou quoi ? Vous voyez pas le paysage qui défile mais putain à quoi vous jouez, là ? A me demander quand je me suis arrêté... Bon Dieu, je n'en crois pas mes yeux, mais regardez les rues dehors. Vous voyez pas que ça bouge ? On n'est pas en train d'aller quelque part ? Est-ce qu'on a l'air d'être en stationnement là, bordel ? Enfin lequel de vous deux est capable de me dire à quelle vitesse on roule, le compteur tourne pour rien ou merde ? Je me coupe la main, je me coupe la tête. Je dois ne conduire qu'avec une seule main parce que le compteur ne colle pas la route, et vous me dites qu'on s'est arrêtés et tout et, merde, j'ai failli nous foutre en l'air ! Bon Dieu, vous êtes en train de me rendre dingue ! Si vous tenez à rester en vie alors il ne faut plus jamais se taper des trajets comme ça, bordel. Approche, Nelson.

Il fait froid, les vents qui se déchaînent près de la banquette de Si me donnent de grosses sueurs froides nauséeuses. Me pencher en avant me cause une pression abdominale abominable. Je me cramponne aux épaules de Job, bon ange que je suis.

– Est-ce qu'on a l'air de s'être arrêtés ? fait Job, sa question est incertaine.

– Non, les maisons bougent, c'est clair. Où on est ? Ça a l'air d'être un quartier résidentiel.

– Va te faire foutre alors, hurle Si par la fenêtre.

Il remonte la vitre et s'assoit bien sagement dans le coin. Il a ce voile d'affectation, comme s'il venait d'avoir une querelle amoureuse devant tout le monde. La contrainte ne s'est pas fait beaucoup sentir de toute la soirée ; la conscience, elle, fut jetée sur un écueil en laissant, à sa place, un lot d'impulsions incompréhensibles et d'hallucinations. Si est battu, clairement stupéfait par tout ce qui a pu lui arriver depuis qu'il a sorti la tête par la fenêtre. Aucun motif particulier ne précède chacune de nos actions, et ce soir nous n'en avons pris connaissance qu'après qu'elles ont commencé.

Je n'ai pas oublié la vision de ces danses éperdues contre le mur du club, chaque gesticulation en rythme qui fouettait son sang, son front, et sans comprendre sa douleur, la déperdition qui l'obligeait à se frapper systématiquement contre la brique. J'avais pris suffisamment le temps de réfléchir pour concevoir une image de l'autodestruction éperdue : « Ah oui, c'est comme le chien qui mord dans sa blessure, comme si la douleur était un ennemi à abattre », puis je l'avais laissé à sa folie. Je n'ai pas oublié quand ma tête avait roulé contre les carreaux blancs de l'urinoir, quand sa froide amertume s'était abattue sur mon front. Je n'ai pas oublié d'avoir réalisé – lorsque j'avais relevé le front du carreau – que le danseur égaré qui se projetait contre le mur n'était autre que Job.

Au début, je crus que l'un d'entre eux m'avait frappé ; c'est seulement quand je fus frappé pour la deuxième fois que je réalisai que les coups venaient d'en dessous. Il y avait quelque chose sous la voiture, de sûrement volumineux et de capable de l'endommager. Et dans la voiture, c'était une perte de self-control générale – plein de cris et de questions qui dégénéraient en une grosse vague de panique. Je me souviens de la voiture qui monta soudain sur le trottoir. Je me souviens du chien heurté et des rires qui fusèrent en voyant son embardée ridicule sur la pelouse, les quatre fers en l'air.

Je risque un œil sur la chaussée – redoutant de voir dans quel état était maintenant ce truc qui s'était accroché sous la voiture.

– C'était des bruits de secousses dues à la vitesse, en fait.

Je suis ravi de proposer cette solution-là au reste du groupe.

– Mais qu'est-ce que tu croyais que c'était, bordel ? Evidemment que c'était ça. Dieu merci tu es là pour nous expliquer ce qui nous saute aux yeux toutes les trois minutes et demie.

– On a aussi heurté un chien, je dis, un peu vexé par la remarque de Job.

– Ah bon ? Moi je croyais qu'il avait volé par-dessus la voiture.

– On a heurté un chien ?

Si n'est pas très flegmatique à propos du chien. J'essaie de croiser son regard. Ce n'est pas très difficile de se concentrer sur ses pupilles, qui sont de véritables cibles.

– On devrait s'arrêter, fait Si. On devrait s'arrêter pour voir s'il est toujours vivant.

Ni Job ni moi ne prenons la peine de lui répondre. Je distribue des clopes, ils me remercient en gardant le silence pendant qu'ils tirent dessus. Les panneaux deviennent de plus en plus gros, et plus bleus aussi.

– On ne doit pas être loin de l'autoroute. On devrait rejoindre une autoroute.

Plus on s'éloigne de El, mieux on se porte. Je ne veux pas qu'elle et Job se battent et après avoir à gérer leur besoin d'affection, de consolation.

– On est loin, là, de la bretelle d'autoroute ?

– Nelson ?

Je me suis rabattu au fond de la banquette, privant mon corps de l'ultime tentative de se purger. Je leur demande une petite minute.

– On ne va pas vers l'autoroute – on doit sortir quelque part par là. Comme elle m'avait dit, El m'avait dit : « Job, tu dois te mettre dans la tête que tu es filmé sur toutes les voies rapides, et tu dois éviter les centres commerciaux parce que c'est là qu'ils sont aussi, et tu dois éviter tes petites ruses classiques alors va pas échouer au fond d'un pub, et tes autoroutes – tu vois les autoroutes, c'est le meilleur champ d'observation, c'est bourré de radars. » Je te préviens, El est obsédée par la surveillance. Je crois que déjouer la surveillance est plutôt facile, il faut pas chercher à se cacher, c'est tout. C'est quand tu te caches que tu te fais remarquer à tous les coups.

Si rigole, oublie ces cinq dernières minutes.

– Ouais, ça les attire. Si toi tu cherches à pas les voir, eux ils voient que toi.

Si me regarde, et je regarde ailleurs. Il rigole comme si ça prouvait bien sa théorie.

– Qu'est-ce que tu veux dire par là ?

Job se remet à conduire avec ses genoux, fait mine

de danser, agite ses deux mains libres, jette son mégot par la fenêtre. On s'enfonce dans l'ambiance claustrophobique d'un tunnel. Je répète ma question :

– Qu'est-ce que tu veux dire par là ?

– Quoi, qu'est-ce que je veux dire par là ?

– Tu veux dire qu'on roule vite pour éviter d'attirer l'attention ?

Nos yeux se croisent dans le rétroviseur. Je regarde sa grimace en guise de réponse, la façon qu'il a de contracter les muscles de son visage pour exprimer sa satisfaction vis-à-vis de mon ignorance de l'anti-système.

– On roule très vite pour pas se faire attraper, mais – cher Nelson, pauvre cher Nelson – on roule vite dans les endroits où on est sûrs de pas se faire repérer. Est-ce que tu comprends ça, ou est-ce qu'il faut que je m'arrête pour te faire un dessin ?

Je garde le silence pendant un moment ; déprimé parce que je voudrais être à pied, contrôler la situation, ne pas me faire remarquer. J'ai envie de dire que c'est un désastre, qu'on roule droit au désastre, autant qu'on s'en éloigne. Job me dévisage dans le rétro.

– T'as déjà nourri des oiseaux ? fait Si.

Ni Job ni moi ne répondons, présumant que c'est encore un extrait d'un de ses dialogues imaginaires.

– Je dis est-ce que t'as déjà nourri des oiseaux ?

– Oui, je fais.

Job cesse de regarder dans le rétro. Le tunnel débouche sur une pente abrupte qui fait rugir le moteur ; la rivière n'est visible derrière nous que par l'absence d'éclairages urbains et de maisons, le bassin fait comme un trou dans la ville.

– Quand tu nourris des oiseaux, t'as déjà remarqué que tu es assis sur un banc, y a aucun oiseau autour de toi, tu manges un sandwich ou quelque chose, et si t'en jettes un morceau par terre, là les oiseaux vont aussitôt rappliquer pour le manger. Tu vois ? Tu vois ce que je veux dire ? Donc ça veut dire que les oiseaux vont braquer les yeux sur toi tout le temps que tu vas manger. Ça, c'est de la surveillance à l'état pur.

Si doit ravaler la salive aux coins de ses lèvres, comme s'il goûtait la saveur de son observation. Je laisse ma tête rouler contre le dossier de la banquette, ma main gauche tirant sur la manche de Si. Il se penche contre mon visage, son haleine est pourrie et métallique, voire rouillée.

– Qu'est-ce que tu dis ?

Chaque fois qu'il parlait d'observation, il me jetait ce regard conspirateur, et dans mon état d'esprit actuel mes soupçons étaient particulièrement susceptibles d'être éveillés.

– Je dis que tu ne sais pas toujours quand les oiseaux sont en train de t'observer. Quand ils peuvent te surprendre.

Il faut que je sépare Si de Job, je dois m'assurer que Si – avec tout son savoir et son abrutissement – ne dit rien à Job à propos d'El. Je lui murmure :

– Est-ce que tu veux qu'on continue à pied ?

Cette suggestion s'imprime lentement sur son visage, y grave une expression, un poids posé sur une étoffe défraîchie.

– Il n'a pas fini. Ne t'arrête pas, souviens-toi. N'était-ce pas ce qu'elle t'avait dit : ne t'arrête pas ?

– On pourrait... on pourrait se cacher dans un parc.

– Pourquoi veux-tu te cacher, Nelson ? C'est comme ce que disait Job : tu cherches à cacher quelque chose et tout le monde le voit. On s'amuse bien, nous.

Le verrouillage centralisé se déclenche, les nodules s'enfoncent dans chaque portière, désormais hors d'atteinte.

– Qu'est-ce que vous dites ?

Job emballe son moteur, qui atteint une sorte de pic, il nous questionne à quatre mille tours la minute.

– On parle des oiseaux, je réponds, incapable de remuer la tête si jamais les virages à venir font partir mon estomac en vrille.

– Tu vas t'envoler, c'est ça que t'es en train de dire, bordel ? T'as eu ce que tu voulais de Job, c'est ça, tu crois que personne t'avait repéré, c'est ça, tu crois que t'étais invisible, que personne t'a vu, tu crois que si tu fermes les yeux le monde va disparaître et que toi tu pourras te cacher derrière tes paupières, c'est ça ? Est-ce que c'est ça ?

– On était juste en train de parler d'oiseaux.

– Et qu'est-ce que vous disiez exactement à propos des oiseaux ?

– Je me souvenais d'avoir lu quelque chose qui disait qu'ils pouvaient être des espions.

– Nelson a envie de marcher, fait Si. Il veut qu'on s'arrête.

Un lotissement s'étend au bas de la pente, éclairé çà et là par des lampes halogènes. Job fait une embardée dans la zone habitée sans décélérer. La voiture dérape sur le bas-côté et se met à vibrer. Le flash de la caméra automatique se déclenche, commence à filmer nos visages. La lumière reste sur Si qui lui décoche un regard de travers. Job déverrouille les portières.

– Sortez si vous voulez. Sortez maintenant, et on n'en parle plus. Mais si vous voulez rester, alors vous devez me raconter tout ça (il redresse ses cheveux en arrière, découvrant son front ensanglanté)... et vous ferez bien de me l'expliquer (il tire sur son tee-shirt, agrandissant ses taches)... et si jamais ce que vous me dites me plaît alors je ne rentrerai peut-être pas dans le prochain mur.

Job a envie de tout foutre en l'air, alors qu'il est déjà lui-même extrêmement vulnérable ; il s'imaginait que ses pamphlets pouvaient détruire le monde, s'il avait assez d'argent pour les photocopier ; il croyait en l'action directe, et rien n'était plus direct comme action que de battre quiconque se vantant de son adhésion au capitalisme ; maintenant il croit simplement en quelque chose qu'il fut dans le passé.

– T'as encore agressé quelqu'un. C'était drôle, en

tout cas. Ce type qui venait toujours dans la salle de détente en s'astiquant la queue, qui se tordait par terre en se branlant, il était incapable de s'arrêter. Tu te rappelles ?

Joe acquiesce en clignant des yeux dans le rétro. Petit à petit, je me confesse.

– Et t'as essayé de le jeter dehors, et il t'est rentré dedans.

Job cligne des yeux à nouveau. Je néglige l'importance de ce détail particulièrement insignifiant de la soirée. Il avait raison ; si vous voulez cacher quelque chose, montrez-le au grand jour – et priez pour que l'explication que vous en faites autour garde tout son mystère. Job l'a dit lui-même, bien que je ne tire aucun plaisir à faire de lui la victime de sa propre perspicacité.

– Et tu te mets à l'éclater, comme je ne t'avais pas vu le faire depuis un sacré bout de temps. Depuis que Kev avait explosé la tête de ces bâtards devant le Burger King, en fait. Pas qu'il le méritait pas, non, c'est pas ce que je veux dire. Mais El n'arrêtait pas de te dire d'arrêter, ça lui foutait trop les boules, alors je l'ai emmenée avec moi dehors et je l'ai mise dans un taxi. C'est tout, rien de plus. J'veux dire, ouais nous il vaut mieux qu'on s'esquive si tu commences à le frapper. Ça avait l'air assez méchant. Finalement je crois que t'as franchi la limite entre le délit insignifiant et le crime sérieux. Mais c'est comme ça, ça sera un business comme un autre d'ici quelque temps. Tiens-toi juste tranquille pendant un moment.

Je porte bien mon sourire, il passe très bien entre Job et moi. Avec un être très vulnérable, un sourire rassurant ça marche à tous les coups. Vous pouvez lui faire confiance pour ce qui est d'arrêter à mi-chemin les révélations.

On s'arrête à l'Happy Eater juste au moment où l'aurore donne naissance à la lumière encore bien faible d'un petit matin plein de rancune. Dans la voiture, l'idée d'un petit déjeuner copieux avait provoqué une ferveur digne de l'arrivée d'un nouveau Messie, mais en découvrant la viande banale, rouge vif, on a compris aussitôt qu'on était tombés amoureux de l'idée platonicienne d'un petit déjeuner anglais dans la pure tradition et non pas de son pendant actuel. Inévitablement, le petit déjeuner s'est limité au café-clopes. Encore un repas où l'appétit se fait battre en brèche, on fait le plein de privations autant qu'il est possible d'en faire et puis on remet la gomme pour repartir. Je téléphone à El pendant que Job et Si se reposent un peu la tête. Les quatre portières sont ouvertes, le coffre est relevé, la voiture est assise et souffle un peu.

– Aujourd'hui, El, partons aujourd'hui.

– Où irons-nous ?

– Fais-moi confiance. Je m'occupe de tout. Je sais exactement l'endroit qu'il nous faut.

Mon explication se limite à une seule unité téléphonique. De toute façon, j'en ai déjà eu ma dose des explications.

Je me traîne jusqu'à la voiture. Si et Job viennent juste de terminer leurs clopes-déconnade d'après bouffer.

– Alors où on va nous, maintenant ?

– Un peu partout, jusqu'à ce qu'on ait trouvé un endroit décent.

– Et quand est-ce qu'on l'aura trouvé, cet endroit décent ?

– Je le saurai bientôt. La première règle de l'antisystème c'est que tu ne trouves pas ce que tu cherches. Tu n'as pas écouté un mot – un seul putain de mot – de tout ce que j'ai pu dire ?

Un cerveau pour trois.

Traduit de l'anglais par Céline Cazals
Titre original : *Inbetween*

Simon Lewis

Gorgonzola City

Je m'appelle Lee. J'ai vingt-quatre ans et mes centres d'intérêt sont la télévision, la musique, les jeux vidéo et boire un coup au pub. Je suis également un grand lecteur, de magazines surtout, B.D. et pornographie. Je n'ai jamais participé à une activité sportive de mon plein gré, possède un permis de conduire valide et ma propre voiture. Mes marques préférées sont Happy Pizza, Benson & Hedges et skunk. Après environ trois ans de chômage, j'ai trouvé un job à temps partiel qui – aussi merdique soit-il – met du beurre dans mes épinards. Je ne pourrais pas vivre sans fumette, et j'aime bien manger aussi.

Imaginez qu'on vous oblige à prendre part à une course d'obstacles aux premières heures de l'aube et qu'on vous verse du fromage fondu dans les oreilles au même moment. C'est ça mon boulot. Je ramasse les verres au Dazzler, ce club de Deptford que j'ai toujours fui comme la peste, les vendredis et samedis soir. Il n'y a qu'à voir la façade, son entrée étroite dégueulant une lumière criarde sur le trottoir, le mince écriteau en argent, les gros bras blindés de muscles, pour comprendre. Moi, j'appelle ça Gorgonzola City.

Nous sommes samedi, c'est l'hiver. Il est onze heures et la soirée a pour thème les années soixante-dix. Il y a déjà un noyau de personnes à moitié défaites, qui piétinent, les bras serrés contre le corps, devant la porte. D'habitude j'éprouve une certaine satisfaction à passer devant tout le monde, j'échange quelques mots avec les videurs, je frime un peu, même s'il n'y a pas de quoi être fier de ce genre de taf.

Mais cette fois, je me glisse prestement à l'intérieur pendant que Marlowe, un videur un tantinet excentrique bâti comme une cabine téléphonique, inspecte un gogo de très près.

– Comment ça va ? je lui demande.

– T'es en retard, répond-il en désignant la porte d'entrée d'un mouvement conjugué de l'épaule et de l'espèce de bûche qui lui sert à la fois de cou et de tête.

Marlowe communique avec son corps parce qu'il n'arrive pas à parler et à respirer en même temps. Je le regarde travailler un instant. Il ne semble pas apprécier la queue de cheval du type, il doit la considérer comme une insulte à sa calvitie naissante car il lui sort vraiment le grand jeu. Il fouille son paquet de clopes, son portefeuille et se baisse même pour examiner ses chaussettes blanches.

Derrière la porte il y a un couloir peint en noir, avec un aquarium coincé dans un renfoncement. Une vraie saloperie cet aquarium. Gel, le manager, l'a installé là il y a six mois en disant que ça ajouterait une touche de classe à l'ensemble. Depuis, les poissons – une majorité de petits noirs bon marché et quelques fluo – crèvent un à un. Leur espérance de vie ne dépasse pas les dix jours et, une nuit sur deux, on découvre une nouvelle victime flottant ventre en l'air. Si bien que, outre prospecter et poster les tracts, l'une de mes attributions occasionnelles consiste à restaurer et entretenir l'ego de Gel en filant en douce acheter des poissons tout neufs. Je lui ai expliqué que la fumée était mauvaise pour eux alors, le mois dernier, il a acheté un nouvel aquarium avec un couvercle ; mais je sais que ce qui l'y a poussé, c'est de voir les ravers rectifiés à l'ecsta y plonger leurs verres alors qu'il avait fait fermer l'arrivée d'eau des lavabos des chiottes, et non l'hécatombe de poissons.

En face du bocal il y a le vestiaire, et dans le vestiaire

il y a Hell. Toute cette histoire vaudrait la peine d'être vécue si seulement elle voulait baiser. Des tonnes de femmes défilent ici, mais je n'en ai jamais vue de plus jolie que Hell. C'est sans doute à cause de cet air qu'elle a d'être toujours en colère ; et aussi parce qu'elle porte des petits hauts noirs en filet de pêche, qu'elle se badigeonne les yeux d'eye-liner, et que, si l'on se penche bien en avant, on peut apercevoir son piercing au nombril et la partie supérieure d'un tatouage terriblement tentant ; je suis impatient de lui avouer que, comme elle, je hais ce trou, pour créer un premier lien.

– Heu, tout va bien ?

– Ouais.

Il y a un livre retourné sur son comptoir, *Une introduction au tarot*.

– Tu me tireras les cartes quand tu l'auras fini ?

– Je n'ai pas besoin de te tirer les cartes pour connaître ton avenir, Lee. C'est le néant.

Sa moue sarcastique semblait moins accentuée que d'habitude, je progressais doucement.

Après l'antre de Hell, le couloir se sépare en deux branches : l'une mène à une porte indiquant « Privé », celle de la caverne où Gel élabore ses plans de campagne ineptes, l'autre mène à la fontaine à fromage fondu. Je frappe un coup à la première, puis entre.

Gel a vraiment le physique de l'enculé de première qu'il est, avec son petit visage anguleux couleur draps d'hôpital, et ses yeux qui vous demandent en permanence combien de fric vous avez fait. Il s'exprime dans une sorte d'argot ringard qu'on ne parle plus que dans les livres, par exemple quand il dit qu'il a engrangé un ticket, il faut comprendre qu'il vient d'encaisser un chèque. On s'y fait.

Installé derrière son petit bureau, il discute avec Danny, assis à l'un des angles. Danny est d'un tout autre style. Petit, trapu, il bégaie et porte des verres épais comme des fonds de bouteille. Officiellement, il s'occupe de la sécurité et de la promotion du club, mais en réalité il dirige la boîte – enfin, il s'assure qu'elle ne s'écroule pas ou ne prenne pas feu. Il y a des cartons pleins de flyers à leurs pieds.

– Les types de Glitter débarquent dans le coin, dit Gel, c'est l'avenir leur truc qui scintille. Ils ont une machine d'enfer – salut Lee –, une machine d'enfer, ouais, un genre d'aspirateur inversé qui projette une sorte de colle scintillante sur tous les murs et ça leur donne une putain de couleur argentée. Glamour à donf. Ce putain de noir me gave un max, on se croirait dans une saloperie de donjon.

– C'est une idée géniale, Gel, dit Danny, absolument géniale. Mais je ne crois pas que les gamins soient prêts pour ça. Notre image de marque est forte, et on a pris des risques quand on l'a choisie.

– C'est vrai, mais on doit évoluer avec notre temps.

– Oui, Gel, mais les gamins sont très c... c... conservateurs. Ils ne veulent pas que ça change, ils aiment ce que nous leur offrons, c'est pour ça qu'ils reviennent.

– Tu aimerais qu'on change la couleur des murs, Lee ? me lance Gel.

Gel demande toujours mon opinion parce que je suis le plus jeune ici, il me traite comme un consultant en culture jeune, comme un échantillon représentatif des gamins.

– Non, Gel. C'est comme dit Danny, je suis fondamentalement conservateur. Je n'aime pas voir les choses changer. (Je n'ai strictement rien à foutre de la couleur des murs, je me mets dans le camp de Danny parce que j'ai une grosse faveur à lui demander. Comme ils sont tout ouïe, je charge un peu la bourrique.) Et puis j'adore ce noir, ça rend le lieu vachement inquiétant parce que ça transgresse un interdit des parents, ils empêchent toujours leurs gosses de peindre les murs de leur chambre en noir.

– Quand ils viennent ici, renchérit Danny, dans cet environnement où les valeurs p... p... parentales n'ont plus cours, ils se sentent libres de faire les conneries qu'ils veulent.

– Ouais, approuvé-je. C'est exactement ce que je ressens.

– Tu vois, continue Danny, c'est un facteur psychologique subtil dont on doit absolument tenir compte.

Gel réfléchit un instant.

– Ça va coûter un paquet de tout recouvrir, commence-t-il. Je ferais peut-être mieux d'attendre l'année prochaine.

– Excellente idée, fait Danny. Et si tu allais faire une ronde pour voir si ça roule ? Il y a sûrement quelques problèmes à régler.

Gel aimait bien vérifier les choses par lui-même, alors Danny le laissait faire, en début de soirée, deux heures, pas plus. Gel met les mains à plat sur le bureau.

– Allons raviver ce vieux mégot, crâne-t-il, en sortant.

Traduisez mégot par club, une expression maison, à coup sûr.

– Tu ferais bien de te mettre au boulot, lance Danny.

– J'ai quelque chose à te demander.

– Que puis-je pour toi ?

– Ben, en fait, j'ai besoin de ta permission pour un truc.

– Ah, ouais ?

J'ai préparé un petit discours, mais je le laisse tomber et vais droit au but.

– J'aimerais dealer du speed.

Danny ne répond pas.

– Je sais que tu as déjà tes dealers, mais personne ne fait de whizz, hein ? Pas de manière régulière. Ils ne font que de l'ecsta. Ce qui fait que je ne marcherais dans les plates-bandes de personne. Et bien sûr, tu prendras ta commission habituelle, quelle qu'elle soit.

Mon cœur cogne à la même vitesse que les doigts de Danny sur le bureau. Il a l'air en rogne. Merde, je me dis, j'ai tout foiré. J'ai soixante grammes de guarana coupé avec de la poudre à lever déjà emballés, qui n'attendent que son feu vert à la maison. Je n'ai aucune envie de me retrouver avec mes petits paquets d'origami, pas très bon marché, sur les bras.

Danny contemple ses ongles.

– Ouais, ouais, ouais...

– Alors ?

Il fait une pause et me fixe un instant de ses gros yeux déformés par les double-foyer.

– On verra. Tu as une voiture, non ?

– Ouais.

– Bien. On rentrera ensemble avec Marlowe, tout à l'heure, et on parlera b... b... business en route. Va travailler, maintenant.

Je sors et pénètre dans le club où loques humaines, fainéants, ringards, rêveurs, connards, bulleurs, poupées disco, alcoolos finis et étudiants sont prêts à affronter une nuit de plaisir. Une moitié n'a pas plus de quatorze ans, l'autre a passé la quarantaine. Ils forment de petits groupes, comme sur un terrain de jeu, et se jettent des regards suspicieux les uns aux autres. Une poignée de filles dansent là où il faut, pour que tout le monde les voit bien. Gel a collé une daube monstrueuse sur la platine, comme si les seventies n'avaient pas été assez mauvaises la première fois. Je n'ai pas grand-chose à faire, à part traîner ici et là, ramasser les verres en plastique, détester ce que je fais, et me demander ce que Danny va décider.

Je calcule mes revenus du moment, quarante livres, de la main à la main, et ce que je pourrais me faire en dealant un peu à côté. Cent, peut-être plus. Mais impossible de le faire sans la permission de Danny. Je sais trop bien ce qui arrive à ceux qui en ont l'idée, j'ai dû nettoyer après, une fois. Près de la caverne, il y a une chambre presque vide, hormis quelques chaises cassées, des vieux journaux, et un tapis souillé d'une tache sombre qui ne part pas. A mesure que les heures passent, l'endroit devient de plus en plus oppressant, humide et glauque. La foule ne cesse de me bousculer, j'ai du mal à faire mon travail. Pour eux, je fais partie du mobilier, je suis un meuble qui bouge. Ils daignent me jeter un regard éclair lorsque je les pousse gentiment de la main droite pour qu'ils me laissent passer avec ma pile télescopique de verres. Toutes les nuits se ressemblent. Un mec dit à une fille : « Prends ta veste, je t'emballe », je l'ai déjà entendu dire ça la semaine dernière. Lui ou un autre.

A deux heures du matin, on allume les lumières, et c'est comme si une bombe venait d'exploser, il y a des saloperies partout et la foule se rue vers la sortie, laissant sur son passage quelques victimes recroquevillées contre les murs. Je me sers un verre, m'assois sur le comptoir, allume une clope et savoure enfin le silence et la solitude.

Gel se pointe, suintant la sueur. Je lui lâche quelques compliments sur le déroulement de la soirée, il me file quelques billets de dix froissés comme si j'étais un junkie, et se tire.

– Yo, Mister Big.

C'est Danny. Marlowe, qui a troqué sa tenue de travail pour des vêtements plus confortables, le suit de près, un sac à la main. Je n'ai jamais compris comment il faisait pour être à ce point apprécié des femmes. A deux reprises, en rentrant chez moi, je l'ai surpris en train de s'en envoyer une dans la ruelle de derrière. Dehors, la fraîcheur nous saisit, mais ça fait du bien. Un camion à hot dogs est pris d'assaut par nos clients et un garçon distribue des flyers pour un club concurrent, il y en a plein par terre. Je commence à flipper parce que ni Danny ni Marlowe n'ont prononcé un seul mot. Je prie pour que ma poubelle, qui est garée dans la ruelle, démarre du premier coup.

Danny pousse deux paquets de chips vides et s'assoit derrière, pendant que Marlowe se cale dans le siège passager. Cet arrangement me surprend.

– Vous habitez où ? je demande.

– Conduis-nous à Camberwell.
– C'est pas vraiment mon chemin.
– Juste pour cette fois.

Je délire presque de joie en entendant le moteur ronronner du deuxième coup, puis m'engage sur la route principale et fourre une cassette décente dans l'autoradio.

– C'est quoi cette merde ? demande Marlowe.

Je fais un geste pour changer la cassette.

– Laisse donc le gamin écouter ce qui lui chante, intervient Danny. La soirée s'est bien passée ?

– Ni bien, ni mal, comme d'habitude, je réponds, c'est juste que je commence à me lasser.

– Tu entends ça, Marlowe ? rigole Danny. Le brave p... petit.

Il s'avance et colle sa tête entre les deux sièges avant, comme un enfant impatient.

– J'ai l'impression que tu n'es pas pleinement heureux de travailler au club.

Je dois négocier un virage, j'en profite pour réfléchir avant de répondre.

– J'aime bien le club. Seulement, je pense que je peux faire mieux.

– Tu penses que tes capacités ne sont pas complètement exploitées ? précise Danny.

– Ouais, c'est ce que je ressens.

– Tes capacités ne sont pas complètement exploitées, répète Marlowe, laissant fondre chaque mot dans sa bouche, comme s'il s'agissait de caramels.

– Tu sais que le club travaille à perte ? demande Danny.

Je ne le savais pas.

– Pourquoi tu ne le redresses pas ? je demande. Tu pourrais facilement le faire fructifier.

– A dire vrai, je m... m... m'intéresse à un autre genre de business.

– Quel genre ?

– Des petits trucs par-ci par-là.

– Et des petits trucs par ailleurs, ajoute Marlowe, ce qui provoque un éclat de rire général ; on croirait que nous sommes potes.

Nous abordons Peckham, je roule vite. J'aime conduire la nuit, quand les rues sont désertes.

– Dis-moi, dans quel genre de club aimes-tu traîner ? demande Danny.

– Des endroits où ça bouge bien. Des raves, quoi.

– C'est un peu p... passé de mode, ces machins-là, s'étonne Danny.

– Ça dépend l'âge qu'on a.

– Tu veux dire qu'on est périmés ? fait Marlowe d'une voix détachée.

– Non, vous êtes juste différents.

Cette petite conversation est formidable mais je me demande quand ils vont se décider à causer de mes affaires. J'appuie sur le champignon et croise un bus de nuit à toute vitesse.

– Tu conduis bien, dit Danny. Qu'est-ce que tu en penses, Marlowe ?

– Il conduit bien.

Danny se carre dans son siège et ne pipe plus un mot jusqu'à Camberwell. J'hésite à mettre les pieds dans le plat, j'ai peur que ça fasse mauvais genre.

– J'ai faim, annonce Marlowe.

– Il y a un bagel shop ouvert la nuit dans le coin, dis-je.

– Nan, coupe Marlowe, je veux un petit pain à l'oignon et au fromage. Je ne veux rien d'autre qu'un petit pain à l'oignon et au fromage.

– Je connais une station-service ouverte la nuit, un peu plus loin sur la droite, propose Danny.

Marlowe se recale bien droit dans son siège.

– Bon, et pour ce qui est de ma demande de vendre du whizz au club, je commence.

– C'est juste là, m'interrompt Danny, pointant le doigt sur la station, ici.

Je ralentis et monte sur le terre-plein.

– Gare-toi devant, ordonne Danny.

– On n'a pas le droit, ils vont nous demander de bouger.

– G... g... gare-toi devant.

Je me gare devant. Marlowe attrape son sac, sort de la voiture, laissant la porte ouverte, et se dirige d'un pas hésitant vers la fenêtre derrière laquelle se tient le type du garage.

Danny me pose la main sur l'épaule.

– Laisse tourner le moteur.

– Qu'est-ce qui se passe ?

Je n'en crois pas mes yeux.

Marlowe sort un flingue de son sac et hurle au caissier ahuri :

– File tout ton putain de liquide, dépêche !

– Putain de merde ! je m'écrie.

– Baisse la tête, aboie Danny, m'appuyant brutalement sur la nuque, ils ont des caméras de surveillance.

Je colle immédiatement ma tête sous le volant. Il fait froid tout à coup, le vent s'engouffre par la porte ouverte. Puis la voiture remue, Marlowe a repris place dans son siège.

– Tirons-nous, maintenant ! hurle Danny.

J'enclenche brutalement la première en me redressant, Marlowe claque la portière et, le pied au plancher, nous quittons le terre-plein dans un furieux crissement de pneus.

– Plus vite, plus vite ! braille Danny.

J'ai de la chance, il n'y a pas une voiture en vue quand je déboule sur la route. J'agis instinctivement. Je décolle mon pied gauche de l'accélérateur le temps de passer la seconde et l'y replaque à fond, la voiture rugit et s'engage sur la route par laquelle nous sommes venus, et je m'aperçois soudain que je n'arrête pas de hurler.

– Putain de putain de merde !

– Demi-tour, me crie Danny, maintenant.

J'enfonce le frein, la voiture dérape, Marlowe glisse

de son siège et s'affale sur moi. J'ai son haleine dans le nez. Nous roulons à contresens et le bus de nuit que j'ai croisé tout à l'heure fonce droit sur nous. Je vois le visage livide de son conducteur. Sans même m'en rendre compte, je fais la manœuvre inverse en heurtant le trottoir. La masse rougeoyante passe en rugissant.

– Qu'est-ce qu'il y a ? j'explose.

– Je crois que j'ai vu un putain de flic, éructe Danny. Putain (j'ai passé la première et nous avons déjà repris la route lorsqu'il achève sa phrase)... bouge de là !

Je jette un œil dans le rétro, il n'y a personne. Je repasse devant la station, tendu comme un arc, m'attendant à entendre les sirènes. J'enclenche directement la troisième et la bagnole geint tant que je n'ai pas pris un peu de vitesse. Plus vite on va, mieux je me sens.

– A gauche. Maintenant ! lance Danny.

Je freine sec, et prends un virage serré qui mène dans un quartier sombre.

– La prochaine à droite, dit Danny.

Je tourne un peu trop tôt et fonce dans le trottoir, le rétro extérieur frotte contre le grillage. Je gagne de la vitesse. Les rues sont étroites, les maisons défilent à toute allure. Il fait sombre, mais ça me rassure. Je sens que Marlowe et Danny sont tendus, sur le qui-vive. Toujours pas de sirènes. Toute mon attention est focalisée sur les rais de lumière tracés par les phares. Après une nouvelle série de virages, je me dis que Danny me guide dans ce quartier parce qu'on peut facilement s'y cacher. Les rues sont identiques, avec de petites variations, des réverbères, des petits murets en béton entourant les habitations et de rares arbres, par-ci par-là. Heureusement, l'endroit est désert, mais je me demande combien de personnes ont vu ma voiture alors que je manœuvrais, je ferais peut-être mieux de l'abandonner.

– A gauche, dit Marlowe.

C'est une petite impasse de maisons avec terrasses.

– Mais c'est un cul-de-sac.
– Gare-toi là, dit-il en montrant le trottoir.
– Mais ils nous poursuivent peut être. Quelqu'un a dû nous voir.
– Gare-toi, insiste Danny.
Je freine, la voiture cale. J'étais encore en troisième. Nous sommes devant une maison, la fenêtre du rez-de-chaussée est éclairée par une télé. Tout est calme, soudain. Je suis pris de tremblements. Mes mains sont tellement scotchées au volant que mes jointures sont blanches. Je ruisselle de sueur.
– Ça devrait faire l'affaire, dit Marlowe. (Il pointe le doigt vers une fenêtre, au troisième étage.) C'est là que j'habite.
J'en ai le souffle coupé.
– Quoi ? Tu habites ici ?
Marlowe se tourne vers moi.
– Tu veux casser la graine ?
Il tient toujours le flingue dans sa main droite et un petit pain Ginster entamé dans la main gauche. Il explose de rire en crachant des morceaux. Danny me tape sur l'épaule.
– C'est le frère de Marlowe qui fait les nuits, m'explique-t-il en gloussant, à la station-service.
Je cligne des yeux, lâche le volant et me prends la tête à deux mains.
J'émets un hoquet, puis un deuxième, avant de laisser s'échapper de ma poitrine un rire hystérique.
– Espèces d'enfoirés d'enculés... de... Nom d'une merde, je hurle.
– P... p... petit, dit Danny, tu as vraiment été brillant.
Nous rions à en secouer la voiture.
– Bienvenue au club.

Traduit de l'anglais par Aline Azoulay
Titre original : *Gorgonzola City*

Alan Warner

Amer salut

Deux gars, Choker et Le Pote Qui *Fut* Choké, déambulent dans les rues de la ville tard dans la nuit et d'un pas incertain après avoir éclusé quatorze pintes jusqu'à ce qu'ils voient la valise posée contre une poubelle. La pluie avait inondé toute la partie supérieure de la valise et des taches d'humidité suintaient contre ses flancs couleur d'argile.

Choker met la main sur la valise le premier, la soulève par la poignée et l'emporte avec lui en conservant la même allure.

– Trente kilos de contrebande, annonce Choker, faisant mine de la soupeser d'un air d'expert ; mais Le Pote Qui *Fut* Choké n'entend pas le poids de la voix fatiguée de son compagnon.

– Ouvre-la alors, demande Le Pote Qui *Fut* Choké.

– Faisons preuve d'un minimum de retenue jusqu'à ce qu'on soit arrivés dans notre arche, raisonna Choker.

– C'est quelque chose pour vivre ? demande Le Pote Qui *Fut* Choké, qui porte une veste de satin trempée avec LE SATIN VIT peint d'une main tremblante sur le dos.

– Précisément, dit Choker.

Ils marchent jusqu'à ce qu'une nouvelle poubelle municipale encore pleine émerge du sale crachin ambiant.

– Pourquoi ne pas essayer un petit sauvetage de notre cru ? suggère Choker avec audace.

Le Pote Qui *Fut* Choké relève une manche de satin humide et plonge sa main dans la poubelle jusqu'au coude, en quête d'un petit trésor.

– La poubelle des uns fait souvent le bonheur des autres, rappelle-t-il, le nez penché contre les ordures fraîches.

Choker approuve en hochant gravement la tête mais sans poser la valise par terre.

Le Pote Qui *Fut* Choké s'exclame « C'est mon jour ! » en sortant à bout de bras un accordéon d'enfant, qu'il brandit en l'air. Il le ramène à lui et se met à danser la gigue tout en pressant furieusement les notes, mais aucun son ne s'échappe de l'accordéon à part des cliquètements sourds, jusqu'à ce que, par un curieux miracle, un :

Dooooooooooo

solitaire, s'échappe : *une* clé de l'accordéon marche encore.

Dooooooooooooooo

Ils se remettent en marche, Le Pote Qui *Fut* Choqué gambadant et pressant inlassablement le soufflet de l'accordéon. Et c'est parti pour un petit air syncopé :

Doo
Doo
Doo

– Ah, si la musique est bien la nourriture de l'amour, *eh bien jouons* ! crie Choker.

Les lampes à sodium des réverbères ont l'air de fixer les gouttes de crachin sur chaque mèche de leurs cheveux orange.

Approchant d'une artère plus animée, Le Pote Qui *Fut* Choké fait halte, l'air pantois.

– Ecoute, murmure-t-il.

Do Do Do Do
Do Do Do Do

Tout en gardant la note, Le Pote Qui *Fut* Choké marque le rythme afin d'engendrer une note répétitive.

Do Do Do Do
Do Do Do Do

– Quoi ? demande Choker.

– Eh ben, tu reconnais pas cet air-là ?

– Ça !?

– C'était au top des hit-parades pendant des semaines, man !

Le Pote Qui *Fut* Choké s'applique davantage.

Do Do Do Do
« O Superman »
Do Do Do Do
« O Superman »

– Laurie Anderson... elle et son violon qui s'enflamme. Etonnant, un accordéon capable de jouer « O Superman ».

Choker évite de poser la valise sur le pavé humide et Le Pote Qui *Fut* Choké s'installe sur le béton. Il a retiré une de ses bottes qu'il a posée devant lui pour collecter quelque menue monnaie de l'appréciation des quelques rares passants.

Deux jeunes femmes portant des Levis noirs et partageant un parapluie, s'approchent en marchant au milieu de la chaussée. En guise de salutation, Choker crie :

– Pourquoi errez-vous en plein milieu de la chaussée quand un si beau pavé est aménagé sur le trottoir ?

– Pass'que les trottoirs sont pleins de merde de chien, couine celle qui porte des bottes à talons hauts.

– ... et de sales musicos, ajoute l'autre en guise d'épitaphe – elle porte un tee-shirt sur lequel est écrit :

BABE

Le Pote Qui *Fut* Choké joue son air.

Do Do Do Do
« O Superman »

Les deux jeunes femmes partent d'un rire hystérique

et poursuivent leur chemin. Le Pote Qui *Fut* Choké renfile sa botte et part avec Choker les courser aussi sec. Ils les rattrapent alors qu'elles attendent que le petit bonhomme soit vert au carrefour.

Do Do Do Do
« O Superman »

– Oh non.

– Assurez, les filles. Il va continuer à chanter ça à moins que vous veniez prendre un verre avec nous.

– On peut pas, fait Bottes à Talons Hauts, on va à la Fête du Travail.

– C'est pas la Fête du Travail, fait Babe, c'est la Fête du Travail, aux Trois Branches.

– Mince. Toutes les trois, vraiment !

Choker regarde Le Pote Qui *Fut* Choké puis les deux hommes se tournent vers les filles.

– Vous faites partie d'un cirque ? demande Bottes à Talons Hauts.

– Non, m'dame, on vient d'arriver en ville et on cherche un endroit où dormir, fait Choker en balançant sa valise.

– Peut-être qu'on pourrait vous accompagner à la Fête du Travail, sourit Le Pote Qui *Fut* Choké.

– ... aux Trois Branches, s'empresse d'ajouter Choker.

– Vous avez l'air plutôt mignons, fait Bottes à Talons Hauts.

– C'est juste parce qu'ils ont les cheveux mouillés, prévient Babe. Et son blouson est carrément trop flippant...

– Je sais de quelle marque sont *chacun* de vos vêtements.

Les filles les regardent tous les deux tour à tour, en lisant à voix haute à travers le crachin, doigts tendus : « Made. In. Paradis. »

– Ha ! Hé charmeur, elle se tient tout à coup sur une jambe. J'ai cassé mon talon hier soir et je l'ai recollé alors si y s'casse encore vous avez pas intérêt à rigoler.

– Promis.
– Croix de bois, croix de fer.
– Bon, eh ben, O.K. on vous emmène.
Le Pote Qui *Fut* Choké balance l'accordéon d'enfant, qui vole à travers le carrefour sans faire le moindre bruit.

Les deux nanas marchent en tête. Les mecs suivent derrière, et les lacets trempés du Pote Qui *Fut* Choké claquent sur ses pas. Sans se retourner, Bottes à Talons Hauts fait :
– Une fois un mec m'avait proposé de sortir avec lui. Il s'amène sur une grosse moto avec un casque ; j'ai dû monter derrière lui. Quand on est arrivés à la boîte mon pied était collé au pot d'échappement et ma botte était en train de fondre. Il a dû me porter à l'intérieur et après j'ai été obligée de danser pieds nus...

Ils croisent de nouvelles poubelles de la municipalité, remplies à ras bord. Le Pote Qui *Fut* Choké plonge sa main à l'intérieur, en sort ce qui semble être une écharpe, tire encore dessus, de plus en plus mais le lainage semble interminable, des mètres et des mètres qu'il fourre au fur et à mesure à l'intérieur de sa veste.
Ils arrivent tous les quatre dans un hôtel. Un portier propose de se charger du bagage de Choker. Les filles rigolent.
– Certainement pas, dit Choker.
Ils finissent par trouver la salle de réception, presque plongée dans l'obscurité. Une sorte de disco est en préparation. Le DJ passe seulement des 45 tours de Funkadelic, faces A et B dans l'ordre chronologique (ce qui veut dire que l'heureux salopard a deux exemplaires de chaque single) : *Better By The Pound, Stuffs & Things, Let's Take It To The Stage, Undisco Kid,* etc.
Choker pose sa valise par terre, avance à grands pas dans l'obscurité, sous les flashes de lumière, jusqu'au buffet, et mange tout ce qu'il peut encore trouver, en

finissant par s'enfiler un plat de friands aux saucisses ; puis il regarde la piste de danse bondée sur laquelle Le Pote Qui *Fut* Choké danse avec Bottes à Talons Hauts et Babe.

Un jet de glace pilée part en vrille sur une banquette, s'immobilise puis se remet à glisser sur la piste de danse en bois. Bientôt personne ne peut voir jusqu'à ce que... les flashes de lumière – principalement bleus et jaunes, rouges sur la batterie – transpercent la vapeur blanche. Le Pote Qui *Fut* Choké avait sorti les longs, longs mètres d'écharpe de laine de sous sa veste ; il l'attrape par un bout puis jette le reste, qui part en hauteur pour onduler à travers le nuage de fumée. Un bon gros tas de glace bien fraîche passe entre les rainures étroites et les mètres de lainage viennent aussitôt marquer les limites du terrain, tandis qu'une lutte acharnée et prolongée commence entre Le Pote Qui *Fut* Choké, Bottes à Talons Hauts, Babe et plusieurs autres danseurs et adversaires invisibles à l'autre bout de la ligne de démarcation, du côté des bancs de glace. Le beat s'accélère (c'est *How Do Yeaw View You ?*). A un moment donné, le camp de « glace pilée » semble sur le point de gagner et Choker peut voir les chaussures glissantes du premier membre de l'équipe adverse débouler, les jambes suivant derrière, puis disparaître dans les vapeurs bleues puis jaunes de la fumée. Mais le lainage donne un coup de fouet et l'équipe de dix personnes environ recule à pas de chameau jusqu'au buffet pour s'affaler joyeusement, un choc si retentissant qu'il fait sauter le disque et qu'ils se relèvent tous pour danser – Bottes à Talons Hauts semble particulièrement efficace dans ses efforts –, moulinant des bras ; puis Choker remarque que le talon de sa botte est mort, cette fois-ci pour de bon.

Il pleut toujours – Choker et Le Pote Qui *Fut* Choké portent Bottes à Talons Hauts ainsi qu'une vieille porte en bois qu'ils ont trouvée dans une benne. Babe porte la valise de Choker et le parapluie ; elle fume une cigarette sans les mains, et fait tomber ses cendres par des petits reniflements.

– C'est ça, là.

– Très chic, fait Choker, poussant la porte et se frottant les mains tandis que Bottes à Talons Hauts avance à cloche-pied dans le couloir pour aller enfoncer sa clé dans la porte.

– Oh ! par pitié, mesdames : pouvons-nous oser vous demander l'asile pour cette nuit... une part du gâteau.

– Une part de l'action, fait Le Pote Qui *Fut* Choké.

– Heu, même le vieil agneau peut bien avoir sa part de sel, j'imagine ; c'est sûr que ça nous enchante pas trop, nous ce qu'on aime c'est mettre des fringues bizarres et prendre des Polaroïds l'une de l'autre. Vous pouvez y jeter un coup d'œil si vous voulez.

– Vous avez des fringues, sur toutes ?

– Vous voulez voir c'qu'on porte en dessous ?

– Oui.

– Oui.

Babe et Bottes à Talons Hauts (bien qu'elle ait maintenant retiré sa botte et demie) se remettent debout et retirent leurs hauts. La partie supérieure de leur corps est entièrement recouverte de couches de papier aluminium.

– C'est mieux que des toasts.

– Pas de minijupes chez nous.

– Aucun homme ne vaut une pneumonie.

Les filles passent la main sous leurs vêtements et entreprennent de retirer les morceaux de papier alu en dessous, ôtant les différentes couches au bas de la nuque.

– Ça c'est le meilleur morceau, fait Babe, qui s'est allongée pour faire glisser une sorte de tube en alu par le bas de son Levis.

– Ohhh... gémit Choker, il reste pas encore quelque

chose que je pourrais enlever, moi ? Faudrait pas que vous attrapiez un court-circuit.

Bottes à Talons Hauts avait fabriqué un jeu qui s'appelait *Face de cul* et lance le paquet à Choker. Sur la tranche du paquet *Face de cul* il y a des mots écrits en langue étrangère :

DEUX CHAPEAUX RIDICULES [1]

Les filles s'installent par-dessus une pile de vêtements, et regardent en riant aux éclats Choker et Le Pote Qui *Fut* Choké jouer à *Face de cul* : deux chapeaux multicolores en Velcro sont fixés sur leurs têtes. Le but du jeu est de lancer les grosses balles roses adhésives sur la tête de l'adversaire, les zones près des tempes marquant le plus de points. Les deux joueurs se visent comme des dingues, plusieurs balles s'accrochent sur leurs têtes, ils tentent de déjouer l'adversaire, le shootant et récupérant les balles perdues en même temps à l'aveuglette, jusqu'à ce que les filles prennent une photo avec le flash du Polaroïd et profitent des minutes de développement pour partir dans des rires hystériques.

Choker et Le Pote Qui *Fut* Choké se cognent la tête l'une contre l'autre et s'étalent par terre.

– D'habitude, avec les mecs, on les laisse jouer au strip *Questions tordues* avec nous.

– Avec plein d'huiles pour le corps.

– Ça c'était encore plus drôle en tout cas.

Après une longue pause passée à regarder les filles, Le Pote Qui *Fut* Choké fait :

– J'ai faim.

– T'es végétarien ? demande Babe.

– Non, répond Le Pote Qui *Fut* Choké.

– Et toi ?

– Pas du tout, fait Choker.

– On l'est ni l'un ni l'autre, et vous ?

1. En français dans le texte.

– Non plus.

– Mais nous on n'embrasse que les végétariens, non ?

– Ouais.

– Vous voulez des chips salées ou au vinaigre réchauffées au micro-ondes ? C'est à peu près tout ce qu'on a ; un jus en boîte ou quelque chose pour faire un sandwich ?

Il y a une table avec une grappe de raisin qui gît au milieu, pas de bols, rien sur la table, juste une grappe de raisin qui gît au milieu.

– Je vais prendre de ça.

– Regarde ça. Il le lave même pas.

Bottes à Talons Hauts se met à bâiller. Choker observe la liquidité de l'œil gauche après le bâillement. Il a la nostalgie de la rose noire inoubliable de son premier contact avec une fille.

– Bon moi je vais me pieuter, fait Babe. Vous les mecs, vous pouvez vous partager le divan-vibromasseur à côté, je vais vous montrer.

Elle ouvre la porte. C'est une chambre avec un petit vivier, un divan, et c'est décoré avec tout un tas de capotes aux couleurs vives gonflées comme des ballons et accrochées aux quatre coins du plafond.

– Vous allez voir, le divan vibre – c'est la pompe du vivier. Cherchez pas à la débrancher. Si vous entendez des bruits pendant la nuit, c'est le gros poisson qui fait de la glisse sur les cailloux au fond dans le noir.

– Ça mène où, ça ?

Choker pointe du doigt la porte.

– Au séchoir et pis dehors, bonne nuit.

Elle ferme la porte.

– O mon Dieu, agonise Choker.

Le Pote Qui *Fut* Choké approuve d'un hochement de tête.

– C'est comme ce que John Brotherhood disait : Ellc

pouvait enfoncer ma brosse à dents au fond de son cul que j'en changeais pas.

Puis ils entendent l'inspiration, l'expiration :

Inhalation Inhalation Inhalation
Phoooo Phoooo Phoooo

– Pfff, c'est toutes les *deux*.

– J'en étais sûr. Des lesbos. Ça doit être ça, elles s'enfilent dans not'dos, et pis toutes ces conneries sur les autres mecs.

– J'aimerais bien voir ça.

– Viens, allons les voir tous les deux.

Choker et Le Pote Qui *Fut* Choké entrent dans la chambre. Bottes à Talons Hauts est allongée sur un matelas pneumatique et couverte d'un drap fin. Elle a un casque de moto sur la tête. Babe est agenouillée sur un autre matelas qu'elle est en train de gonfler ; elle s'arrête, pinçant l'embout en plastique dans lequel elle soufflait.

Bottes à Talons Hauts fait, de sous son casque :

– Pas de lits. On dort sur des matelas. Essayez d'en trouver en plein hiver ! C'est presque impossible. On a dû aller jusqu'à l'aéroport.

– Pourquoi tu portes un casque ?

– C'est plus douillet. Pas besoin d'oreillers.

– Normalement on les gonfle avec la pompe à pied, fait Babe, mais on voulait pas vous réveiller.

– En plus, les gens en dessous ont l'impression qu'on se fait tringler. Des fois ils frappent au plafond avec un balai.

Bottes à Talons Hauts baisse sa visière.

Choker tourne les talons et disparaît dans leur chambre. Le Pote Qui *Fut* Choké fait :

– Mmm, je me demandais si vous aviez une cigarette.

– J'embrasse pas les gens qui fument, fait Babe.

– Mais tu vas pas m'embrasser et *tu* fumes !

– C'est vrai, je vais pas te peloter et je fume, c'est exact, mais j'embrasse pas les mecs qui fument.

– Vous êtes complètement tarées, fait Le Pote Qui *Fut* Choké et il retourne dans la chambre-capote/vivier en claquant la porte derrière lui. Cassons-nous d'ici, il fait et hoche la tête devant la porte qui mène au séchoir derrière.

Choker acquiesce dans un coin de la chambre.

– Ouais, mais quel amer salut nous réserve encore cette nuit.

Ils regardent tous les deux la valise.

Le duel claque des talons et Choker fait sauter les deux loquets pour ouvrir la valise.

Il y a des vêtements à l'intérieur. Des vêtements de femme : des culottes bouffantes toutes vieillottes. Choker fouille un peu mais il n'y a que des culottes rouges en dentelle.

– *Putain* de merde, déclare Choker.

Puis les deux mecs remarquent quelque chose d'étrange à propos des culottes : c'en n'est pas plusieurs ; c'en est une seule... une seule *immense* culotte bouffante, assez énorme pour être celle d'un bébé éléphant... elle est aussi grande qu'une voiture.

– Ça devait appartenir à un cirque ou un théâtre, quelque chose comme ça.

Les deux hommes se marrent, ils tournent la clé de la porte et rigolent en descendant l'escalier jusqu'en bas, où ils se font signe de se taire pendant qu'ils pendent l'énorme culotte sur le fil le plus haut du séchoir à linge, tout en imaginant les voisins quand ils remarqueront la culotte qui sèche à côté de l'appartement des filles le lendemain matin.

Choker est toujours mort de rire pendant qu'ils marchent à travers les rues, et il coince Le Pote Qui *Fut* Choké contre le mur d'un magasin pour lui ôter la vie – en s'arrêtant *exactement* où il doit s'arrêter, puis soulève son pote et l'aide à tousser et à repartir pour un fou rire en déambulant dans la nuit d'un pas incertain, avec le premier chant persistant de l'oiseau à l'aube d'un matin nouveau et leurs têtes de Mickey Mouse : les casques en Velcro et les balles roses collées dessus, toujours collées sur leurs crânes.

Traduit de l'anglais par Céline Cazals
Titre original : *Bitter Salvage*

Steve Aylett

Fusil à répétition

Après une heure passée à enregistrer des oiseaux dans un parc, je flânai à travers la ville, le micro dans mon sac enregistrant les bruits du trafic. Dans les rues comme au fond d'un cendrier plein. Un flic en uniforme roulait tout en proposant de la drogue. Je refusai et fus arrêté. Au chenil les flics étaient embarrassés et nerveux quand je leur repassais la preuve de mon innocence d'agneau qui vient de naître. Quand ils me rendirent ma mâchoire sur un plateau j'eus une idée. Je la voyais toute rouge et or et pleine de justice. La poser sur un air de Debussy et laisser la musique la porter, la nourrir. Une pensée et demie. Faut que je demande au vieux soldat.

Le passage à tabac était terminé et je n'avais pas remarqué. Les flics me regardant avec des yeux de merlan frit. Tu peux partir – mais t'as pas intérêt à recommencer.

Dans la rue à nouveau, avec quatre côtes cassées – j'ai connu pire et en ai bien ri après en suivant le traitement adapté. C'était un peu ma faute d'avoir pris ce chemin-là. Le quartier était réputé à cause des flics qui y planquaient de la drogue, et les accros affluaient là depuis quelque temps dans l'espoir d'arriver à en prendre un peu par la violence. Mais je me demandais bien ce que Dogger l'obstiné dirait de ça.

Le vieux soldat habitait dans une remise qui paraissait faite en biscuit avec un chien qui ne le quittait jamais, Fire, le seul fait de prononcer ce nom-là déclenchait l'alarme et entraînait des voies de fait. Dogger avait contourné tellement de mauvaises lois que sa colonne vertébrale décrivait une spirale. Pour prendre un exemple classique, il avait avalé les promesses de vie meilleure des médias et avait dépassé les limites de l'étiquette afin de s'en assurer une pour lui-même. Il était comme Fagin sans le charme et portait des citrons dans sa veste en guise de gaz lacrymogène. Il était si authentique que son grille-pain fonctionnait au diesel. En descendant sur le quai du chemin de fer je l'ai entendu crier dans sa hutte.

– Les chaînes de votre répression vous sont aussi familières que les dents dans votre bouche. Né pour ça vous êtes.

– Salut, Dogger, fis-je prudemment en entrant – il était seul.

Je lui racontai à propos du vol de mon matériel par les flics.

– Il n'y a pas de limites dans ce qu'un système à l'agonie pourra te demander, Hypnojerry, rigola-t-il en contractant ses doigts comme des crochets. Seule une terre isolée pourrait bannir d'un seul coup le droit au bruit et le droit au silence.

Il faisait référence à un couple de nouvelles lois qui restreignaient les activités de ceux qui avaient une aptitude à la réflexion et à la joie. Dans la crainte d'imitation de révoltes par le bonheur et le rire. Pas que les conséquences les plus profondes aient une importance aux yeux d'un public imperméable au son par le biais de l'indifférence. Triste comme un galion enfermé dans une bouteille.

Ses mains se promenèrent sur sa platine huit pistes. Il bricolait la voix d'un flic en train de dire « vous n'avez rien à craindre » – c'était inversé, accéléré, il arrivait vraiment à en tirer quelque chose.

– Ils m'ont fait la même chose à moi – z'ont essayé de me serrer pour possession d'heseltine. (C'était vraiment idiot de croire que la cocaïne aurait réduit les pensées de Dogger à une ronde de police. Il avait un cerveau huit pistes.) C'est une envie géniale, Jell, pure et acide. J'éprouvais de la pitié pour les connards qui se démontaient pas plus que ça. L'injustice résonne à travers l'histoire comme une cabine téléphonique en plein désert. Laisse le stress envahir tes tripes et tu finiras sur le billard sous un joyeux bistouri. Retiens bien ça.

Et il joua le mot « peur » en pointant l'index sur un écran où le son était converti en une forme géométrique qui éclatait comme une bulle de savon. Il pianota sur un clavier qui gela la forme, puis qui la retourna dans l'autre sens comme un gant.

– Maintenant donnons un son à cette forme, dit-il, avant d'appuyer sur retour.

Le système lâcha le pire pet que j'aie jamais entendu.

Dogger expliqua qu'il avait trouvé le moyen de dévoiler le sens caché d'une déclaration verbale enregistrée. Certaines remarques produisaient le son zen d'un gong. D'autres – celles des jeunes en particulier – celui de la chouette d'un vent du désert. Les politiciens, quel que soit le son de cloche, produisaient presque toujours la même flatulence.

C'était la dernière d'une longue série d'expérimentations. Dogger avait découvert que les chants d'oiseaux au ralenti faisaient des chants de baleines et que les chants de baleines accélérés faisaient des chants d'oiseaux. Il avait découvert que le discours de démission de Nixon était une invocation au diable en lituanien raffiné. Quand on entendit parler des lois proscrivant les beats répétitifs dans les raves, il examina la question sur des pattes de mouches. Le rythme nécessitait une alternance son-silence, ou bien un son puis un autre. Dogger avait considéré que la législation pouvait avoir recours à une injustice répétée et à diverses conneries mais ces actions étaient si fréquentes qu'elles passaient maintenant pour un « hum » mondain, sans appel. Seules des interruptions régulières de cette mondanité pouvait instituer un beat. Raison pour laquelle les raves étaient proscrites – de cette façon l'injuste et le malhonnête ne seraient pas considérés comme participant d'un processus illégal.

– Tout ça fait partie du jeu, Hypnojerry. L'imposture distingue l'homme des autres animaux – ça et son pendant opposé.

Un train siffla en passant et Fire sursauta, dressant l'oreille et haussant les sourcils.

Le soir suivant on a récupéré mon matériel avec l'aide d'Antifrog. On a compris depuis que deux erreurs ne font pas une bonne action et que la nôtre ne se dresserait pas contre la corruption généralisée. Antifrog était un jeune Black gay avec un fort accent irlandais et un pantalon aromatisé à l'herbe. Quand cette addition de minorités vint se pavaner au chenil, les flics n'en crurent pas leurs yeux et entreprirent de lui infliger sa punition. Des matraques volèrent dans tous les sens comme des saumons tandis qu'il essayait de déclarer un vol. Dogger et moi nous éclipsâmes avant que la fête bascule dans un bain de sang et d'ennui.

Depuis le passage des nouvelles lois, tant de matériel de son avait été saisi qu'on avait appris que la meilleure précaution à prendre était de forcer le local du matériel confisqué par la police et de stocker notre matos là-bas sans laisser de nom. En dehors des drogues, ils ne touchaient jamais à rien. Mais avec la fête qui approchait on en avait besoin et pour une fois on avait une raison légitime d'aller là-bas – mon appareil d'enregistrement. Dogger nous gratifiait d'un long commentaire tout en travaillant les serrures au couteau – il parlerait jusqu'au dénouement amer des ampères qui disjonctèrent.

– J'avais presque renoncé à votre génération, Jell. Vision d'un tunnel sans lumière au bout. Un vide impassible. Puis, par la grâce de Dieu, la couleur s'est mise à suinter des murs. Revenant du pays des morts – et moi aussi. T'aurais dû me voir dans les années quatre-vingt, mon pote – donc suite à ça j'avais les favoris de quelqu'un d'autre sur les tempes. Et puis un jour je sautai par-dessus l'horizon et je me retrouvai à deux doigts de me faire garrotter par un arc-en-ciel.

Nous étions dans la chambre des dépôts – je trouvai mon matériel et compris que je n'aurais jamais pu le récupérer d'une autre manière. La vérité est ce qu'il y a de plus facile à réfuter. Ses défenses sont baissées.

Dogger entre-temps braquait un faisceau Mysteron sur une pile d'amplificateurs – l'infâme matos.

– Jell, le désordre est une offense aux contours imprécis et la diversion idéale en toutes occasions. Les lois sont parties en poussière sur la taie de mon œil et avec autant d'effet – mais de désordre ? Par Dieu c'est une beauté.

– On est plutôt pressés, lui rappelai-je.

Mais Dogger avait une philosophie sur laquelle vous pouviez faire tenir une cuillère – il saisit un livre sur une étagère, souffla la poussière dessus et fronça les sourcils.

– *After London.* Un sacré bon bouquin – tu peux garder tes trucs canons. Les pestiférés sont venus ici les premiers, avec la marée. Bien écrit aussi.

– La plupart des livres sont si bien écrits qu'ils ne font pratiquement pas d'effet sur les sens du lecteur, lui dis-je avec instance. Clôturons plutôt la procédure et partons d'ici.

– Dans un bang ou dans un murmure plaintif, Jell, comment t'imagines qu'il finira ? Le monde, je veux dire.

Nous portâmes la pile d'ampères à deux et nous mîmes en route.

– Voilà comment je l'imagine, grogna Dogger en plein effort. Dénégation. Le vide se disputant le vide. Des lois qui empêchent l'innocent de réaliser l'inconcevable utile. Incompréhension du savant. Aucune question formulée. La banalité offrant les termes et le prestige de la science. L'ignorance portée comme une crête héraldique. La médiocrité lourdement récompensée. La détresse sous garanties. L'hypocrisie trop extrême pour être traitée. Entretien d'une imagination publique médiocre. Accès prodigue à l'information inutile. Mode entraînant l'égarement. Déconfiture sociale en cascade, rongée par une absence de signification. Grisaille comme maître mot des cellules grises d'un guêpier déserté.

– C'est un point de vue.

En sortant nous fûmes approchés par quelqu'un dont les traits étaient aussi précis que sur un schéma de représentation d'un crash. La chose demanda qui nous étions et nous nous fîmes passer pour des flics en disant qu'on ne le savait pas.

Quelques jours plus tard nous rendîmes visite à Antifrog à l'hôpital. Le passage à tabac se révéla bien pire que nous ne pensions mais il nous rassura à travers une mâchoire brisée. Nous enregistrâmes le bip-bip irrégulier de son moniteur coronaire et partîmes pour la campagne. Une procession de voitures avançait dans la nuit vers un pulse répétitif qui aurait bien pu être le battement de cœur du paysage lui-même. Nous reconnûmes peu à peu le *Boléro* de Ravel, joué sur une lande en friche qui s'étendait si loin qu'elle semblait sans limites. Des hectares d'herbe se faisaient fouetter par le vent. Le feu s'échappait du van et se propageait dans toute la lande, dévorant par pur plaisir.

A minuit, la lande était un océan de pantalons ethniques et de bouteilles d'Evian. Je me souviens d'images stroboscopiques vraiment étranges de Dogger qui ressemblait à une sorte d'alien saumuré. Des lasers de jade et d'or rouge se déployaient et plongeaient tandis que le rythme cardiaque d'Antifrog établissait la grille pour un son et lumière samplé à partir du réseau et poussé à 50 000 watts. Parmi la foule il était difficile de distinguer ceux qui gardaient leur sourire et les autres. Si l'on n'y était pas, il n'y avait pas de raison de critiquer quoi que ce soit. Ça ferait un grand événement à couvrir pour la presse.

Dogger et moi étions câblés et quelques autres, lookés comme des flics avec des micros-cravates, assuraient la liaison son avec la foule à moitié en liesse grâce à un sampler qui oscillait des deux côtés. Dogger disparut mais je l'entendis se remettre à parler, profitant au maximum des avantages du micro – des interventions mordantes qui fusèrent et détonnèrent par rapport à l'ambiance.

– Craindre le cancer. Se moquer des traditions. Un gouvernement ouvertement en guerre avec ses concitoyens. Pourquoi se cacher quand on est au fond du gouffre ?

Je pataugeai jusqu'à la scène pour l'étrangler – pas de polémiques, Dogger, pas ici.

Je vis des lumières fureter sur les parois d'une grosse tente et me demandai comment des vieux stroboscopes de pubs avaient pu arriver jusqu'ici. Un effet de sirène à répétition faisait décoller le mix – ce son est illégal, pensais-je vaguement –, et en passant de l'autre côté je découvris une file de voitures de police en nombre incalculable qui cernaient la zone. Les lumières bleues changeaient la couleur de la nuit.

Les flics attendaient bien sagement que notre petite distraction se trouve paralysée. Beaucoup d'entre eux avaient dissimulé leur profession sous une apparence parfaitement humaine. Je voyais bien que certains portaient des flingues, et demandai pourquoi à l'un d'entre eux.

– Pour qu'on comprenne que les gens bien portent aussi des flingues.

Un flic hurlait de façon inaudible dans un haut-parleur. J'appris plus tard que cette sommation officielle de dispersion n'était que pure formalité, mais lorsque le flic détourna son porte-voix pour faire signe aux autres de charger, une bribe de phrase rejaillit dans tous les autres speakers. La plupart des ravers prirent ça pour une blague mais un millier d'autres errèrent en tous sens et les flics, estimant avoir perdu l'effet de surprise, commencèrent à paniquer.

Avec le recul, je me rends compte que tous les éléments étaient réunis pour créer un enfer. Les flics terrifiaient la foule dans une manœuvre ironique et postmoderne d'instaurer l'ordre. Quelques ravers moins éduqués ne comprirent pas la référence et se mirent en colère. Ces signaux étaient ignorés avec la plus grande stratégie et l'ordre de se disperser maintes fois réitéré. A nouveau, le micro de quelqu'un capta le message et le rendit audible, multipliant les sorties hors de la tente principale. Le flic déclara que le refus d'obtempérer serait considéré comme un acte d'agression. Troublé par le fait qu'un acte puisse être considéré comme un autre, la foule réagit en criant que les képis des flics seraient considérés comme des anchois, et les flics eux-mêmes comme des chimpanzés en cachemire. Il y eut une explosion sourde.

Additionnez la vitesse et l'ignorance et vous obtenez une voiture de police. L'une fonça dans la foule et pila net en faisant crisser ses pneus devant une fille qui vola dans les airs pour aller s'écraser plus loin. Un nouveau son jaillit des haut-parleurs – un crack puis un squichch, comme quelqu'un qui marche sur un escargot. Près du bataillon des flics la tête de quelqu'un avait roulé – des cheveux gris enchevêtrés dans de la cervelle grise. C'était Dogger.

Entre les séquences et les scènes d'émeute plusieurs sujets sulfureux furent débattus périodiquement, chaque coup porté étant rediffusé aux quatre coins de la rave sous un tonnerre d'applaudissements. A cinq cents mètres de là, des canards en plastique tombèrent des murs d'un cottage tandis que le bruit d'un crâne en train de se faire défoncer se répéta en écho dans les premières lueurs du jour. La succession régulière des coups entraînait des loopings superflus, imprévus. Les rythmes de trois bastonnades différentes fusionnaient et s'entrecroisaient comme sur un ghettoblaster multipistes, accentués par des claquements d'os ponctuels. Au lieu de garder un œil vigilant de l'autre côté, les officiers supérieurs commandaient eux-mêmes les passages à tabac. Du sang noir comme du pétrole flamboyait sur les rouges drapeaux dans les lueurs dansantes des lampes torches. Les coups étaient suivis par des cris. Des toiles d'araignées cristallisaient les pare-brise, la fumée montait, de même que le volume tandis que des silhouettes aux contours imprécis partaient en traînées dans un mouvement chaotique.

Un soleil glacé se leva sur le spectre d'une nuit de fête. Une poignée de survivants erraient dans l'hébétude. A la pointe d'une aube grise comme dans les films de Charlie Chaplin, je souhaitais que Dogger fût en vie ou bien qu'il ait tort. Mais il n'était ni l'un ni l'autre et sa mort faisait une fin honorable à mes yeux. Pour ma part je crois qu'il y eut à une certaine époque des géants sur cette terre, et que maintenant il n'y avait que du plastique. La vigne de la vérité est gangrenée et le raid est jugé comme une victoire pour le sens commun. Quatre morts sans compter Dogger, qui ne comptait pas parce qu'il était vieux, et douze autres qui ne comptaient pas non plus parce qu'ils étaient flics. Il fut déclaré que frapper de façon répétée un crâne vivant dans l'exercice de la fonction policière était légal mais que l'amplification acoustique du son, elle, ne l'était pas. Les organisateurs de la rave, qui avaient payé pour l'occupation du terrain, prirent la décision de faire des économies en transgressant la loi la prochaine fois.

Je dus veiller sur Fire. Cette charge revêtait une signification que je ne parvenais pas à comprendre. Finalement je décidai que je n'étais pas Dogger et m'en déchargeai. Ma génération manquait d'un élément essentiel – j'espérais seulement que cela nous rendait imprévisibles.

Les autorités avaient agi tout en souhaitant qu'un

miracle empêcherait toute revanche de même nature, mais aucun miracle ne se produisit. Les représailles de la jeunesse étaient promptes et violentes quoique bien tristes avec le temps. Dogger nous avait affaiblis en nous infligeant une blessure qui ne voulait pas se refermer. Une génération endormie avec la scène raveuse qui agissait comme une alarme géante. Et il ne voulait jamais écouter lorsque je lui disais que la lassitude ne pouvait s'expliquer, chez une génération jugée par ceux qui font la même erreur et prennent l'air surpris face au même résultat encore et encore et encore et encore et encore et encore et encore.

Traduit de l'anglais par Céline Cazals
Titre original : *Repeater*

Les auteurs de Disco Biscuits

Irvine Welsh

Irvine Welsh vit à Amsterdam. Le film adapté de son premier ouvrage, *Trainspotting* (1993), a été mondialement acclamé. Son recueil de nouvelles, *The Acid House* (1994), et ses deuxième et troisième romans, *Marabou Stork Nightmares* (1995) et *Ecstasy* (1996), seront également prochainement adaptés à la scène et à l'écran.

Mike Benson

Ecrivain et réalisateur vivant et travaillant à Londres. A écrit ses premières œuvres, des pièces de théâtre et des films, au Royaume-Uni, en Europe et au Canada. A récemment publié un recueil de nouvelles d'une page pour accompagner l'album *Music For Babies* de Howie B. Travaille présentement à un projet de film musical et à son premier roman, *Another Day On Planet Fuck*.

Nicholas Blincoe

Nicholas Blincoe est un Verseau né à Rochdale, qui affirme être de Manchester à qui veut l'entendre. Il n'a jamais réussi à garder un job convenable et parvient rarement à décrocher un entretien d'embauche. Marié à une magnifique espionne russe, il est auteur de deux (déjà) classiques, l'un du crime, *Acid Casuals*, l'autre sur le clubbing, *Jello Salad*. Son dernier roman, *Manchester Slingback*, raconte l'histoire de deux fans de

Bowie, beaux, fourbes et farcis d'amphétamines, traînant dans les rues de Manchester au début des années quatre-vingt.

Gavin Hills

Victime d'un accident de pêche, Gavin Hills s'est noyé au mois de mai 1997, peu de temps après la parution en Angleterre de *Disco Biscuits*.

Avant de disparaître, il a rédigé cette biographie : « Gavin Hills sombre dans le journalisme en collaborant au guide londonien *City Limits* – magazine qui, fort peu de temps après, cesse d'exister. Il se résout donc à rédiger des articles sur les événements internationaux, les clubs, la drogue et le football pour gagner sa vie, et se distingue par son travail pour *The Face*, un magazine branché.

Lauréat de divers prix de journalisme, il est en outre récompensé par Amnesty International pour son reportage sur la guerre d'Angola. Il a rédigé deux ouvrages sur le skate-board. Le premier obtient un franc succès auprès des enfants, le second est un flop total.

Gavin Hills tient à préciser que ni lui ni aucune de ses connaissances n'ont jamais consommé d'ecstasy. Il passe son temps libre avec les Royal Green Jackets comme fusilier bénévole. »

L'humour incisif et irrévérencieux de Gavin nous manquera.

Martin Millar

Vient de Glasgow mais a longtemps vécu dans le sud de Londres. Est l'auteur de cinq romans : *Milk Sulphate and Alby Starvation, Lux The Poet, Ruby and The Stone Age Diet, The Good Fairies of New York* et *Dreams of Sex and Stage Diving*. Il a également rédigé la novélisation du film *Tank Girl*.

Son dernier livre, *Love and Peace with Melody Paradise*, paraîtra prochainement. Il s'agit d'une comédie romantique qui a pour cadre un festival en plein air accueillant hippies et voyageurs. Pour plus de détails, vous pouvez consulter son site internet : http ://dspace.dial.pipex.com/town/street/kbh38/mmibdex.shtml

Michael River

Michael River est né à Londres. Il vit à plusieurs endroits à la fois et se cloître pour se guérir du junk-art. Deux de ses nouvelles, *Skin* et *Fission*, sont parues dans la collection « Pulp Faction », et il vient d'achever un roman, *hurtle/below*. Il remercie µ-Ziq et les Sabres d'avoir mis en musique le texte de la présente nouvelle. Michael River est ouvert à toutes les propositions lucratives de sponsoring.

Kevin Williamson

Né dans les années soixante, il vit et travaille à Edimbourg. Au nombre de ses expériences professionnelles on trouve : chercheur stagiaire en physique nucléaire, barman, V.R.P., journaliste, rat de bibliothèque, requin d'eau douce, éducateur pour adultes, et enfin, éditeur de la revue *Rebel Inc* de Canogate Books, qu'il a fondée et dirigée de 1992 à 1996. Il a coécrit *A Visitors Guide to Edinburgh* avec Irvine Welsh en 1993 et lancé une campagne intitulée « L'Ecosse contre la Drogue et l'Hypocrisie » en 1996. Son premier livre, *Drugs and The Party Line*, a paru en octobre 1996. Ses clubs préférés sont Manga et Luvly.

Jonathan Brook

Jonathan Brook est né à Los Angeles en 1967, mais a passé le plus clair de son temps au Royaume-Uni. Pendant huit ans, il a tourné et enregistré avec Desmond Dekker, et quelques groupes de ska et d'acid jazz, comme guitariste. Il suffira d'une tournée cauchemardesque au Japon en compagnie de déjantés alcooliques pour le décourager définitivement de continuer. Il a publié trois nouvelles pour adolescents, *Slackness*, *Big Up !* et *Herbsman* (dans des backstreets) et écrit un roman pour lequel il cherche un éditeur. Il habite Londres.

Charlie Hall

Né dans le Kent. Eduqué par le système foireux qu'on appelle l'enseignement privé. Expulsé pour avoir fumé de la marijuana et pour incompatibilité avec le système. Arrive à Londres le jour du Silver Jubilee de 1977. Se joint au mouvement punk avec enthousiasme. Un scénario mémorable dans les toilettes du tristement célèbre club Speakeasy avec Johnny Thunders, Sid Vicious et Paula Y ates, lui ouvre une carrière d'héroïnomane qui se prolonge jusqu'en 1981. Se range, écrit son premier roman (non publié) et sort diplômé de Sunderland Polytechnic. Un scénario mémorable au Sunderland's Drum Club lui ouvre une carrière de DJ dans ce club qui accueille une bonne moitié de la population de fanas de techno-death-stomp de Londres. Dirige le label de twisted house : MC Projects.

Ben Graham

Ben Graham est né à Halifax en 1971. Il étudie à Londres et New York, obtient un diplôme d'Etudes américaines et philosophiques, puis retourne à Halifax pour jouer dans des groupes, faire des lectures de poésie et éditer le fanzine *News From Nowhere. Jours ouvrables* est sa première nouvelle publiée.

Jeff Noon

Jeff Noon vit et rêve à Manchester. Rêve d'évasion. Ecrit ses rêves. Le premier s'intitule *Vurt*, le deuxième *Pollen*, le troisième *Automated Alice*, le quatrième *Nymphomation*. Aime créer. Ecrit de la musique : du blues ou du dub ou du jazz ou de la country ou du drum'n'bass. Souhaite libérer les mots. Désire donner une voix à Manchester. Ne désire pas finir à Manchester.

Douglas Rushkoff

Le premier roman de Douglas Rushkoff, *The Ecstasy Club*, raconte les raves-parties de San Francisco, où la paranoïa est poussée à son paroxysme. Ses textes précédents, *Cyberia, Media Virus* et, plus récemment, *Children of Chaos* (*Playing The Future* pour l'édition américaine) ont tous trait à la technologie et aux cultures soucieuses de la nature et des forces bienveillantes du chaos. Rushkoff rédige des articles sur la cyberculture, les raves, la technologie et les médias pour *Esquire, Details, Men's Journal* et *Virtual City*, entre autres magazines. Etant américain, il se fait taper sur les doigts chaque fois qu'il affirme à son lectorat britannique que tout ira bien.

Ses coordonnées sur internet sont : http ://www.levity.com/rushkoff

Dean Cavanagh

Dean Cavanagh s'est construit une baraque en préfabriqué non loin de Bradford. Il adhère à la maxime « Tomber dans le piège du Pourquoi c'est se vouer à périr avec les chiens de la Raison ». *Jungle altitude* est une nouvelle extraite de *Rubber Ring Halos*, un roman à paraître.

Two Fingers

Dévoué fan des « Simpsons » et de « Star Trek », le jeune M. Fingers passe la majeure partie de son temps à regarder les chaînes du câble en mangeant des biscuits au chocolat. Le reste du temps, il écrit un peu, et est l'auteur de deux livres sur la jeunesse noire londonienne, *Junglist* et *Bass Instinct*. A ses moments perdus, il n'aime rien tant qu'ennuyer tout le monde avec ses anecdotes sur le football.

Alex Garland

Alex Garland est né à Londres en 1970. Il a étudié l'Histoire de l'art à l'université de Manchester et a été dessinateur de B.D. et illustrateur. Il a voyagé à travers toute l'Asie et vécu six mois aux Philippines. Ses influences littéraires sont Kazuo Ishiguro, J. G. Ballard et James Fenton.

Son premier roman, *The Beach*, est un best-seller mondial.

Matthew de Abaitua

Matthew de Abaitua est né en 1971. Il a grandi à Liverpool puis, après un passage par New York, un détour par Manchester et une retraite dans le Suffolk, est descendu à Londres. Il a coédité *The Idler's Companion* publié par Fourth Estate et écrit pour *The Guardian, The Observer* et *Esquire.*

Simon Lewis

Simon Lewis est né en 1971 au pays de Galles et vit actuellement à Brixton, au sud de Londres. Plusieurs de ses nouvelles ont été publiées dans les anthologies de « Pulp Faction » – *Skin, Techno Pagan* et *Random Factor. Go,* qui paraîtra en avril 1998, marque ses débuts de romancier. Il a aussi écrit un guide touristique sur la Chine.

Alan Warner

Alan Warner, auteur de *Morvern Callar,* a récemment fait l'expérience d'une expulsion exigée avant huit heures du soir. Son deuxième roman, *These Demented Lands,* est sorti en 1997. Il a vécu à Oban et Argyll, en Ecosse, et réside actuellement en Espagne.

Steve Aylett

Steve Aylett est né en 1967. Vingt ans plus tard, une réplique de son cerveau fut réalisée dans la cale d'un navire transportant des fruits tropicaux. Une fois analysé, on découvrit que ce cerveau n'était, en fait, qu'une sphère d'acier creuse laissant apparaître des traces de saindoux.

En 1993, après avoir fumé un bulrush avec des amis, Aylett disparut pendant douze jours. Il réapparut avec le manuscrit de *The Crime Studio* et la poitrine lacérée à la suite d'un rituel. Publié par Serif en 1994, ce livre fut perçu par tous comme un appel au secours. Son deuxième roman, *Bigot Hall*, parut en 1995. Après avoir remporté un succès mondial avec un one-man-show dans lequel il personnifiait le Saint Suaire de Turin, Aylett a réalisé son troisième ouvrage en appuyant sur une cartouche d'encre.

L'ego d'Aylett est relié à un immense satellite inutile placé sur orbite.

Sarah Champion

Enfant, elle rêvait de devenir cascadeuse, magicienne ou de jouer pour Manchester United. Journaliste musicale en free-lance, elle fait ses débuts au *New Musical Express* à l'âge de seize ans, et s'intéresse à l'acid house et au monde musical de Manchester de la fin des années quatre-vingt. Elle a beaucoup écrit sur la musique électronique et sur la culture club pour des magazines tels que *MixMag, Muzik, Melody Maker* ou *i-D*. Elle réside à Brixton et a réalisé deux compilations, l'une de techno, *Trance Europe Express*, l'autre de drum'n'bass, *Breakbeat Science*. Dans le sillage de *Disco Biscuits*, Sarah Champion a publié *Disco 2000* et *Shenanigans*, une anthologie de nouvelles irlandaises.

Note :

Entrez dans la danse © Irvine Welsh, 1995 (paru pour la première fois dans *The Face*).

UNE NOUVELLE GÉNÉRATION D'ÉCRIVAINS POUR UNE NOUVELLE GÉNÉRATION DE LECTEURS

★ Anthologie sous la direction de Sarah Champion	Disco Biscuits	5296/J
★ Belhaj Kacem Mehdi	Cancer	5153/I
★ Brite Poppy Z.	Le corps exquis	5295/J
★ Cathrine Arnaud	Les yeux secs	5155/E
★ Despentes Virginie	Baise-moi	5294/I
★ –	Les chiennes savantes	4580/G
★ Faye Éric	Parij	5156/I
★ Fille Emmanuel	Arthur la balade du perdu	4784/G
★ Fischer Tibor	Sous le cul de la grenouille	5298/J
★ Frédric Claire	Kérosène	4578/E
★ –	La môme	4862/G
★ Gran Iegor	Ipso facto	5151/G
★ Holder Eric	L'homme de chevet	4575/E
★ –	Mademoiselle Chambon	4876/E
★ Houellebecq Michel	Extension du domaine de la lutte	4576/E
★ Izzo Jean-Claude	Les marins perdus	4841/I
★ Jaenada Philippe	Le chameau sauvage *(Prix de Flore 1997)*	4952/J
★ King John	Football factory	5297/J
★ Licari Pascal	Grande couronne	5154/E
★ Melo Patricia	O Matador	5361/H
★ Nobécourt Lorette	La démangeaison	4906/E
★ Picouly Daniel	La lumière des fous	4772/I